현규 :)

Helen ♡

Kaia ♡

ᒐ◯ᴧᴵᴳ

얼마든지
안아줄수있지

사랑이 뽀글뽀글 카야라니카이 포토 에세이

얼마든지
안아줄 수 있지

헬렌 지음

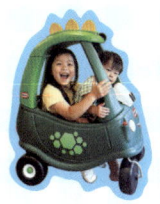

비에이블

고팸 소개

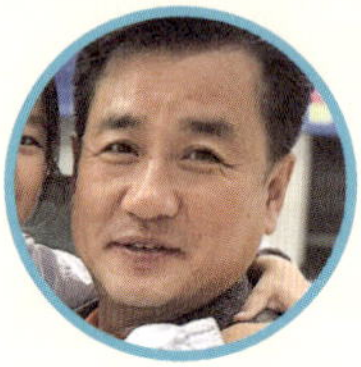

광덕킹덤
할아버지

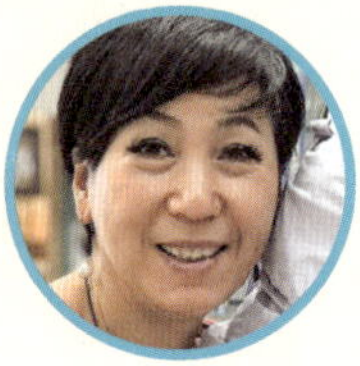

프리티 할머니
할머니

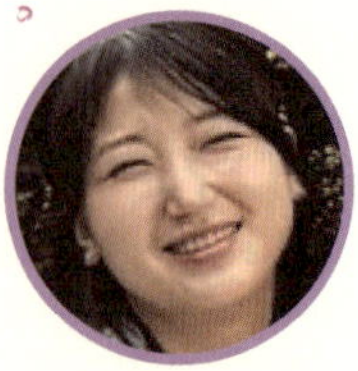

해은
막내 고모

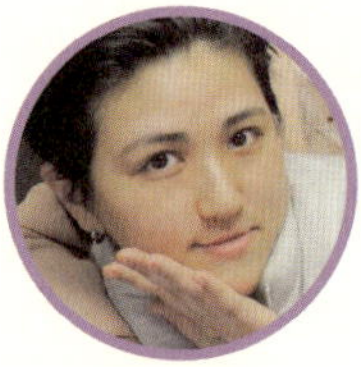

해수
둘째 고모

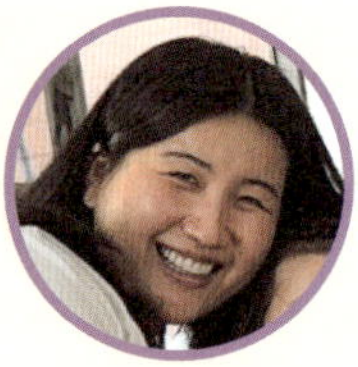

해주
첫째 고모

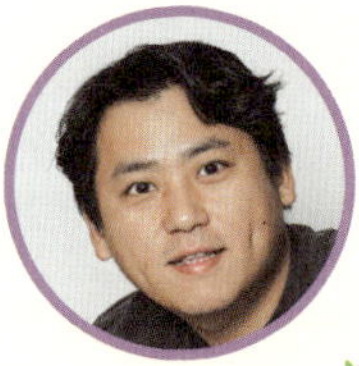

현규
아빠

카야
첫째

라니
둘째

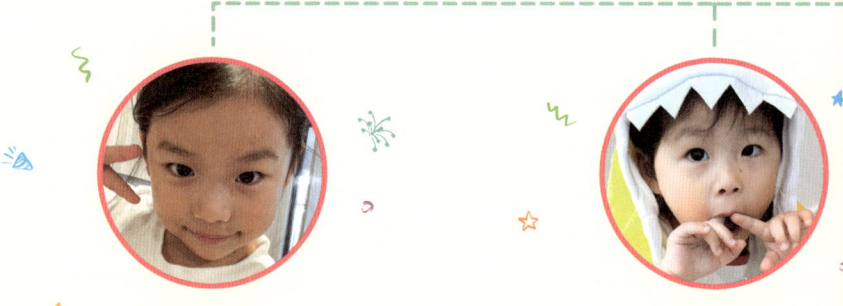

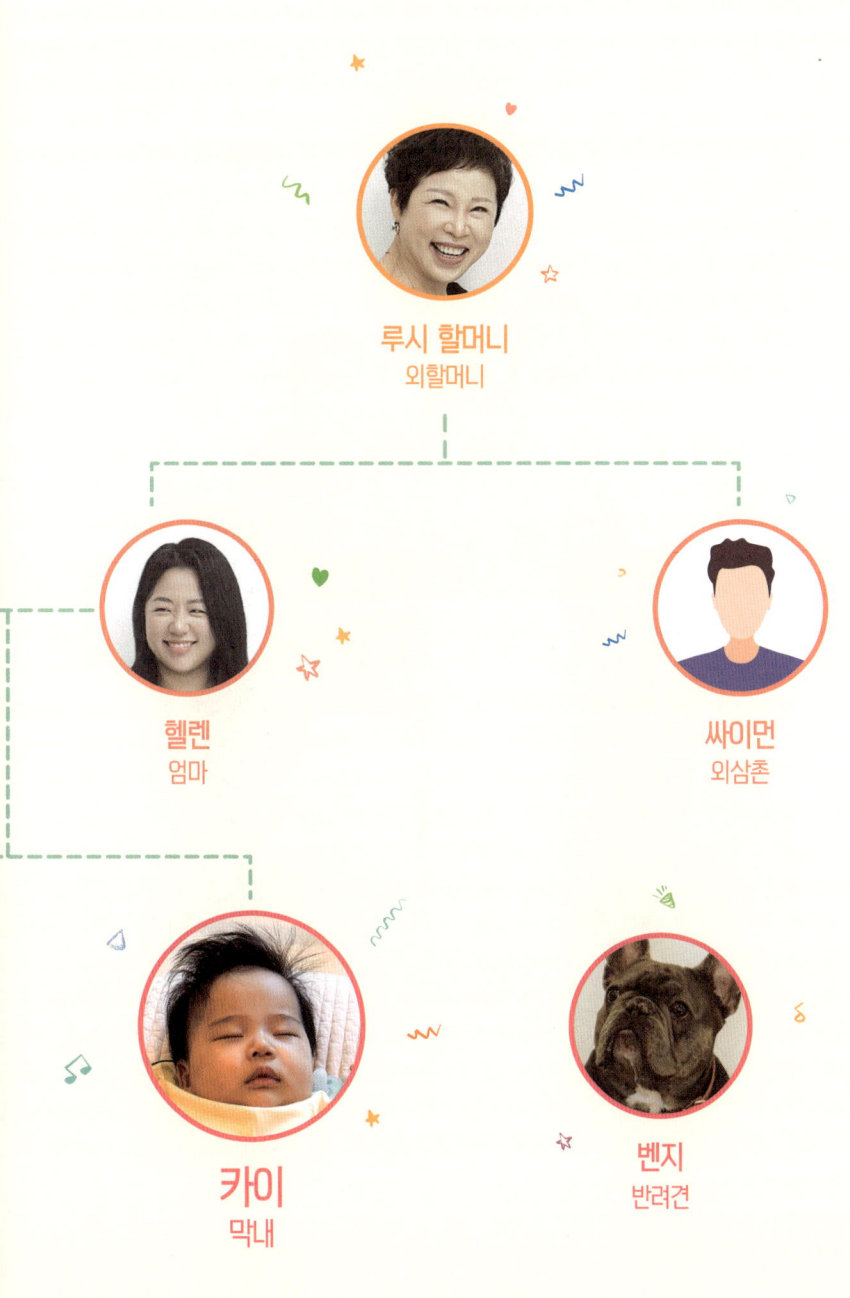

루시 할머니
외할머니

헬렌
엄마

싸이먼
외삼촌

카이
막내

벤지
반려견

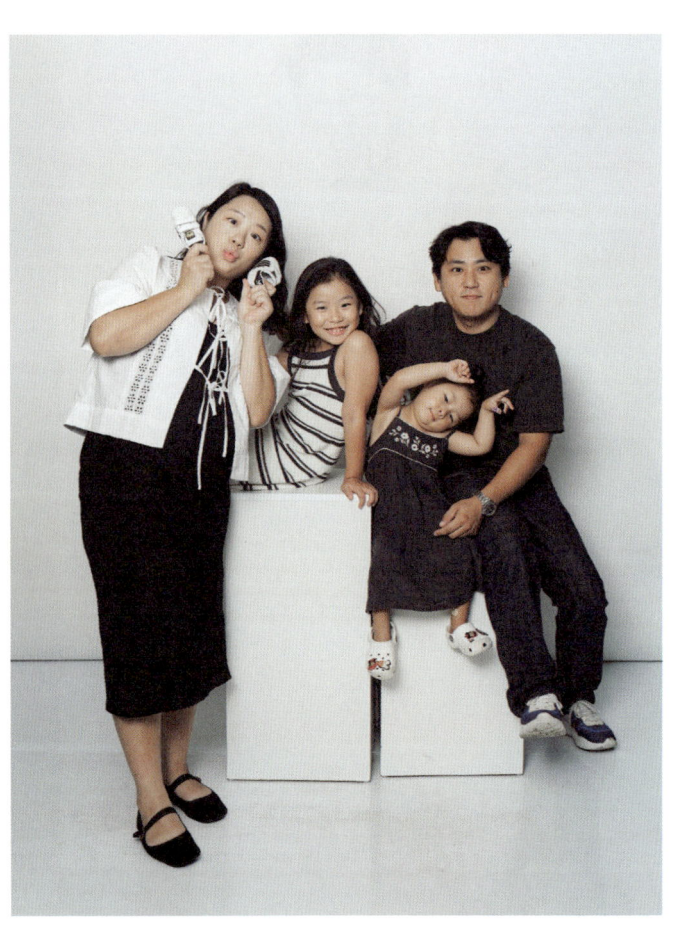

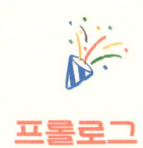

프롤로그

《얼마든지 안아줄 수 있지》는 카야가 라니에게 했던 귀여운 한마디에서 시작되었습니다. 어느 날 라니가 "안!아!줘!" 하고 외치자, 카야가 "을므든지 은을수이찌"라고 답하며 라니를 꼭 안아주었거든요. 요즘은 종종 티격태격하지만 결국은 서로를 꼭 껴안고 웃습니다. 그 모습을 보며 카야와 라니 그리고 이제 카이까지 셋이서 평생 이렇게 지냈으면 좋겠다는 마음이 듭니다. 이번 포토 에세이는 카야가 라니를, 라니가 카이를 얼마든지 안아줄 수 있듯 엄마 아빠도 곁에서 얼마든지 안아줄 수 있다는 걸 아이들이 꼭 기억해주길 바라는 마음에서 비롯되었습니다.

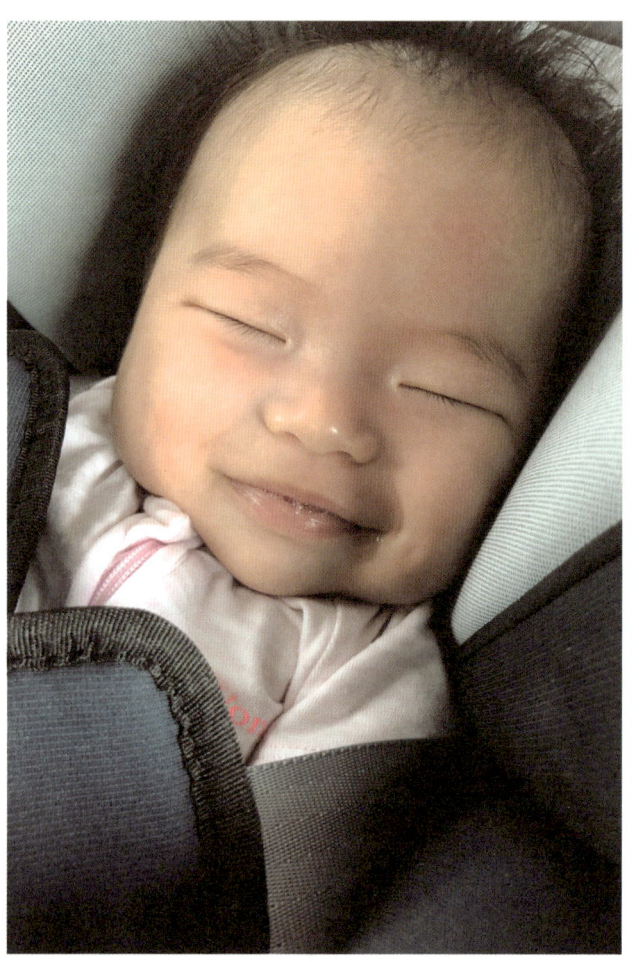

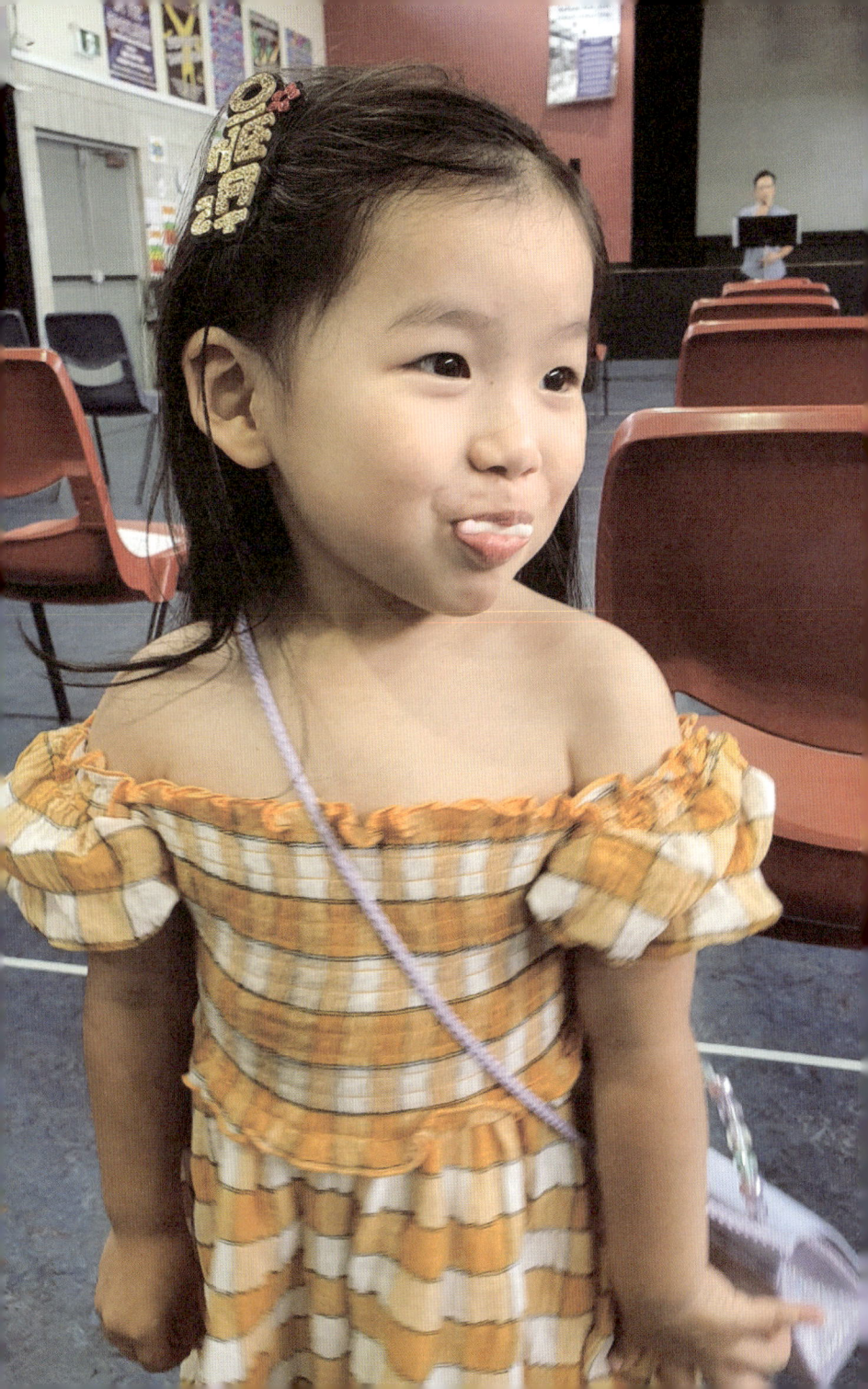

사실 호주에서 태어나 살고 있어 한국어로 책을 쓰게 되리라고는 상상조차 못했습니다. 일기를 쓰지도 않고 마음을 글로 표현하는 습관도 없던 터라, 처음 제안을 받았을 때는 "내가? 글을 쓴다고? 그것도 한국어로?"라는 생각부터 들었습니다. 하지만 좋은 사람들과 좋은 기회로 만나, 소중한 기억을 글로 남겨두고 싶다는 마음이 생겼습니다. 엄마로서 아이들을 키우며 느낀 마음과 장면들을 일기장처럼 꾹꾹 눌러 담으려 노력했습니다.

　저는 원래 편안한 일상을 좋아하고 새로운 도전을 쉽게 하지 않는 편입니다. 그런데 돌아보니 육아도, 유튜브도 결국은 매일매일 도전이었습니다. 혼자였다면, 혹은 남편과 둘이 살았다면 절대 알지 못했을 수많은 감정을 아이들을 키우며 배웁니다. 그 과정에서 새로운 나를 발견하는 순간들을 자주 마주합니다. '엄마'라는 이름으로 산다는 건 내 계획보다 아이들의 기분과 감정을 먼저 살피는 일이라는 걸 깨달았고, 그 마음으로 아이들이 세상 속에서 단단하고 자신 있게, 씩씩하고 의롭게 살아갈 수 있도록 든든히 서포트하고 싶습니다. 영상을 넘어 글로 이 과정을 남기는 일도 제게 설레는 모험이 되었습니다.

아이들을 키우며 평범한 하루도 특별한 선물이 된다는 사실을 매번 깨닫습니다. 요즘은 사진과 영상을 찍는 일은 너무 쉽지만, 인화하거나 업로드하지 않으면 다시 볼 기회가 적잖아요. 그래서 이번 포토 에세이가 더 소중했습니다. 사진만으로는 전해지지 않는 마음을 글로 적을 수 있었고, 언젠가 아이들이 한국어를 읽을 수 있을 때 이 글들을 통해 엄마의 마음을 조금이나마 알아줄 거라 생각하면 설레기도 합니다. 소소한 가족의 일상을 영상으로만 나누다가 글로 찾아볼 수 있다니 또 다른 감정이 듭니다. 옆집 언니나 누나가 쓴 글처럼 가볍고 따뜻하게 읽히길 바랍니다.

마지막으로 무엇보다 소중한 아이들에게 가장 먼저 고맙다고 전하고 싶습니다. 카야, 라니, 카이가 아니었다면 엄마로서 이 모든 감정을 느낄 수 없었을 테니까요. 가끔은 힘들지만 오히려 힘듦보다 훨씬 값진 행복과 평안을 주는 아이들 덕분에 늘 고마움을 느낍니다. 나의 반쪽이자 정신적 지주 남편 현규에게도 말로 다 표현하진 못하지만 늘 고맙고 힘이 되어줘서 든든합니다.

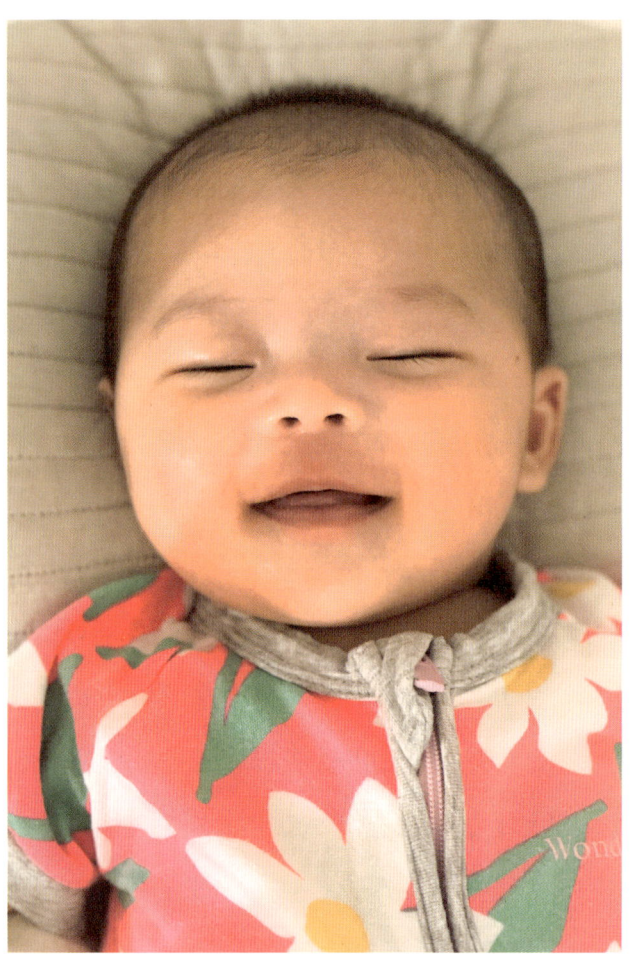

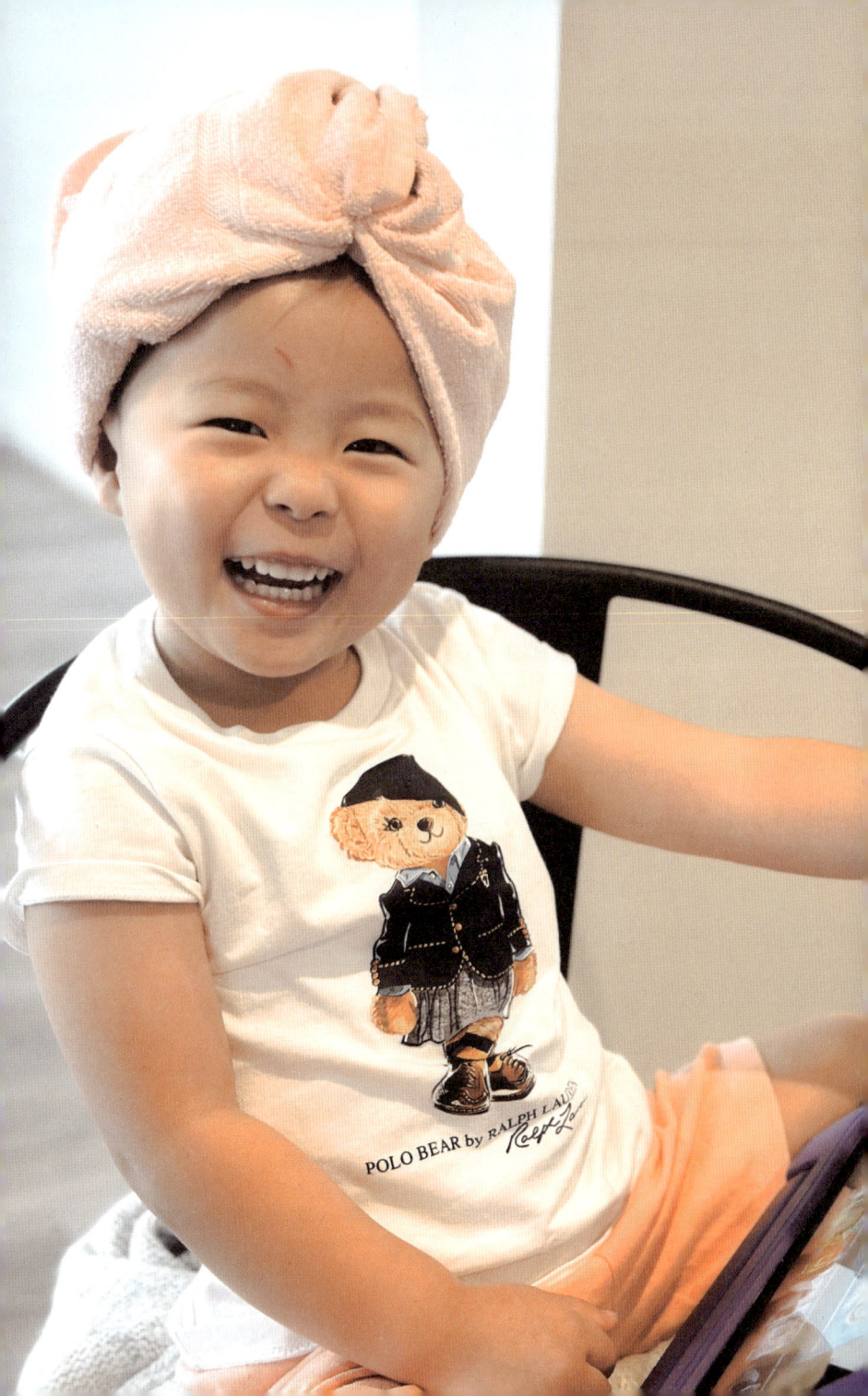

가까이에서든 멀리에서든 아이들을 아끼고 응원해주며 존중해주는 가족들에게도 감사의 마음을 전합니다. 루시 할머니, 프리티 할머니, 광덕킹덤 할아버지, 쭈쭈 고모와 호재 고모부, 해쓔 고모, 해은이 고모와 짝은 고모부, 사이먼 삼촌까지, 이렇게 많은 가족이 곁에 있어 아이들이 더욱 단단하고 자유롭게 행복한 어린 시절을 보내는 것 같아 행운이라 생각합니다. 카야가 네 살 무렵 "빅 패밀리라서 좋아!"라고 말했을 때처럼, 저 역시 아이들이 대가족 속에서 자라는 것이 참 좋습니다.

그리고 이 책이 세상에 나오기까지 많은 도움을 주신 김지혜 매니저님, 저의 서툰 한국어 실력을 이해해주시고 글을 예쁘게 다듬어주신 출판사와 편집자님께도 깊이 감사드립니다. 무엇보다 언제나 조건 없이 카야, 라니, 카이를 사랑해주고 응원해주시는 독자코 여러분께도 큰 감사와 사랑을 표합니다. 카야의 말처럼 '팬'이 아니라 '우리 편'이 되어 주셔서, 그 사실 하나만으로도 안심이 되고 행복합니다.

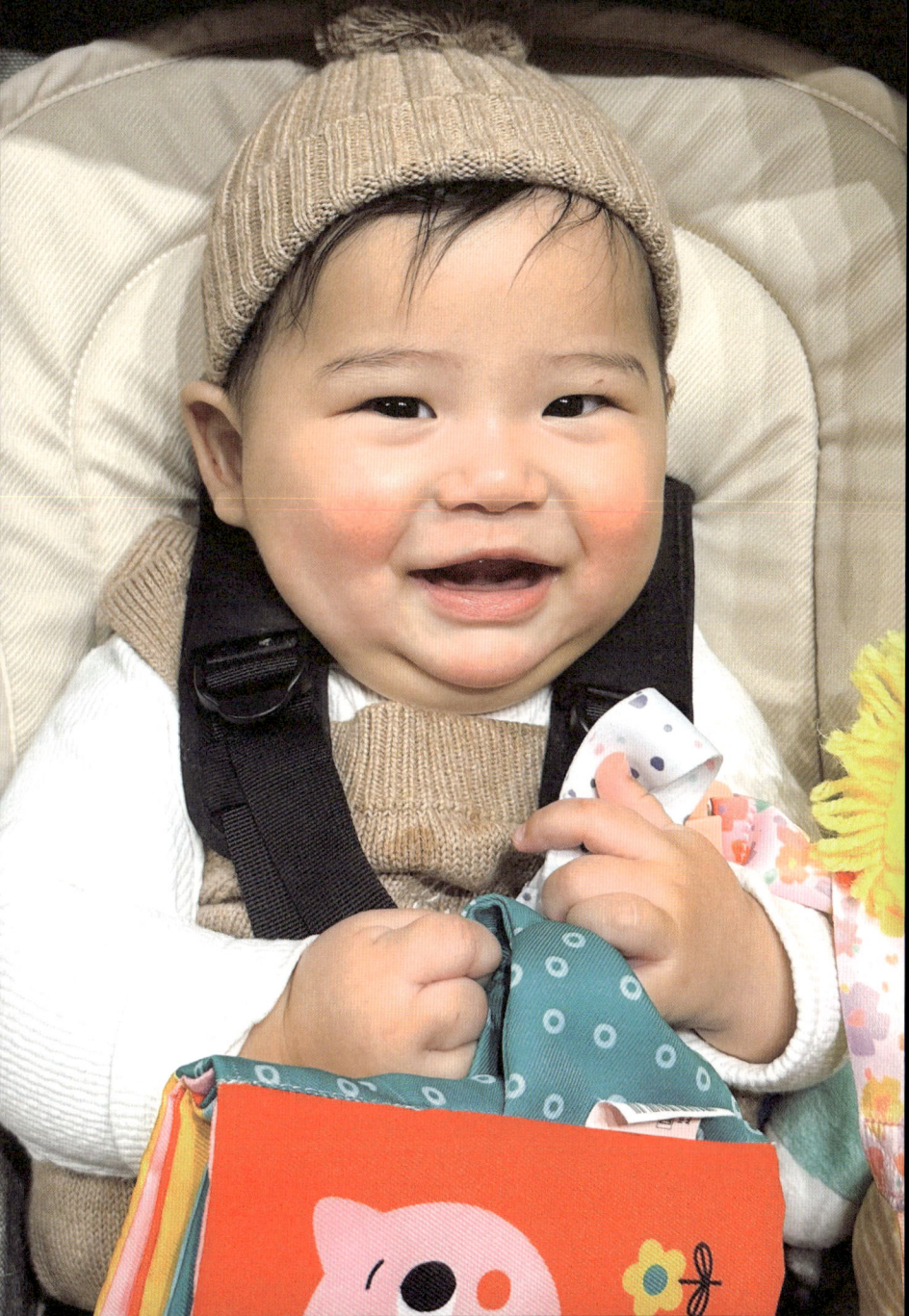

목차

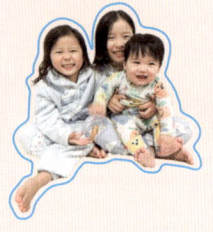

★ 고팸 소개 ·004

★ 프롤로그 ·007

PART 01

햇살 아래 자라는 쿵입니다

• • •

★ 2017년 10월 18일 ·021

★ 배불뚝이 엄마 그리고 동생 ·032

★ 바다와 하늘, 하늘과 땅 ·042

★ '고찡찡'이라고 불러주세요 ·052

★ HIP HIP HOORAY! ·060

★ 우리 집에 흥쟁이가 산다 ·070

★ 아이들의 입맛 ·078

PART 02

우리 집 모국어는 사랑

• • •

★ 호주, 그리고 한국 ·089

★ 카야의 첫 번째 심부름 ·097

★ 지구 반대편의 K-명절 ·106

★ 한여름의 크리스마스 ·114

★ "엄마는 너무 싱숭생숭해." "가슴이 쿵쾅거려!" ·122

★ 라니의 첫 어린이집 등원 ·131

★ 육아는 전쟁 ·139

PART 03

너, 나 그리고 우리

• • •

★ 부모도 아이도 철드는 시기 ·153

★ When I grow up? ·163

★ 중간에서 느끼는 압박 ·172

★ 마침표 그리고 새로운 시작 ·182

★ 우리 집 셋째 반석이 ·192

★ 앞으로의 에피소드 ·200

★ 나에게 쓰는 편지 ·208

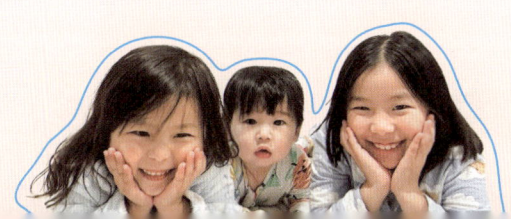

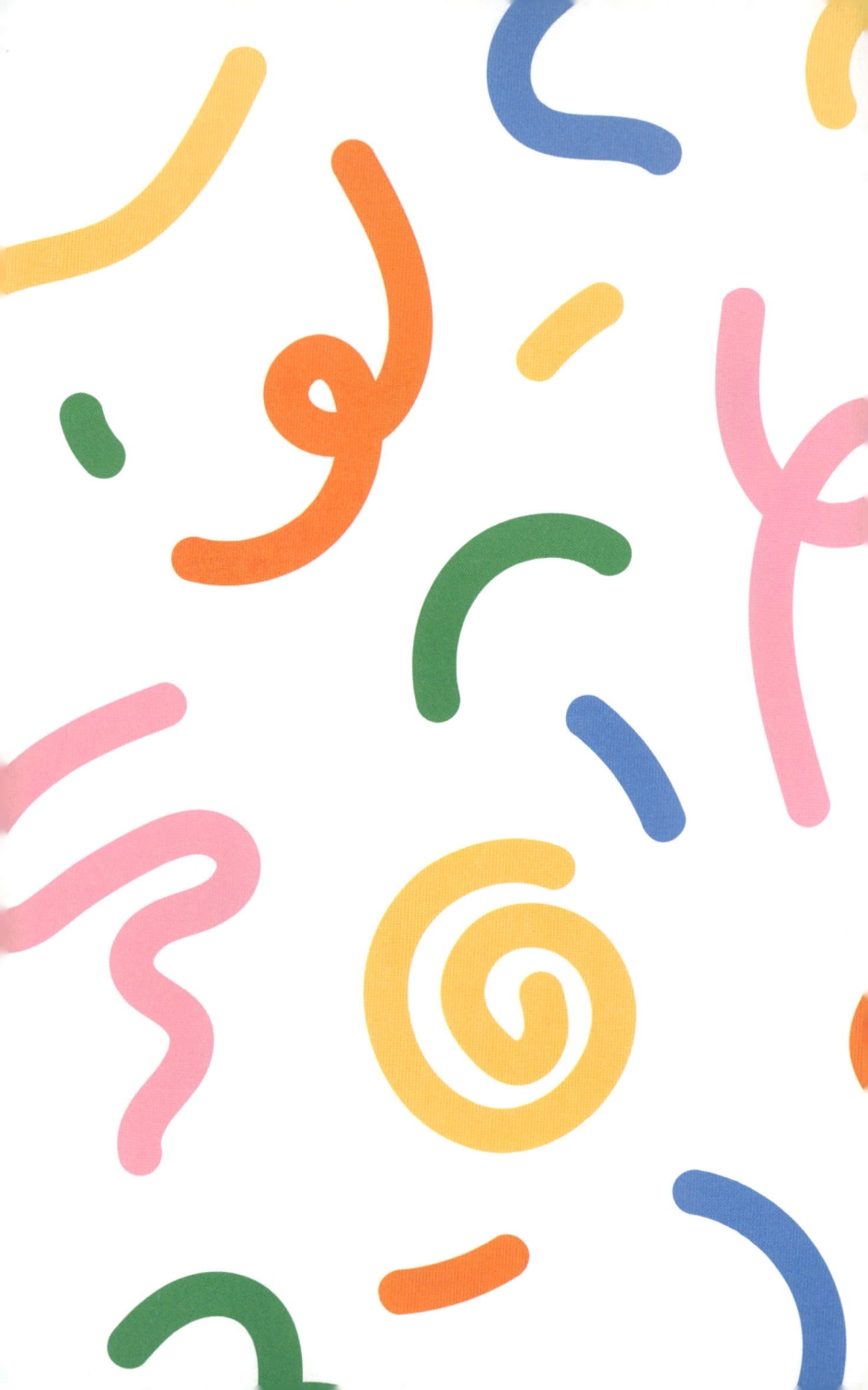

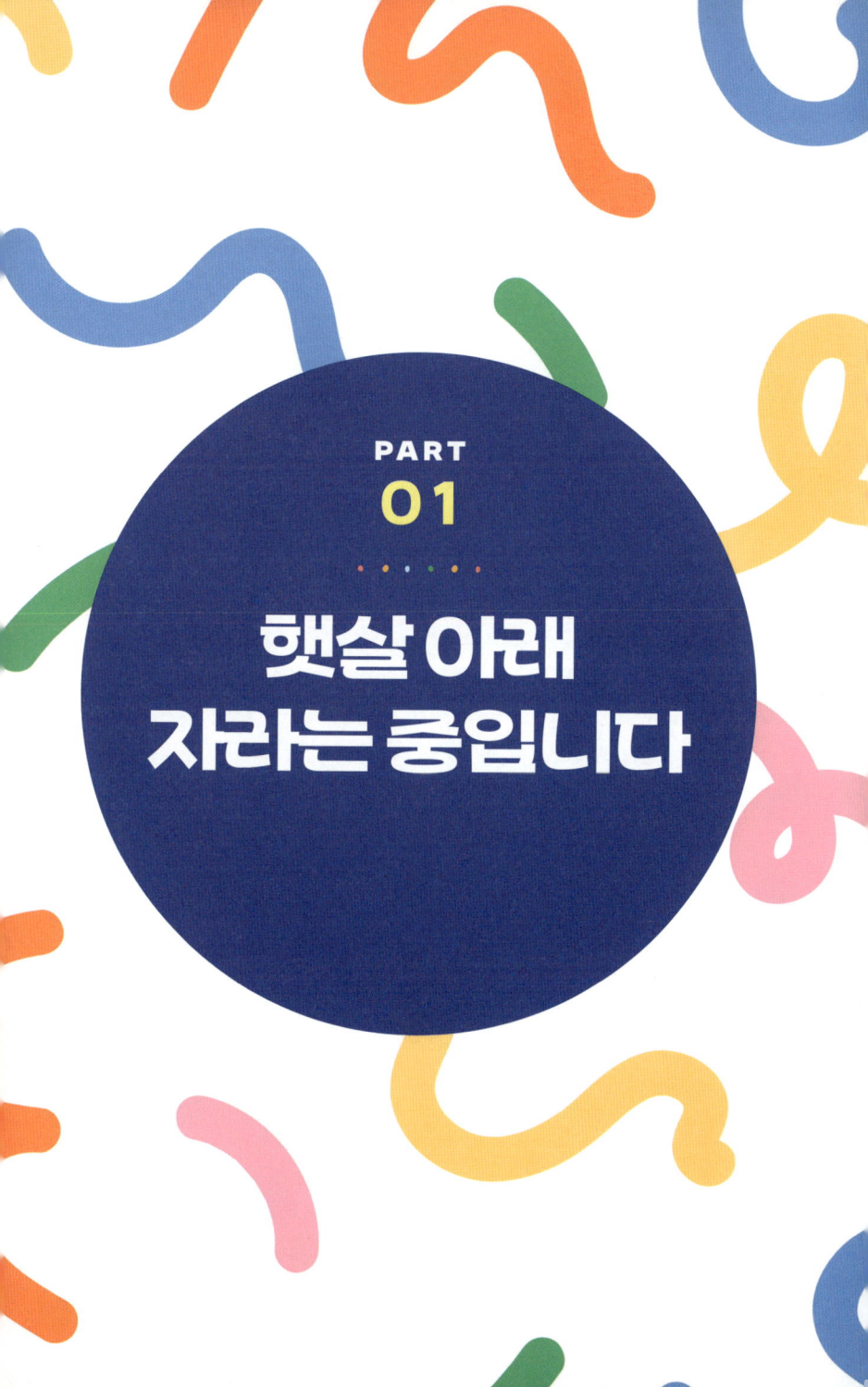

PART
01

햇살 아래
자라는 중입니다

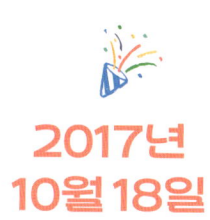

2017년
10월 18일

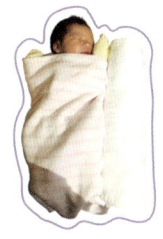

예쁜 딸이 태어났다. 작고 예쁜 감자처럼 생긴 소중한 아이,
카야. 그 순간까지만 해도 우리 품에 안긴 아이가 사람의 모
습을 한 천사라는 사실을 모르고 있었다. 불과 몇 시간 전만
해도 나는 난산으로 진이 다 빠져 있었고, 남편 현규는 정신이
없어 탯줄조차 자르지 못한 데다가 분만실은 소아과 의사와
간호사, 실습 중인 의대 학생들로 가득 차 분주한 상황이었
기 때문이다.

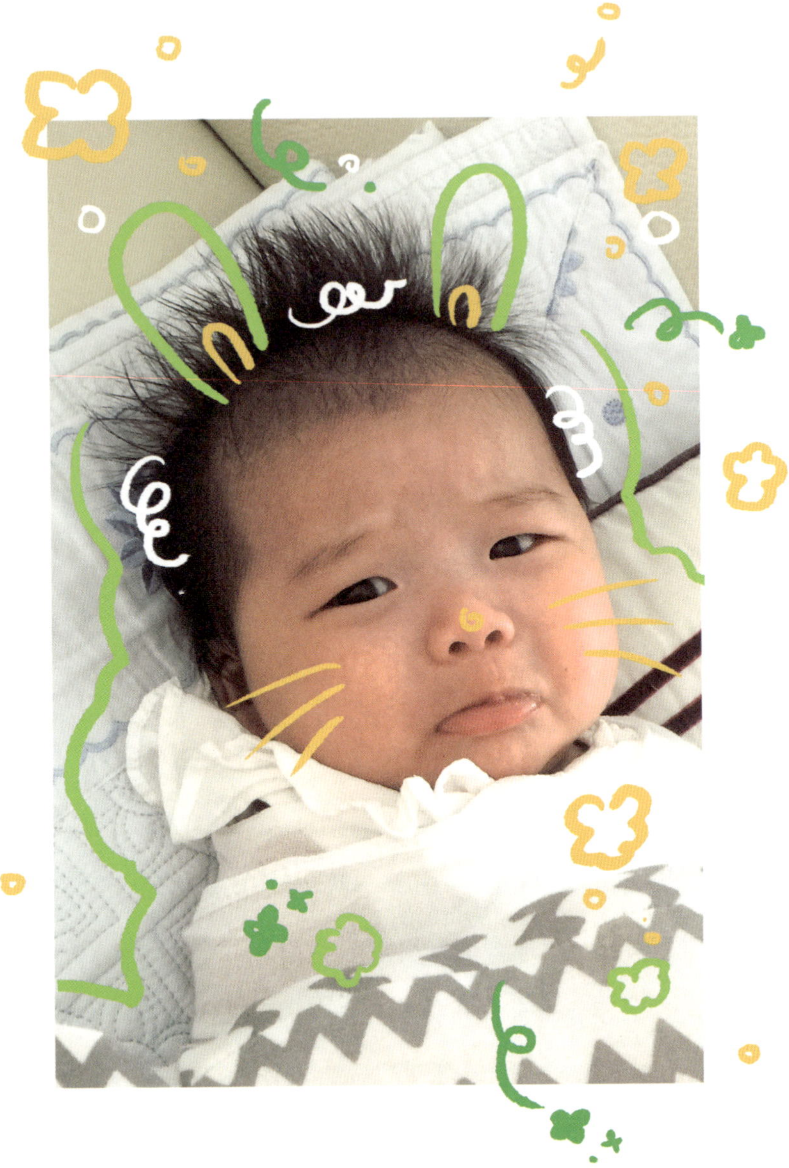

태생부터 순하던 우리 카야

오전 8시 14분, 카야는 자연분만으로 세상과 마주했다. 점심으로는 차가운 치킨 치즈 샌드위치와 샐러드, 약간의 과일이 나왔다. 밥심이 생명인 한국인인데, 출산 직후 마주한 게 하얀 빵 덩어리라니! 한입 삼키기도 전에 목이 턱 막히는 기분이었다. 다행히 얼마 지나지 않아 미역국을 챙겨 온 엄마 덕분에 건조한 호주 병원식 대신 따뜻한 집밥을 먹을 수 있었다. 게다가 점심을 먹고 얼마 지나지 않아 간호사가 병실로 들어와 샤워를 하라고 권했다. 가볍게 세수를 하는 정도일 거라 생각했는데 진짜 샤워였다. 잠시 당황했지만 현규에게 아이를 맡기고 일단 시키는 대로 욕실로 향했다.

몸을 씻고 돌아와 하나둘씩 카야를 보러 온 손님들을 맞이하며 아이를 낳았다는 사실을 실감할 수 있었다. 꿈이 아니었다. 아이들에게 루시 할머니라 불리는 나의 엄마는 분만실에 함께 들어왔던 터라 갓 태어난 손주보다 내 안위를 먼저 걱정하셨다. 반면 시댁 식구들은 워낙 흥이 많고 인원도 많아 간호사에게 제지당할 뻔한 웃픈 사연도 있었다. "귀엽다", "예쁘다" 한마디씩만 건네도 지나가던 간호사가 들어와 조용히 하라거나 나가달라고 요청할 정도였다. 그만큼 병실은 늘 왁자지껄했다.

　사실 당시 분만한 병원은 모자동실(산모와 신생아가 함께 생활하는 병실)을 운영하고 있어서 산모와 아이의 안정을 위해 한 번에 두세 명씩만 면회하도록 안내하고 있었다. 그런데 시댁 식구만 해도 어머님, 아버님, 시누이 둘(당시 첫째 시누이는 한국에 있었다), 막내 시누이의 남편까지 더해 꽤 많은 인원이었다. 게다가 보통 호주에서는 출산 직후 바로 면회를 하지 않는다. 산모와 아이가 어느 정도 회복한 뒤에야 지인들이 방문하는 문화라 병원을 탓할 수만은 없었다.

　우리는 카야가 태어난 지 이틀 만에 병원을 나와 곧장 집으로 향했다. 호주는 산후조리원 문화가 없어 보통 산모와 신생아는 가족과 친구들의 돌봄을 받는다. 나 역시 양가 부모님과 현규의 손길에 많이 의지했다. 퇴원 직후 루시 할머니와 현규는 모유 수유에 족발이 좋다는 이야기를 들었는지 족발을 사 오겠다며 나갈 준비를 했다. 막 엄마가 된 나는 두 시간이나 신생아를 혼자 돌봐야 한다는 게 두려워 따라가겠다고 나섰다. 집도 차도 식당도 지붕이 있으니 완전한

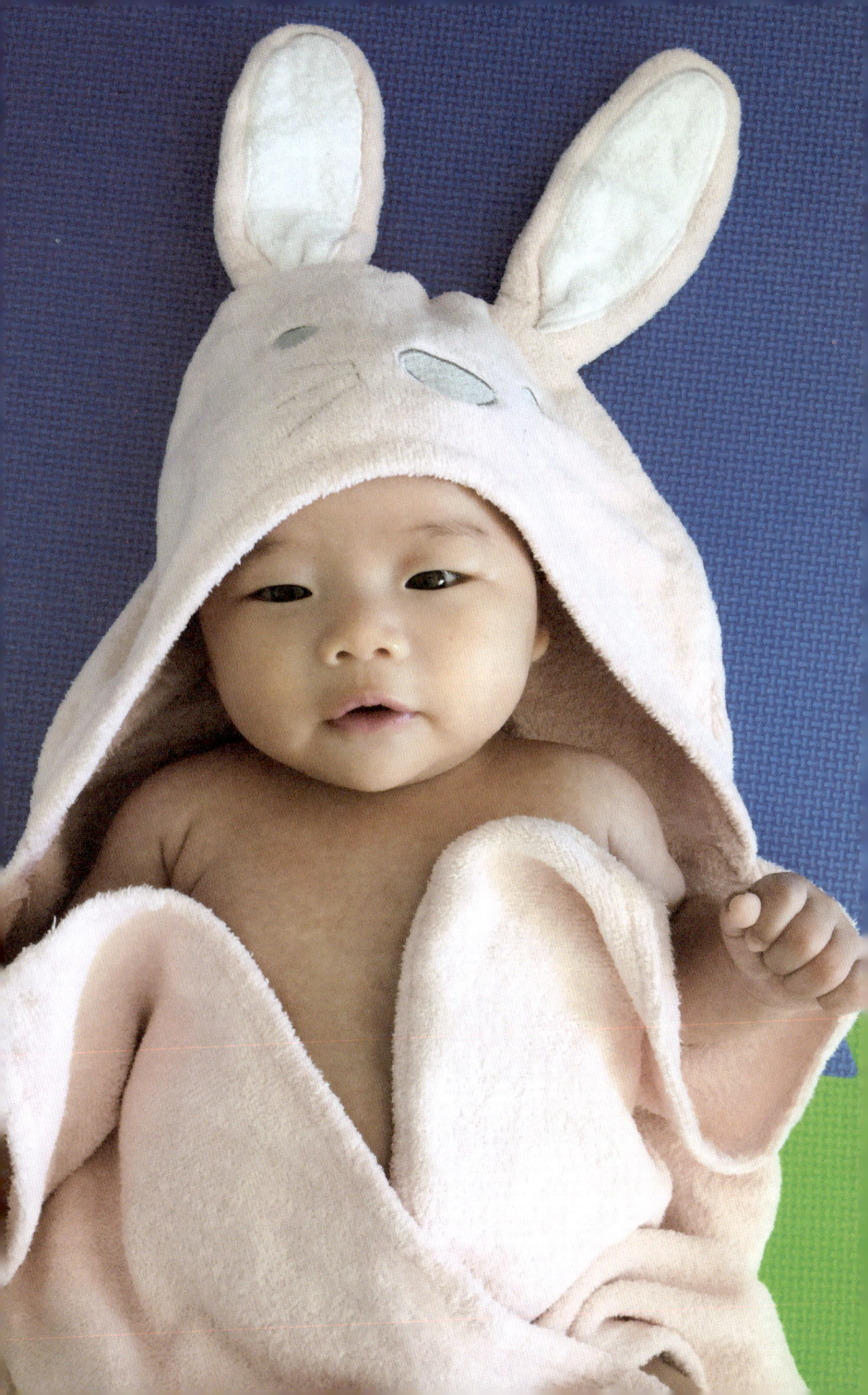

야외는 아니라는 자기합리화 끝에 생후 3일 된 카야를 데리고 족발집으로 첫 외출을 감행했다. 지금 생각하면 서툰 초보 엄마의 아찔한 판단이었다.

식당에는 4인용 테이블과 의자 두 개, 벽 쪽에 붙은 벤치 좌석이 있었는데 현규는 그 벤치에 카야를 눕히고 아이를 바라보며 식사를 했다. 걱정과는 달리 카야는 태어난 지 며칠 되지 않아서인지 곤히 잠만 잤다. 아이 셋을 낳아 키운 지금에서 돌이켜 보면 카야는 정말 전설의 베이비였다. 키우기도 수월했고 말도 잘 들었다. 솔직히 지금까지도 카야를 키우며 크게 힘들다고 느낀 적은 거의 없다.

아이가 순해 큰 어려움은 없었지만, 처음 엄마가 된 나는 모든 게 낯설고 막연했다. 만 스물여섯 살에 카야를 낳아 내 친구 중에 가장 먼저 엄마라는 호칭을 달았다. 주변에 또래 아이를 키우는 지인도 없었으니 육아는 그야말로 미지의 영역이었다. 가족들의 도움이 없었다면 이만큼 해낼 수 있었을까 싶다. 카야는 양가의 첫 손주이자 첫 조카였다. 라니가 태어나기 전까지 4년 동안은 온 가족의 사랑과 관심, 선물 공세 속에서 최고의 순간을 누렸다.

카야가 태어난 지 6개월쯤 되었을 무렵, 나는 다시 일을 시작하고 아이는 어린이집에 보내기로 결심했다. 그땐 퇴근하면 카야를 데리러 갔다가 이틀에 한 번꼴로 시댁과 외식을 했다. 시부모님이 카야를 하루라도 더 보고 싶은 마음에 "먹고 싶은 거 있어?" 하고 조심스럽게 묻곤 하셨기 때문이다. 초보 부모를 물심양면으로 도와주신 양가 부모님들께 얼마나 감사한지 모른다.

사실 처음 임신 사실을 알았을 때는 많이 놀랐다. 현규와 나는 신혼을 조금 더 즐긴 뒤에 2세를 가질 계획이었는데 결혼 한 달 만에 예기치 않게 아이가 찾아왔다. 임신 사실을 알게 된 날 현규에게 "오빠, 나 임신한 것 같아"라고 말했더니, 돌아온 현규의 첫 마디는 "장난치지 마"였다. 그만큼 우리 모두에게 임신은 예상치 못한 일이었다. 하지만 그 예상 밖의 전개는 우리의 삶에 가장 완벽한 타이밍으로 도착한 선물이 되었다. 우리가 계획한 것은 아니었지만, 카야는 우리에게 또 다른 사랑을 알려준 존재다. 그렇게 우리는 천사 같은 아이와 함께 부모가 되었다.

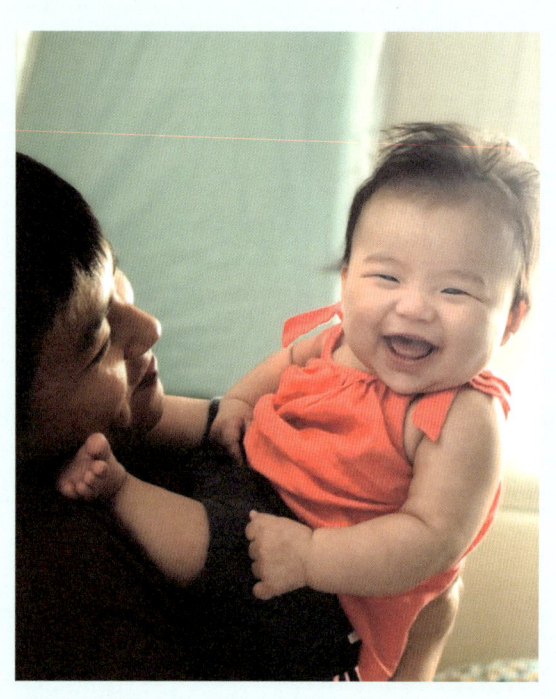

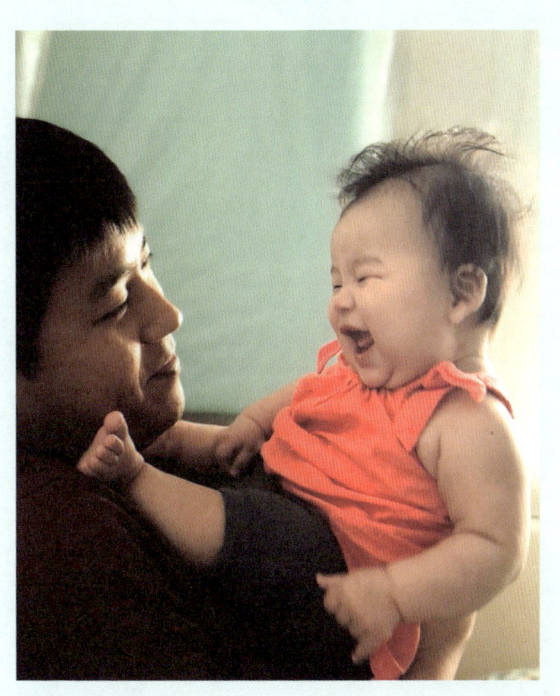

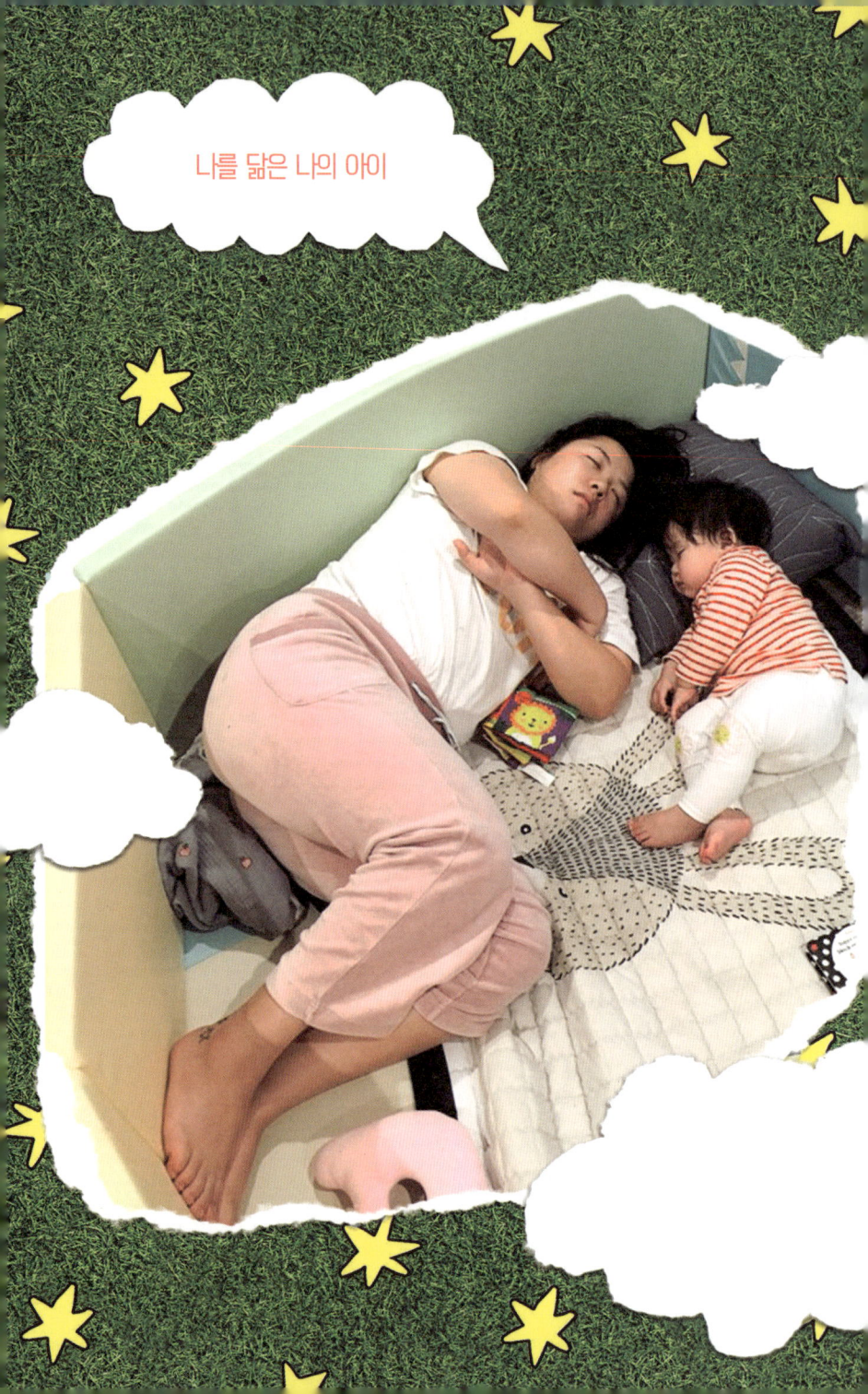

나를 닮은 나의 아이

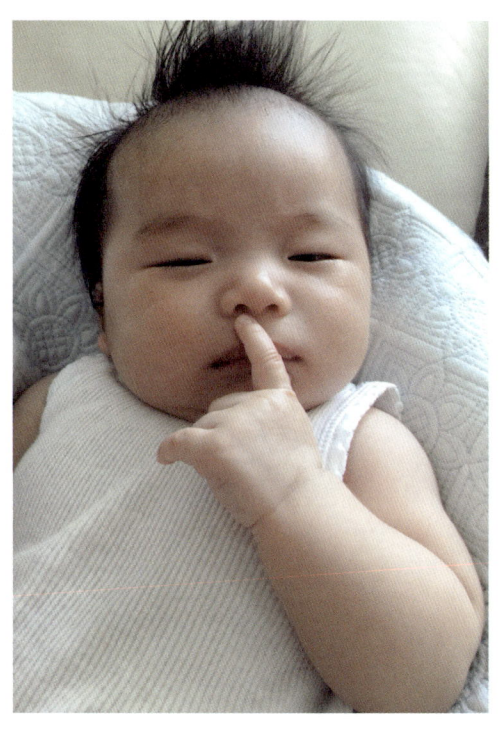

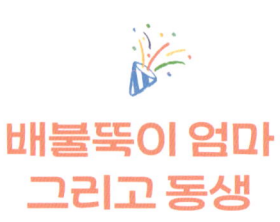

배불뚝이 엄마
그리고 동생

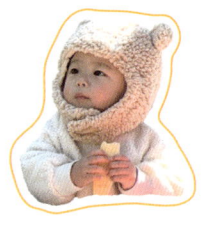

결혼 전부터 현규와 나는 아이 셋을 낳자는 얘기를 자주 나눴다. 나는 오빠와 단둘이 자란 유년시절이 재미없었고, 여동생이 셋이나 있는 집안에서 자란 현규는 북적거림이 좋지만 버거웠다고 했다. 자녀 계획은 자연스럽게 중간인 셋으로 의견이 모였다.

첫 아이인 카야가 금방 찾아온 탓에 나는 아이는 가지고 싶을 때면 언제든 임신할 수 있을 거라고 생각했다. 하지만

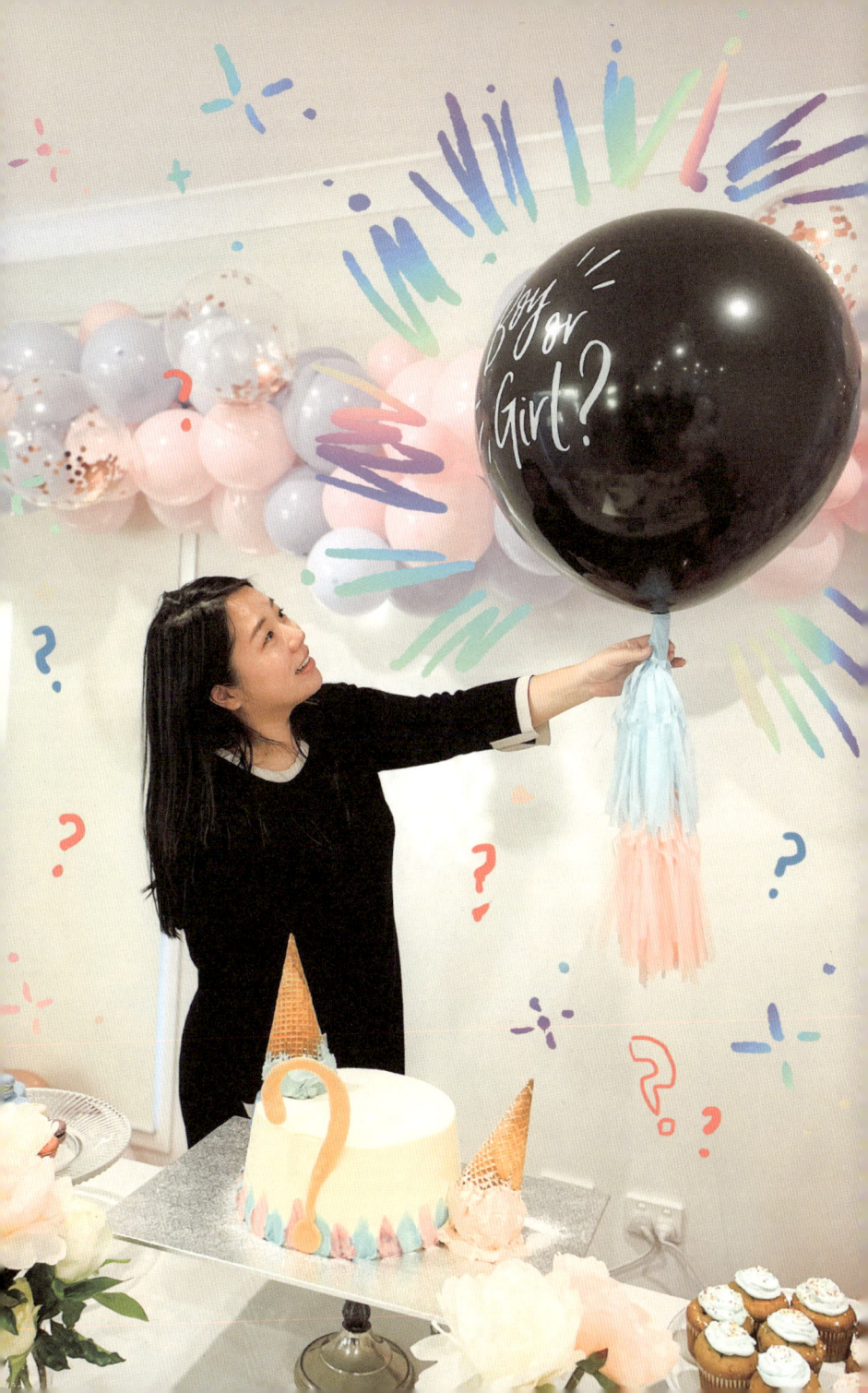

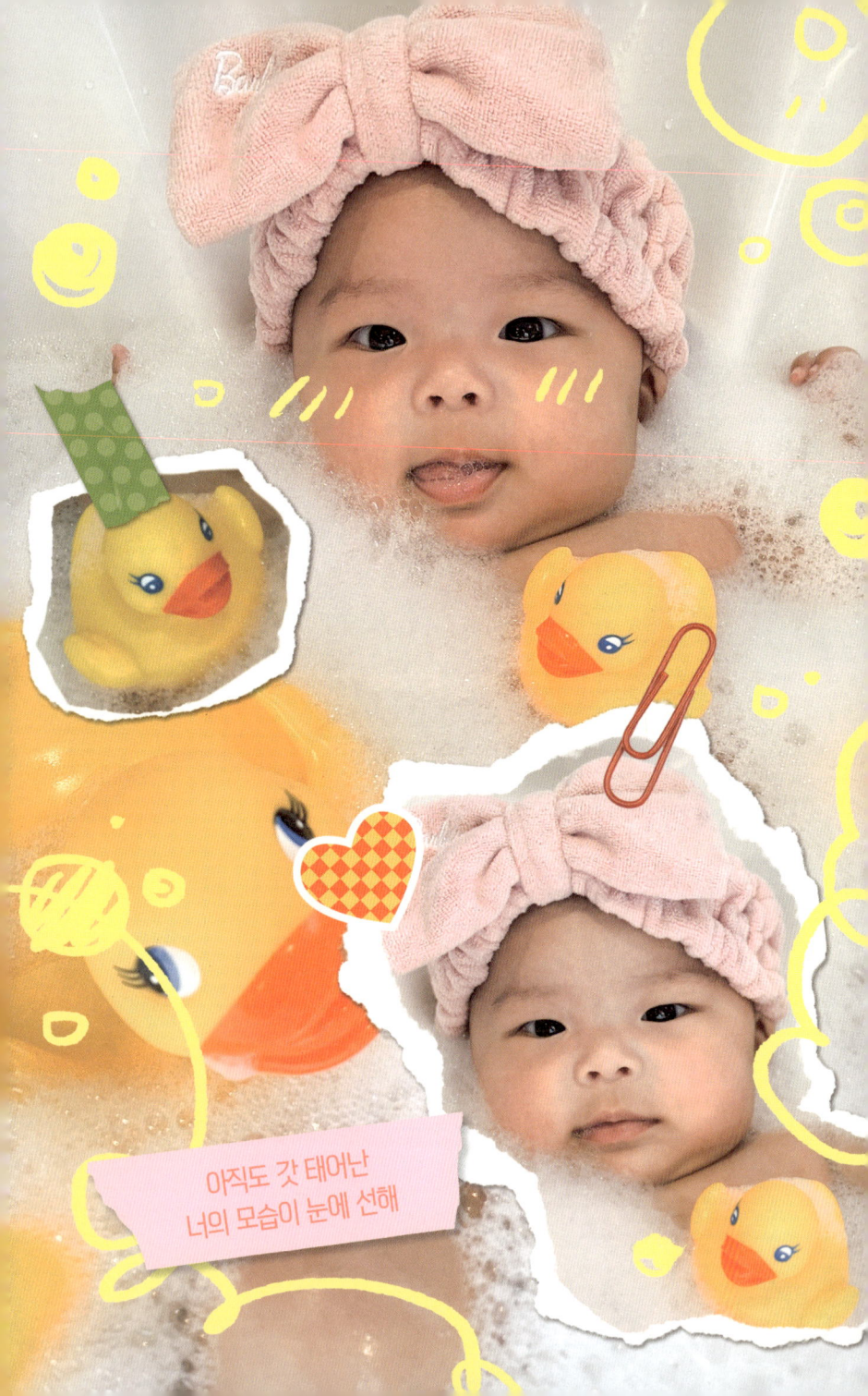

아직도 갓 태어난
너의 모습이 눈에 선해

현실은 그렇지 않았다. 둘째를 갖기까지 3년이라는 시간 동안 기대와 실망을 반복했다. 결국 카야와 벤지만 잘 키우자는 마음으로 내려놓으려던 순간 라니가 찾아왔다. 신기하게도 라니의 존재를 알게 된 날은 카야의 임신 사실을 자각한 날과 같은 2월 초였다. 두 아이의 생일이 아주 가까울 거란 예감이 들었고, 그 예감은 현실이 되었다.

라니를 가지고 나서 첫째 임신이 얼마나 수월했는지 깨달았다. 카야를 가졌을 때는 한 달 정도 입덧이 있었고 후각이 예민해 부르주아처럼 생수로 양치를 할 정도였지만 견딜만했다. 반면 라니를 가졌을 때는 전혀 달랐다. 입덧이 심해 물만 마셔도 토했고 4개월 동안 변기를 붙잡고 살아 체중이 6킬로그램이나 빠졌다. 겨우 입덧이 끝나자 임신성 당뇨 진단을 받았다. 그야말로 순탄하지 않았던 40주였다.

게다가 카야를 키우며 일도 병행하던 상황이라 라니에게 태교를 제대로 못해준 것 같아 미안한 마음도 남아있다. 이런 게 둘째들의 서러움일까? 몸도 마음도 고단했던 임신이었지만, 카야가 언니가 되는 걸 잘 받아들인 덕에 마음 한편은 든든했다.

출산 예정일을 이틀이나 넘긴 어느 토요일, 카야는 친구 아린이네 집에서 하룻밤 자고 오기로 되어 있었다. 마침 그날 밤 11시 30분부터 진통이 시작되어 오전 2시 30분에 병원으로 갈 채비를 마쳤다. 다행히 카야가 외박 중이었던 덕분에 우리는 마음 놓고 병원으로 향할 수 있었다. 그렇게 2021년 10월 17일 오전 4시 31분, 아직 해도 제대로 뜨지 않은 새벽에 언니인 카야와 단 하루 차이 나는 생일로 고팸에 새 식구 라니가 태어났다.

"생일 파티는 한 번에 할 수 있겠는데?" 진통 중인 내 옆에서 현규는 우스갯소리나 했지만, 긴장을 풀어주기 위한 그만의 방식이라는 걸 알아 함께 웃었다. 반면 태어나자마자 신생아 예방접종을 한 라니는 정말 우렁차게 울었다. 나는 어김없이 간호사에 이끌려 바로 샤워를 하고, 첫 끼로 호주 병원에서 주는 밥 같지 않은 밥을 먹었다. 이번에도 차가운 치킨 샌드위치였다.

다행히도 라니가 태어나기 일주일 전부터 코로나 때문에 제한되었던 면회가 가능해져서 그날 오후 2시 무렵, 카야와 라니의 첫 만남이 이루어졌다. 라니를 처음 보러 온 카

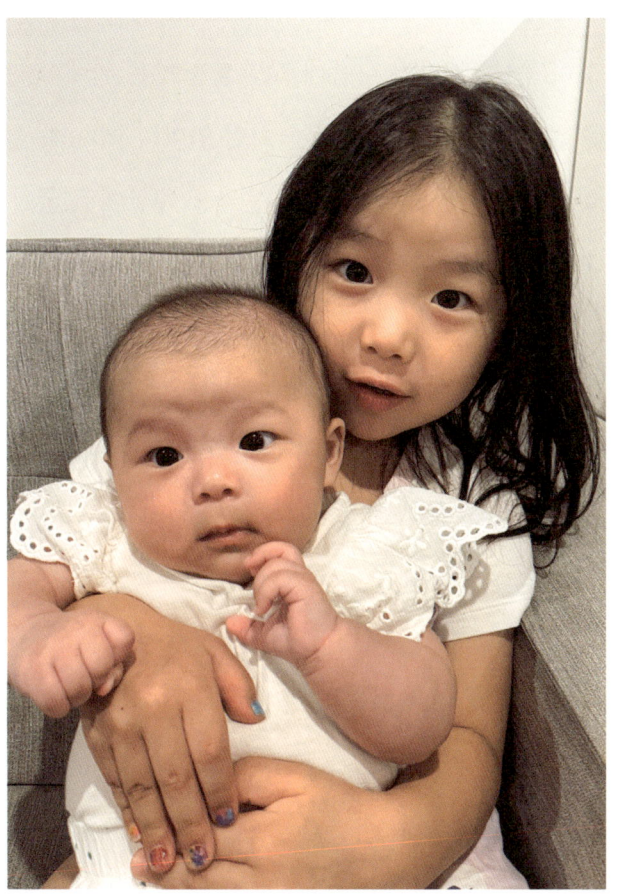

야는 잠이 덜 깨 비몽사몽이었다. 난생처음 외박을 해서 잠을 설쳤단다. 이제 언니지만 아직 아기인 카야는 동생보다는 하루 동안 보지 못한 엄마를 더 그리워한 듯 보였다. 아기처럼 엄마 품에 폭 안겨 나름대로 안정을 찾은 뒤에야 라니를 마주했다. 며칠 전까지 배불뚝이던 엄마의 배가 쏙 들어가고 아기가 태어난 게 신기한지 눈알을 데굴데굴 굴렸다. 항상 고팸의 주인공이던 카야가 서운하진 않을까 신경이 쓰였다.

"우와! 언니가 되었구나. 카야, 축하해!"; "우리 카야 닮아서 아기가 너무 예쁘네." 프리티 할머니와 광덕킹덤 할아버지도 들어오시며 카야의 기분부터 살폈다. 모든 어른이 카야가 서운함을 느끼지 않도록 부단히 애썼다. 평소에도 카야에게 다정한 패밀리지만, 오늘은 더욱 신경 쓰며 모든 상황이 당황스러울 카야에게 조심스럽게 축하의 메시지를 건넸다.

다음 날이면 카야의 네 번째 생일인데 전날 동생이 태어나서 어안이 벙벙했을 것이다. 몇 년이 지난 지금 생각해 봐도 계획을 하거나 의도한 건 아닌데 생일이 딱 하루 차이 나는 자매를 둔 것이 너무나도 재밌다. 아이들은 좋을지 싫을지 모르겠지만 말이다.

카야는 라니가 태어난 이후, '언니'라는 새로운 역할을 맡았다. 기대보다 더 살뜰히 라니를 보살피고 아끼며 자신의 품에 라니를 꽉 안기도 한다. 어떤 날은 라니를 위해 자장가를 부르며 잠든 동생의 옆을 지켜주기도 한다. 카야는 앞으로 라니가 세상을 알아가는 데 가장 필요한 사람이 되겠지. 라니가 울 때마다 카야가 있어 위안을 받지 않을까?

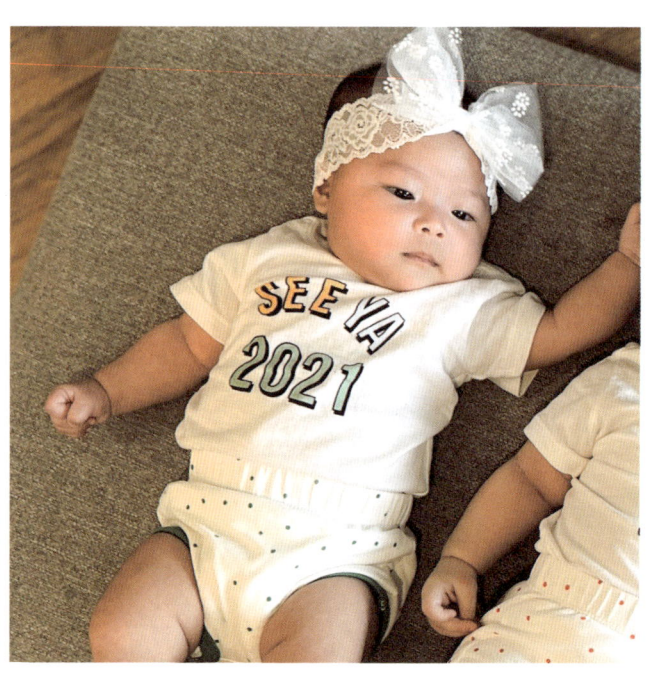

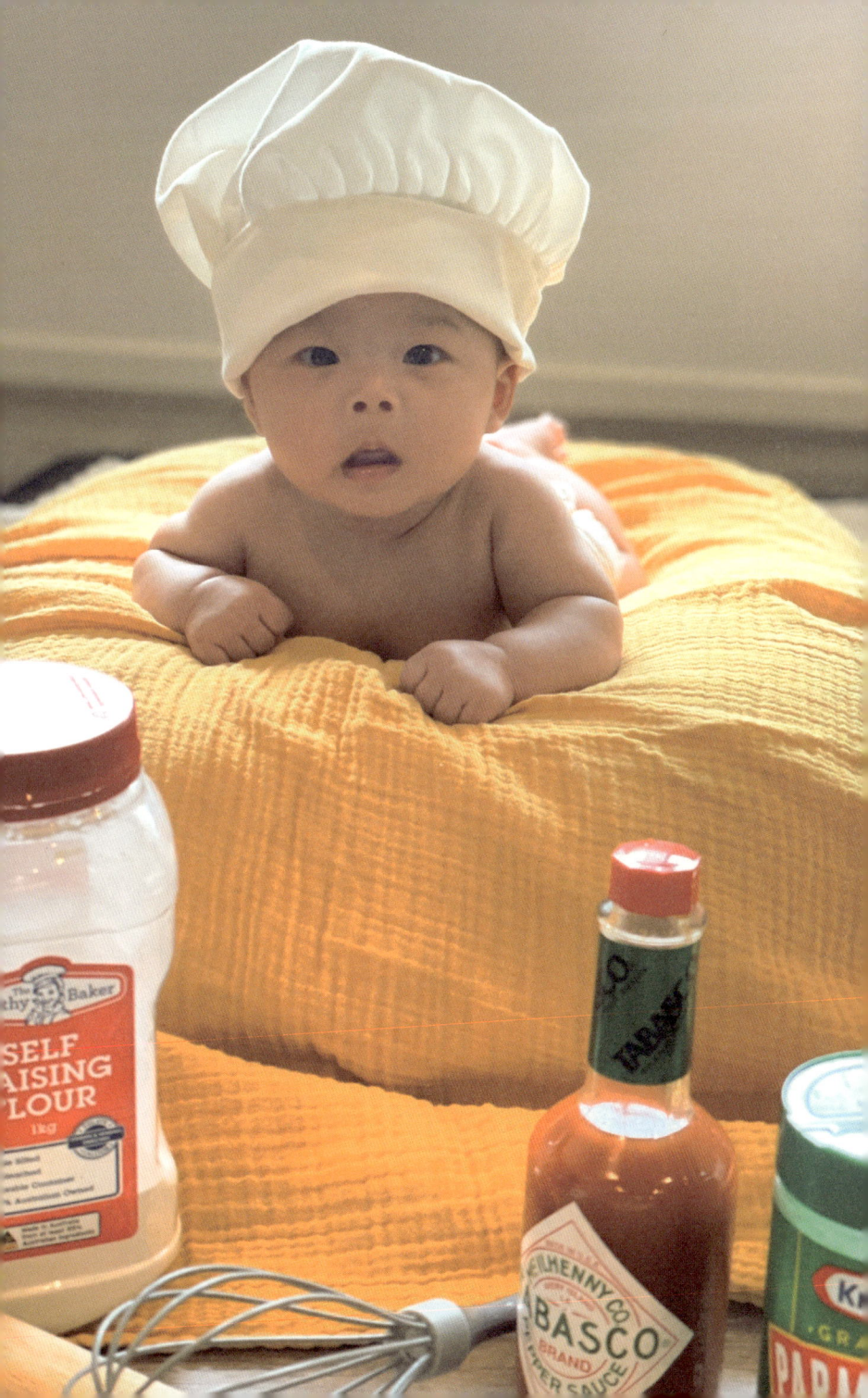

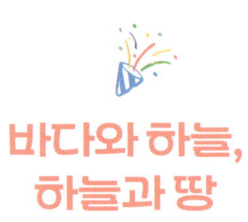

바다와 하늘,
하늘과 땅

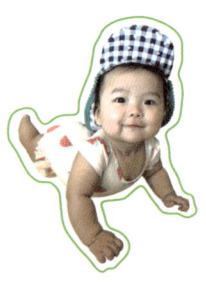

육아는 매일 새롭다. 하루하루 반복되는 루틴 속에서도 늘 새로운 일이 생기고 똑같은 날은 단 하루도 없다. 카야와 라니를 키우면서도 그런 생각이 든다. 같은 부모, 같은 엄마 배 속에서 태어났어도 아이들은 각자 다르다. 처음 임신 사실을 알았던 순간부터 출산까지, 성격도 행동도 모두 달랐다. 카야와 라니는 우리가 지은 이름처럼 달라도 너무 다른 존재들이다.

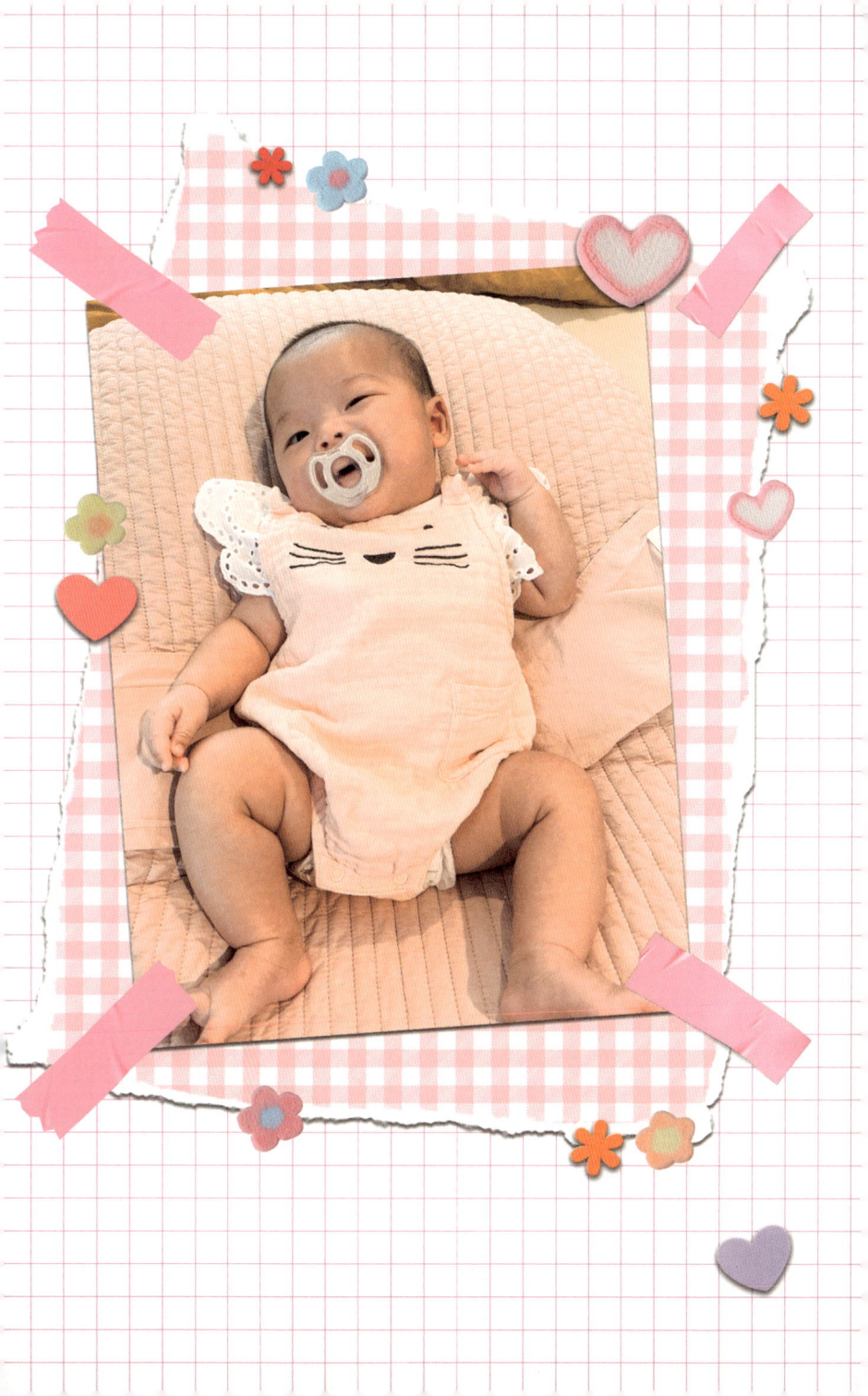

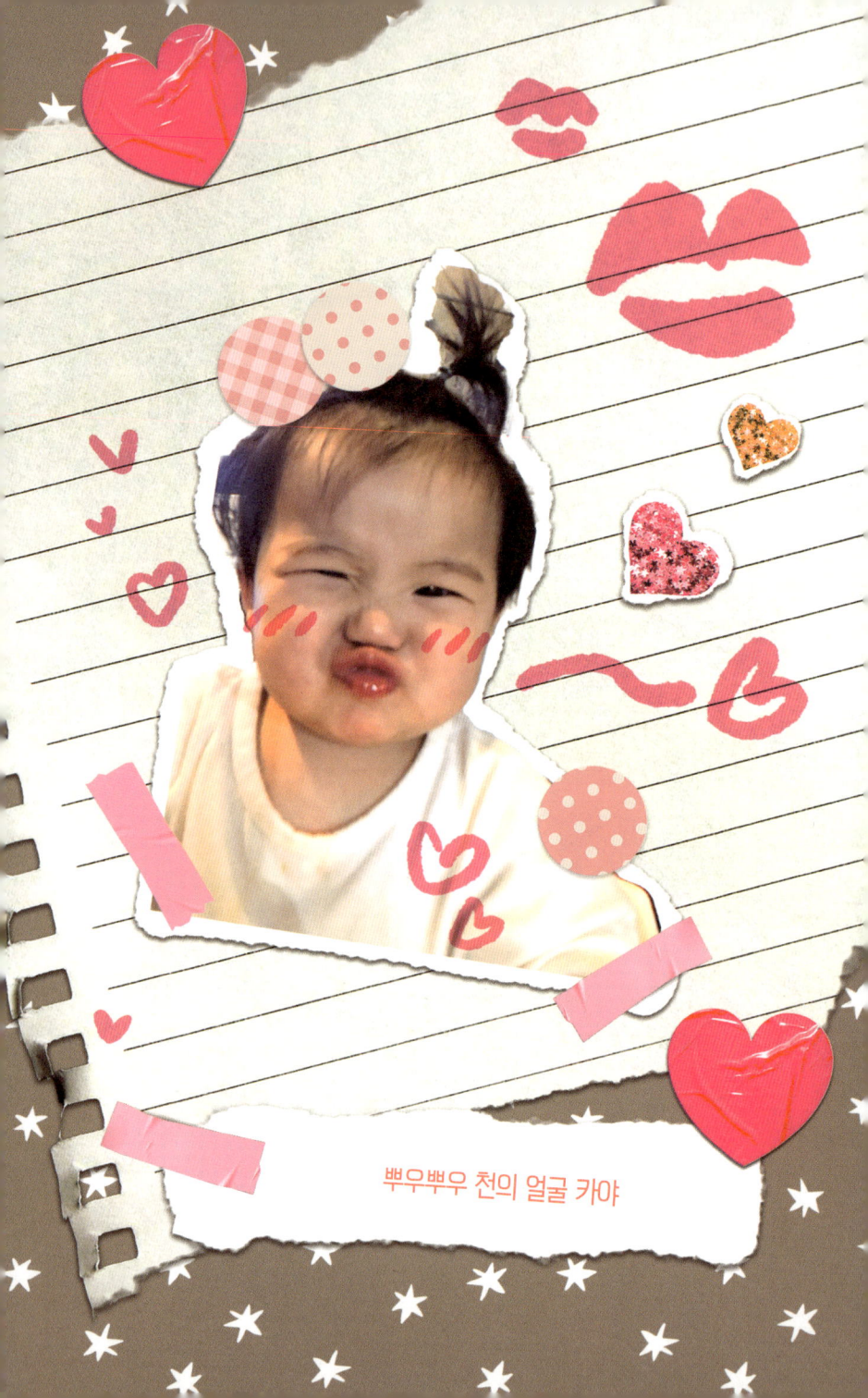

뿌우뿌우 천의 얼굴 카야

하와이어로 '카야Kaia'라는 이름은 바다라는 뜻이고, '라니Lani'는 하늘 또는 천국을 의미한다. 이름만 보면 둘이 찰떡같이 어울릴 것 같지만, 둘을 키우다 보면 말 그대로 하늘과 바다처럼 전혀 다르다. 카야는 전반적으로 순탄했던 임신 기간을 보냈고 출산 이후에도 큰 어려움 없이 잘 자라 주었다. 속을 썩인 적도 없고 오히려 그 어린아이가 어른을 이해해주는 것 같은 순간도 많았다. 그래서인지 카야를 생각하면 항상 고맙고 기특하고, 가끔은 미안한 마음이 든다. 첫째라서 아무것도 모르던 초보 엄마와 초보 아빠의 서투름 속에서도 묵묵히 잘 자란 고마운 아이다.

반면 라니는 또 다른 생물체다. 임신 초기부터 시달렸다. 태어난 이후에도 앙칼진 라니의 기질은 아직도 나를 깜짝깜짝 놀라게 한다. 처음엔 도대체 누굴 닮은 걸까 고개를 갸웃했지만, 내가 낳은 아이니 결국 나를 닮았겠다는 생각이 든다. 나도 몰랐던 내 모습이 아이를 통해 비춰지는 건 아닐까?

그나마 다행인 건 카야와 라니는 사이가 좋다는 것이다. 네 살 터울로 나이 차이가 꽤 나는 편이지만, 언니는 동생을 잘 챙기고 동생은 언니를 제법 잘 따른다. 그 모습을 보고 있자면 우리 가족이 제법 괜찮게 흘러가고 있구나 싶어 뿌듯해진다. 카야와 라니의 단단한 관계가 사춘기를 지나서도 계속 이어지길 바란다. 서로가 서로에게 든든한 편이 되어준다면 그보다 더 좋은 자매는 없지 않을까?

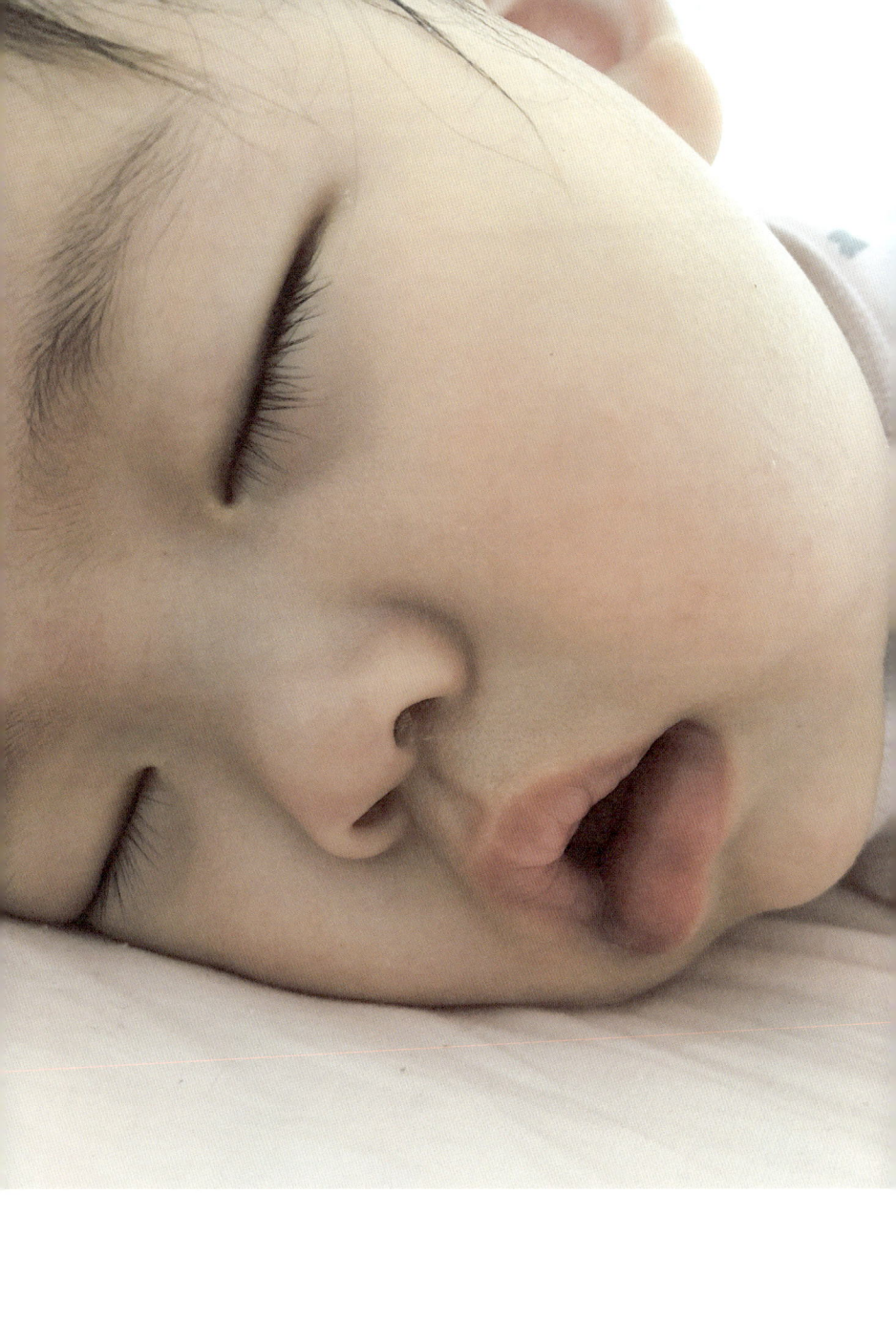

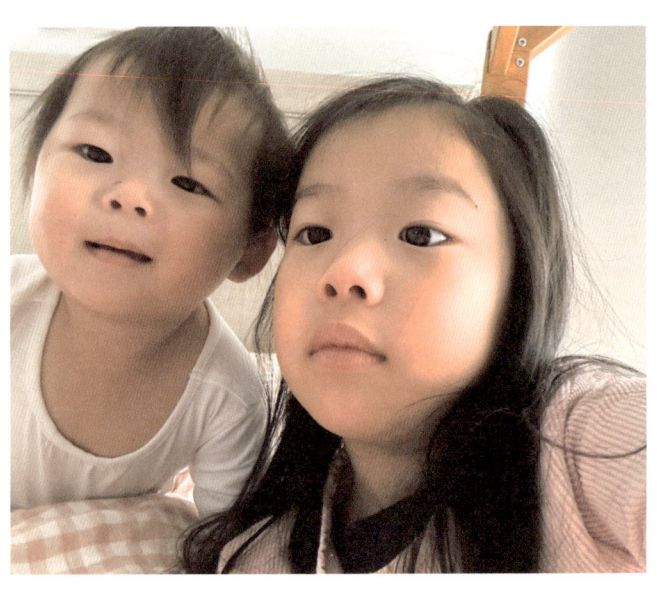

굿모닝 나의 천사들

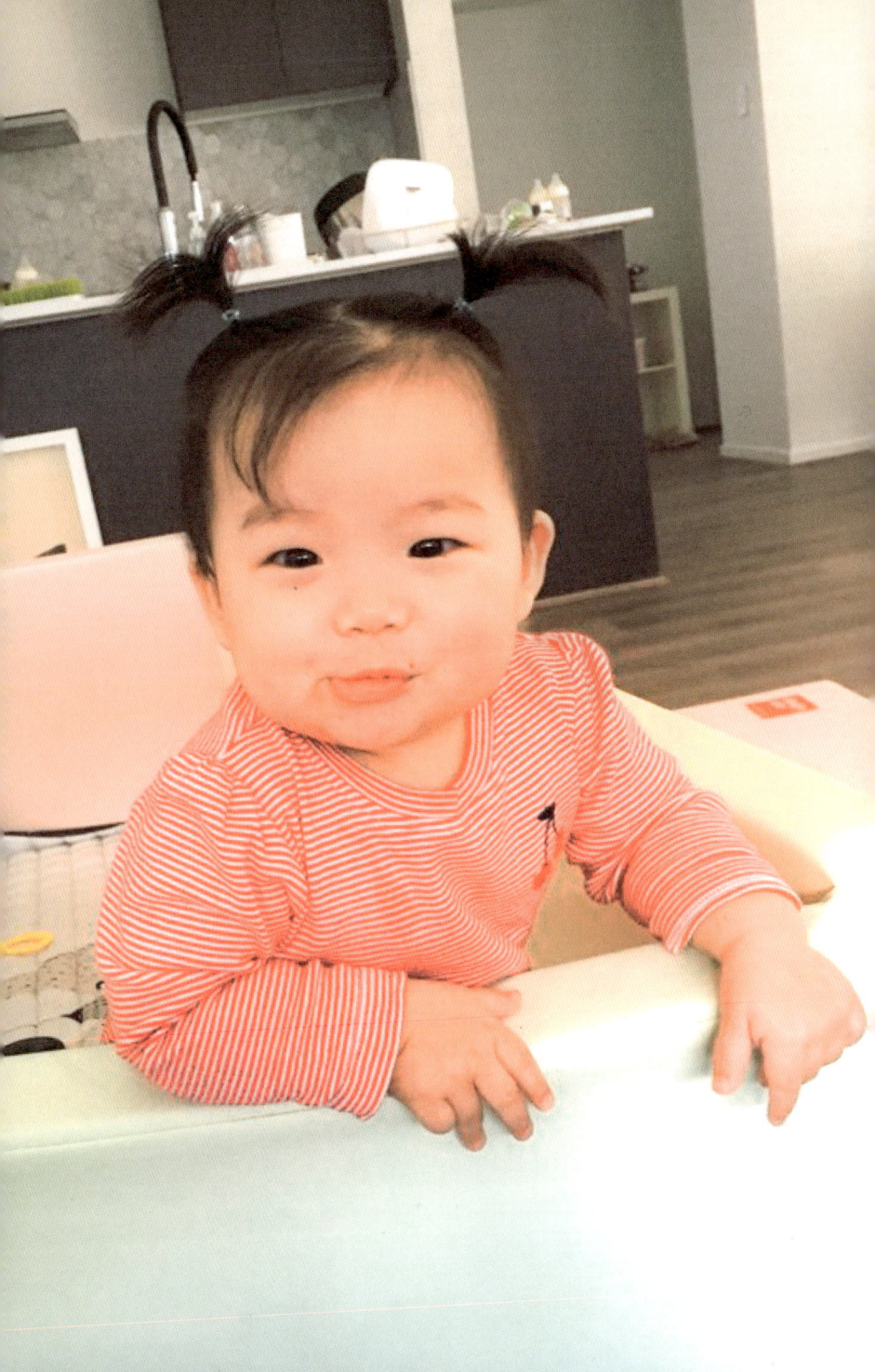

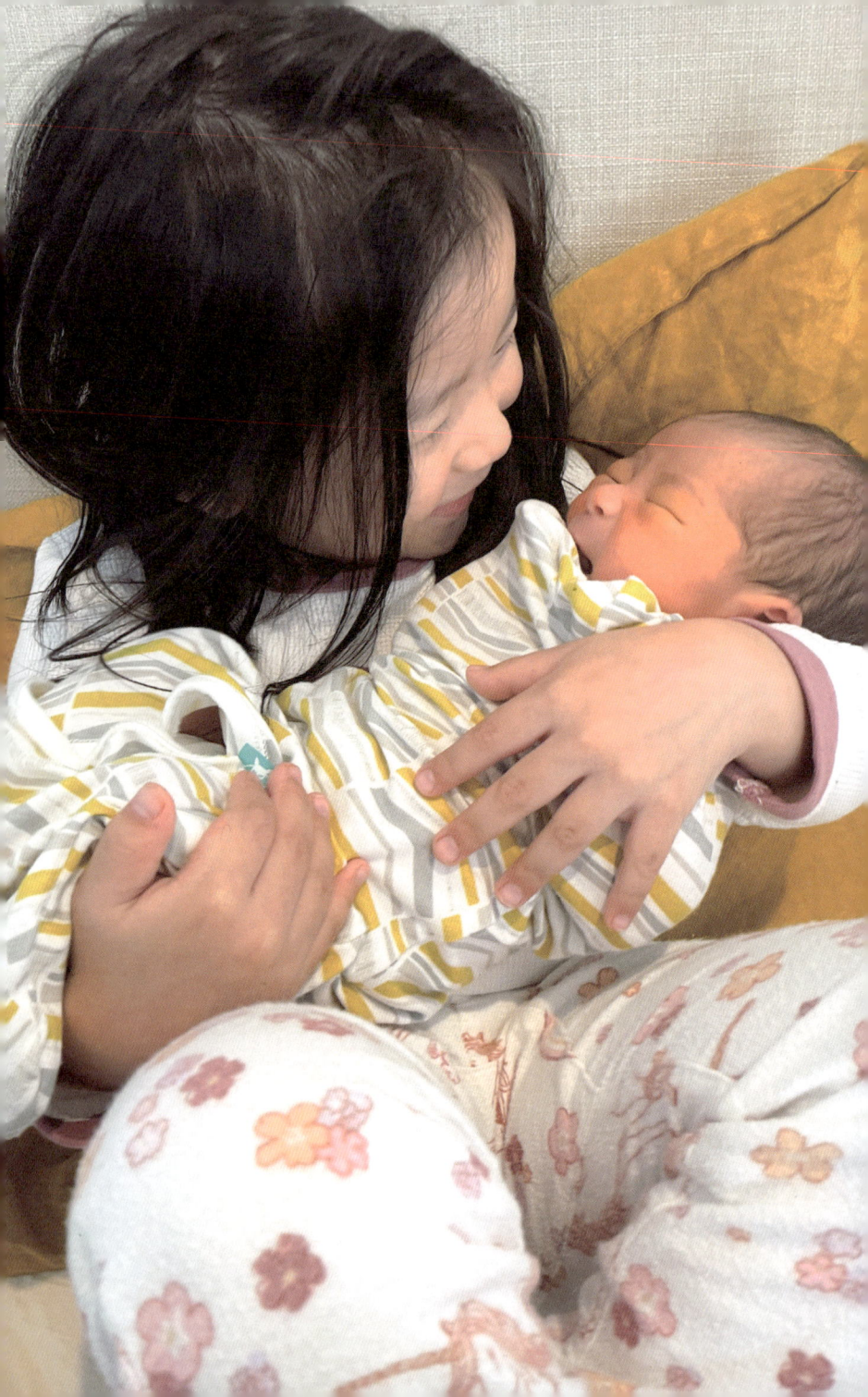

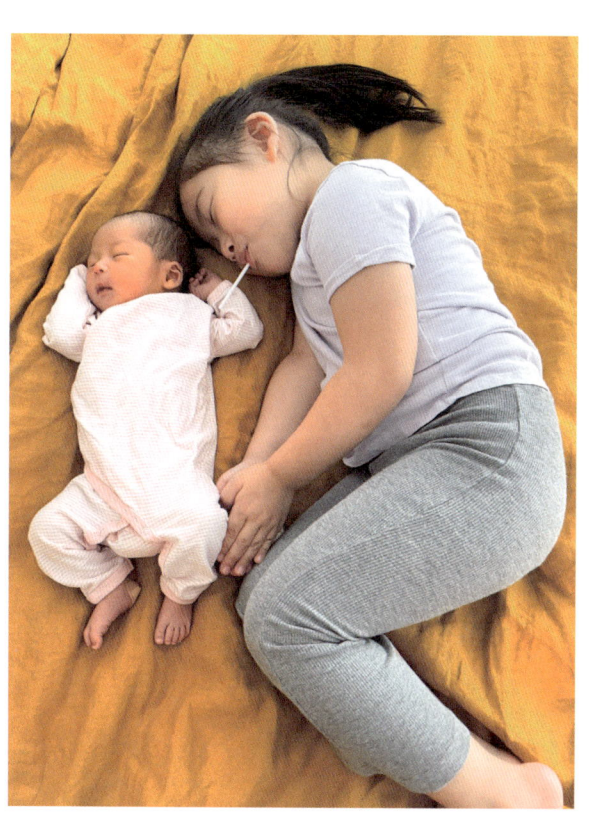

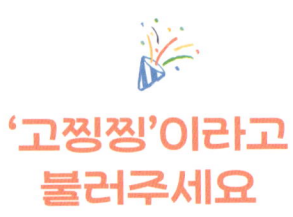

'고찡찡'이라고
불러주세요

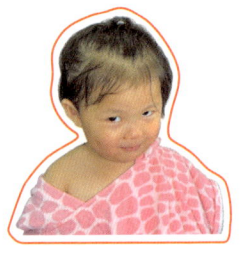

우리 집 둘째 라니. 사실 괜히 이름을 '라니'라고 지었나 싶을 때도 있다. 예전부터 예쁘다고 생각해왔던 이름이라 둘째가 딸이라는 걸 알자마자 현규에게 의견을 물었다. 그런데 현규가 "고라니?"라고 되묻는 순간, 한국에서는 이름보다 성을 먼저 말한다는 사실을 깨달았다. 덕분에 '고라니'라는 조합이 나올 수 있다는 걸 그제야 인식했다. 한동안 다른 이름을 고민하기도 했지만, 이름 자체가 예쁘고 호주에서

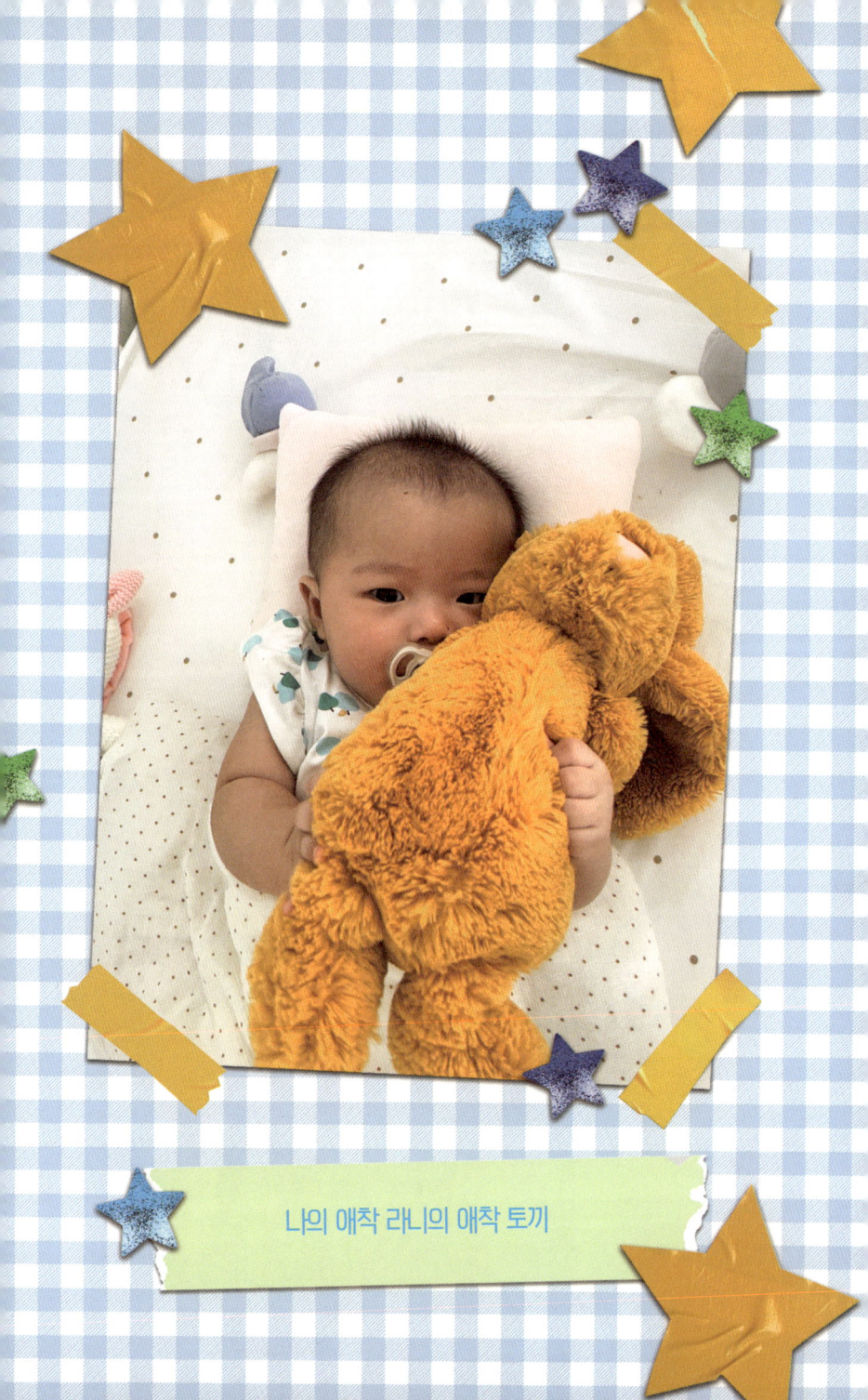

나의 애착 래니의 애착 토끼

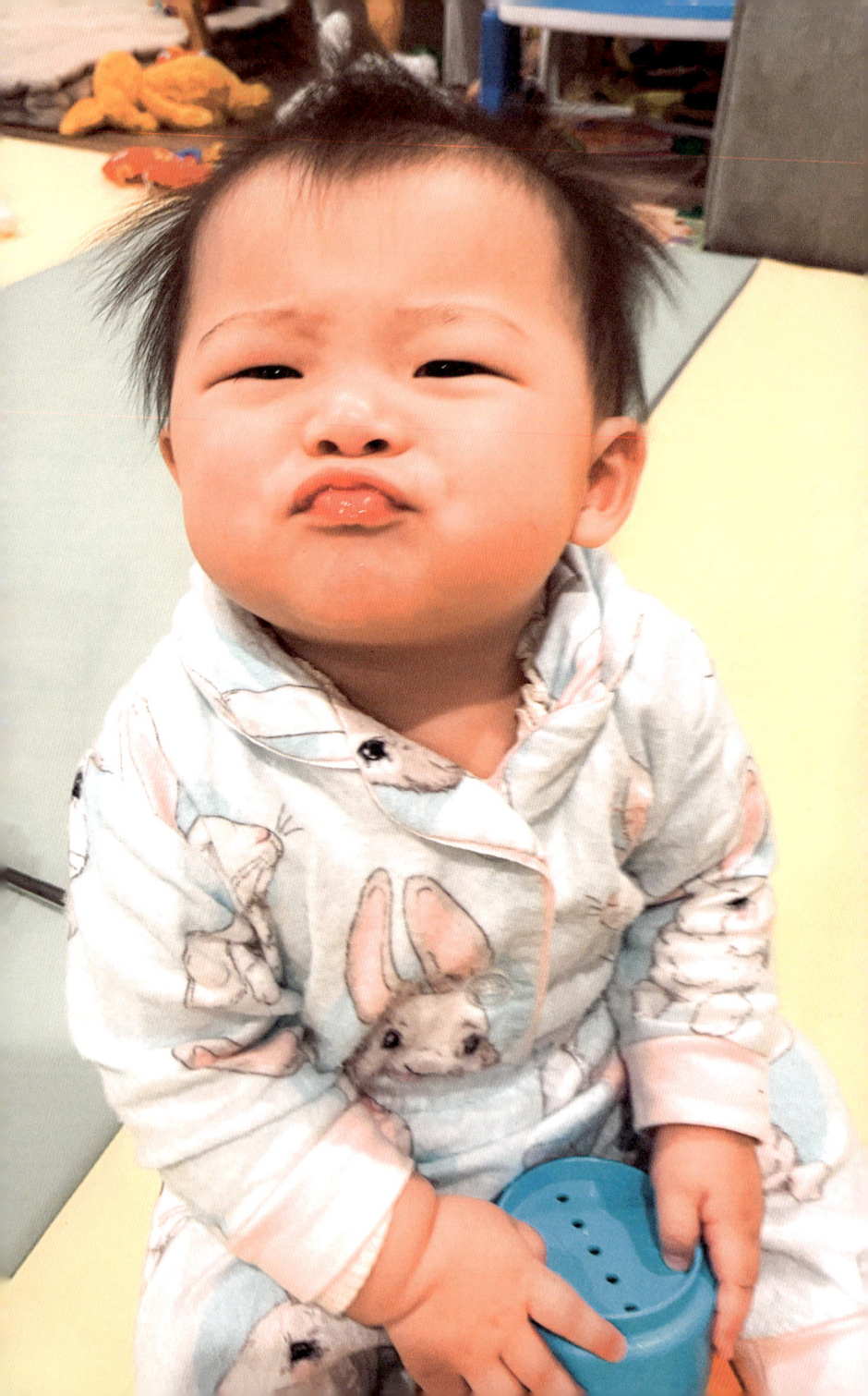

생활하면 고라니라고 놀림받지 않을 테니 괜찮지 않을까 싶었다.

그럼에도 이번 장의 포인트를 고라니에 둔다. 이름보다 더 고라니 같은 건 바로 라니의 성격이기 때문이다. 마음에 들지 않는 일이 생기면 정말 고라니처럼 운다. 좋아도 "악!" 하고 소리를 지르고, 싫어도 "으앙!" 하고 울고, 부끄러워도 고라니 소리를 내며 찡찡거린다. 둘째라서 그런 건지 원래 성격이 그런 건지 아직은 모르겠다. 이런 아이의 모습이 부모로서 웃길 때도 있고 솔직히 당황스러울 때도 있다. 가끔은 도대체 어느 장단에 맞춰야 할지 모르겠다.

첫째 시누이 해주의 아기 주하를 온 가족이 다 함께 처음 만난 어느 명절 날, 라니는 하염없이 앞으로 데굴데굴 구르고 또 굴렀다. "라니야, 왜 계속 앞구르기를 해?"라고 물어도 멈추지 않았다. 관심이 아기한테만 쏠리니 주인공은 나라는 듯 엄청나게 구르며 토라진 기분을 티 냈다. 주하에게 위기의식이라도 느끼는 건지, 어른들 특히 현규나 루시 할머니가 주하를 안아주기라도 하면 난리가 났다. 나는 되지만 현규와 루시 할머니는 안 된다니 무슨 기준인지 전혀

알 수가 없었다.

둘째라서 카야보다 더 아기 같은 걸까? 평소 현규가 혼낼 때도 듣기 싫어서 부들거리고, 이리 오라고 해도 삐진 채로 "시더!" 찡찡거리며 모른 척한다(왜 삐졌는지 도통 모를 때가 많다). 그러니 지금 이 상황도 마음에 들 리 없다. 주하가 집으로 돌아가면 똑같은 자세로 안아달라고 하는 우리 집 대왕 아기 라니가 언제까지 이럴지 궁금하다.

반면 카야는 '빅 시스터'라는 위치에 푹 빠졌다. 아직 해주의 아기가 선물이로 불리던 때, 저녁 식사 자리에서의 일이었다. 출산을 앞둔 해주와 이런저런 얘기를 나누던 중 라니를 낳던 때의 기억을 끄집어냈다. 호주에서는 아이를 낳자마자 부모 품에 안겨주는데, 아빠는 윗옷을 벗은 채로 아이를 받아야 한다(아이가 부모와 피부를 맞닿으며 안정감을 느끼게 하기 위해서다). 당시 현규도 어영부영 윗옷을 벗고 라니를 받았다. 그런 얘기를 하던 중 카야가 "나도 해야 돼?" 하고 귀엽게 물었다. 카야는 '빅 시스터'에서 '빅빅 시스터'가 되는 게 설레는 모양이었다.

아니나 다를까, 카야는 주하의 발냄새에 푹 빠졌다. 아

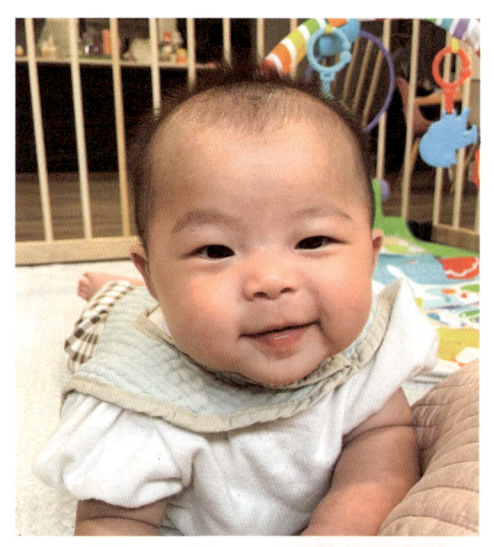

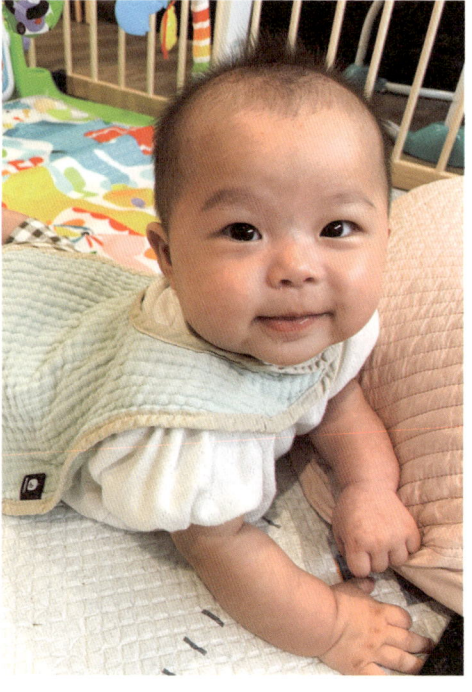

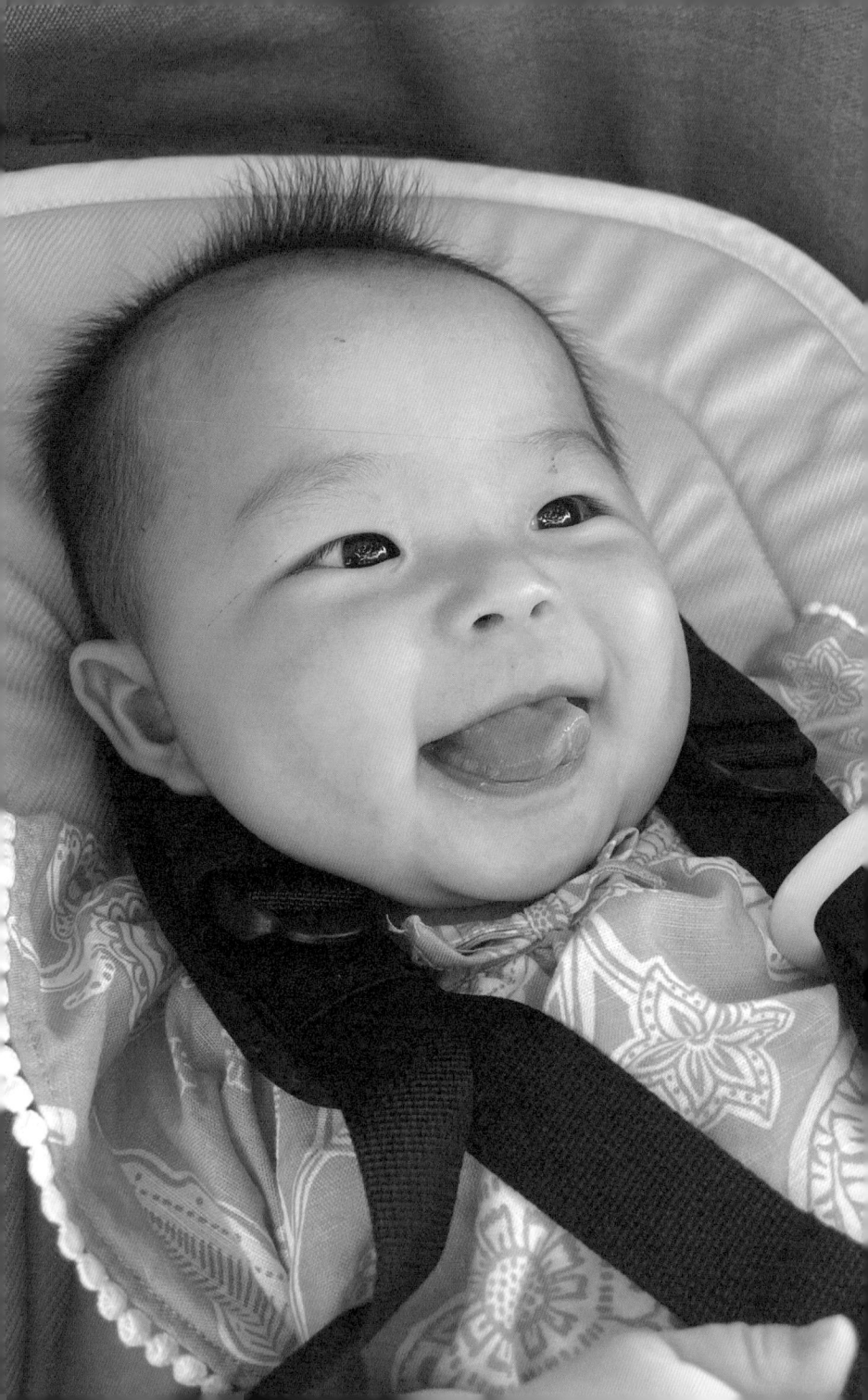

기 발냄새가 좋다며 킁킁거린다. "아기 발 너무 작아! 너무 귀여워!" 자기도 아기면서 더 작은 아기가 귀여운 모양이다. 제일 좋아하는 해주의 아기라 질투할 법도 한데 '빅빅 시스터'가 되어서일까? 같은 상황에 놓인 자매의 동상이몽이 귀엽다. 라니를 낳았을 때와는 다르게 조금 더 컸다고 제법 언니 같아진 카야가 기특하기도 하다. 새삼 아이들은 참 빨리 큰다. 얘들아, 조금만 천천히 크면 안 될까?

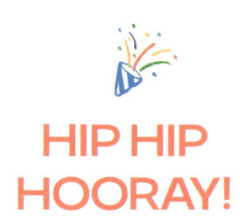

HIP HIP
HOORAY!

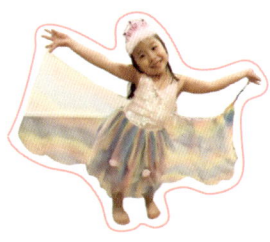

어린이들이 1년 중 가장 기다리는 날은 단연 생일일 것이다. 카야 덕분에 우리 가족도 생일이라는 기념일을 더 특별하게 여기게 되었다. 예전에는 케이크나 간단한 식사 정도로 지나가던 날이었지만, 카야가 태어난 이후로는 연중행사 중 생일이 가장 중요한 날로 자리 잡았다. 그날이면 친정과 시댁 식구들이 한마음 한뜻으로 모여 도란도란 얘기를 나누고 음식을 함께 먹으며 웃고 축하하는 시간이 되었다.

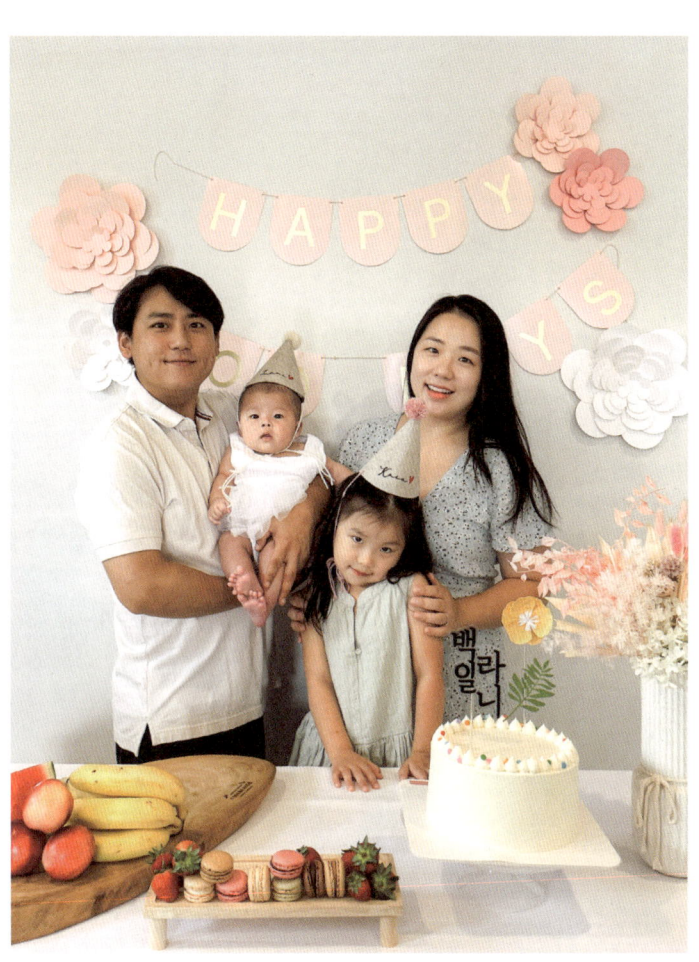

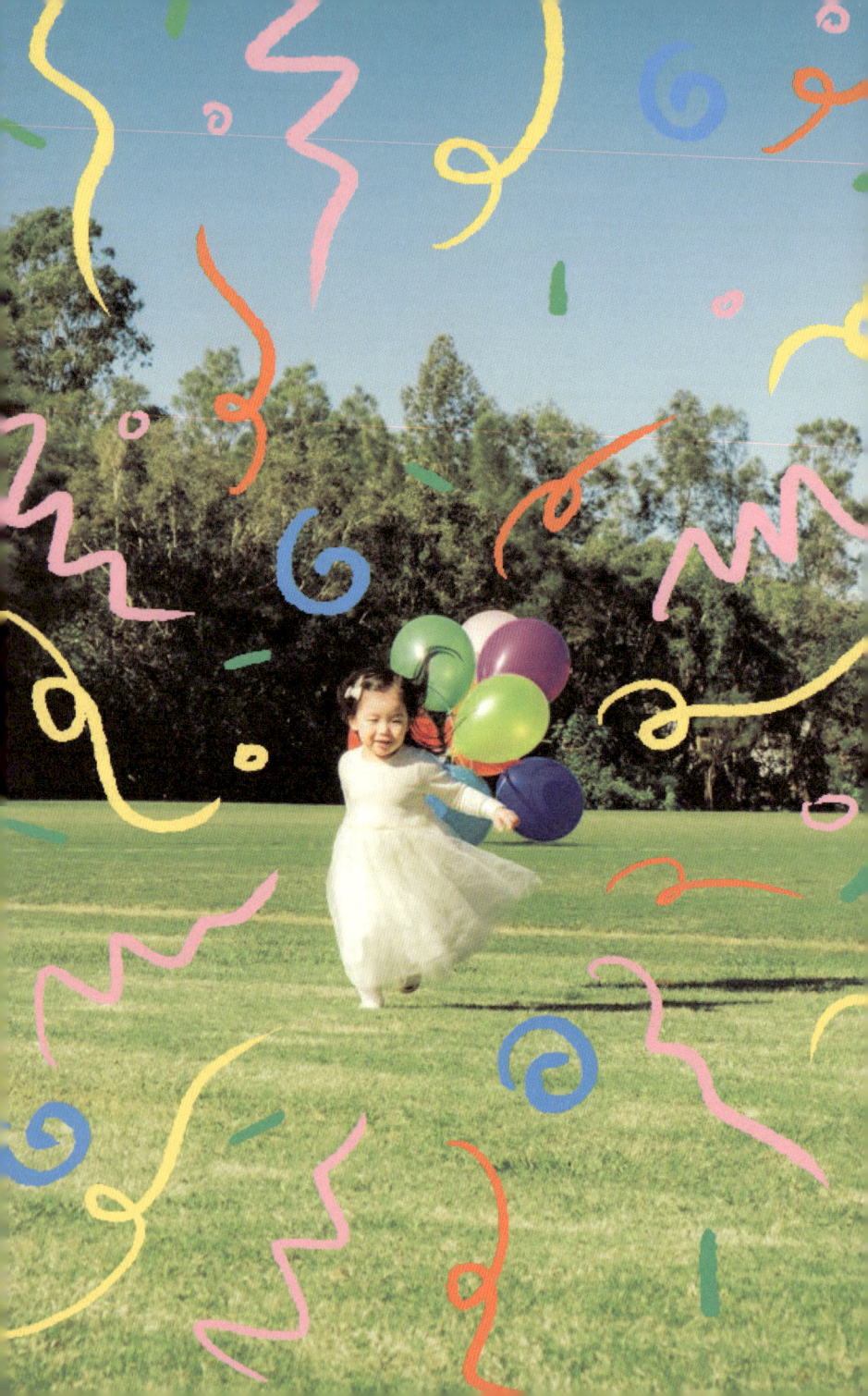

카야는 만 두 살 때부터 생일이라는 개념을 알고 좋아했다. 두 살 생일 파티에서 잔뜩 축하를 받은 뒤, 너무 즐거웠던 나머지 월요일에 어린이집에 등원해서 모래놀이를 하며 모래로 케이크를 만들고 스스로 생일 축하 노래를 불렀을 정도였다.

그렇게 3년 동안 온 가족들의 사랑과 관심, 선물을 독차지했던 카야의 생일은 만 네 살이 되던 2021년에 모든 게 바뀌었다. 카야의 생일은 10월 18일, 라니의 생일은 10월 17일이다. 일부러 맞춘 것도 아닌데 어떻게 딱 하루 차이로 자매가 되었는지 아직도 신기하다.

2022년, 라니의 첫돌을 맞이한 해는 앞으로 생일 전략을 결정짓는 중요한 시기였다. 첫 단추를 잘못 끼우면 오랫동안 나의 체력, 멘탈, 통장에 동시다발적으로 치료가 필요하겠다는 예감이 들었다. 처음엔 카야의 친구들을 초대하는 생일 파티는 생략할까 싶었지만, 라니의 첫 생일을 맞아 골드코스트에 있는 친척과 친구들을 모두 초대할 예정이라 비교가 될까 봐, 카야가 서운해할까 걱정이 되었다. 결국 카야의 친구들을 불러 동네 놀이터에서 파티를 열어주었다.

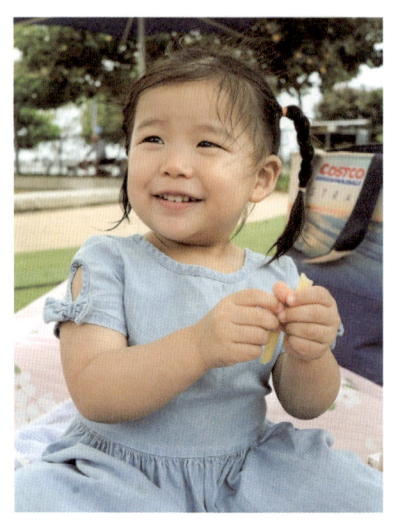

　그걸로 끝이었으면 좋았으련만 카야는 당연히 할아버지와 할머니들 그리고 당시 유일하게 호주에 있던 막내 고모네까지 꼭 초대해야 한다며 가족용 생일 파티까지, 하루에 두 탕을 요청했다. 엄마의 마음도 몰라주고… 아주 효녀가 따로 없다.

　생각해 보면 카야는 신생아 때부터 항상 시끌벅적한 분위기에서 생일을 보내왔다. 누가 보면 유난스럽다고 할 수

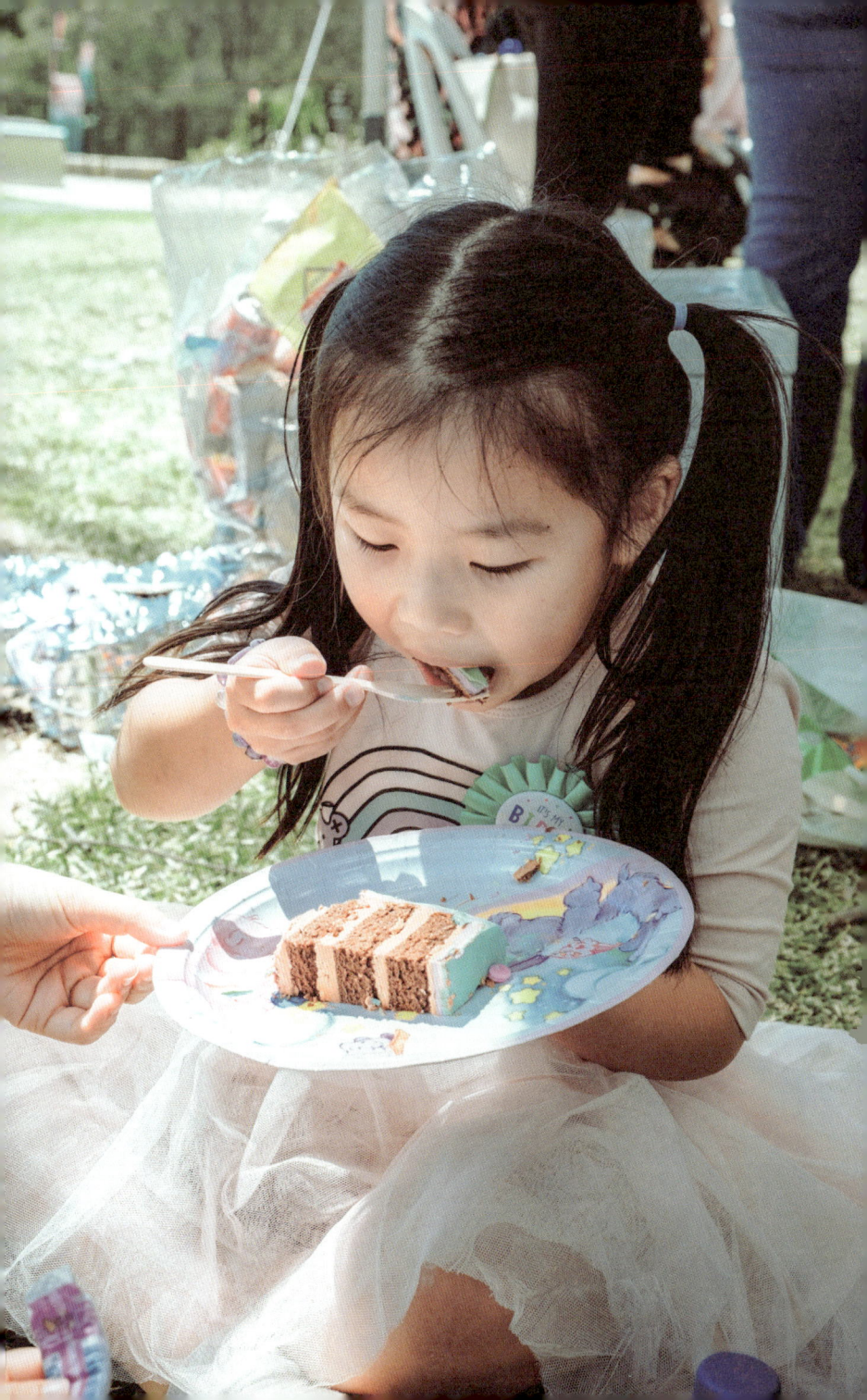

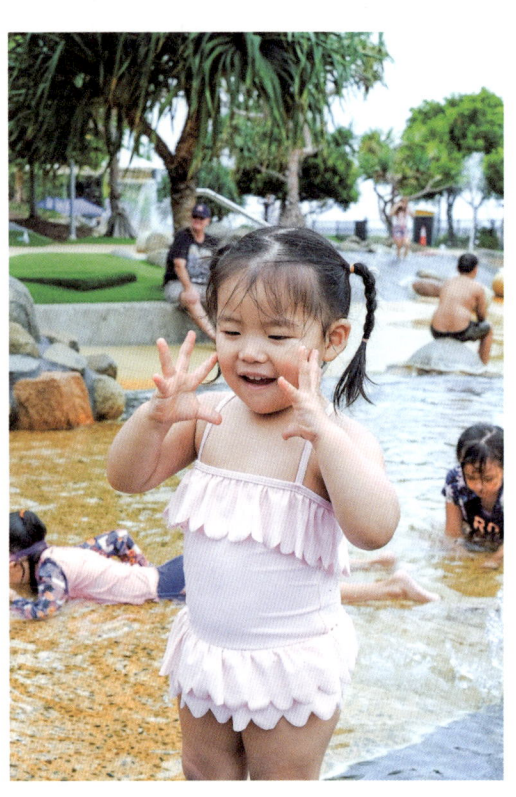

도 있지만, 우리 집에서 생일은 꼭 가족들이 다 모여 축하하는 날이었다. 그래서인지 카야도 친구들과 하는 생일 파티보다 가족들 사이에서 주인공이 되는 걸 더 좋아하는 모양이다.

한편 라니는 만 세 살이 되는 해부터 생일의 존재를 인식하기 시작했다. 정확히 말하자면, 나이를 한 살 먹는 것보다는 케이크와 선물에 더 관심이 많다. 다행인 건 라니는 아직 단순해서 선물로 초콜릿만 사달라고 하는 귀여운 어린이다. 반면 카야는 원하는 선물, 하고 싶은 일, 심지어 초대하고 싶은 사람까지 구체적으로 말해준다. 그런 모습을 보면 한편으로는 웃기고 한편으로는 '벌써 이렇게 컸구나' 싶은 마음에 혼자 피식 웃게 된다.

이제 카야와 라니는 운명처럼 해마다 생일을 함께 보내게 되었다. 물론 각자 생일 당일에는 그 아이가 좋아하는 음식과 케이크, 선물을 준비해 따로 축하하지만, 대가족이 모이는 카야와 라니의 생일 파티는 하루에 끝내기로 합의했다. 누구 하나 섭섭하지 않게, 그리고 나의 체력이 무너지지 않게 말이다. 이렇게 또 한 해를 함께 지나간다.

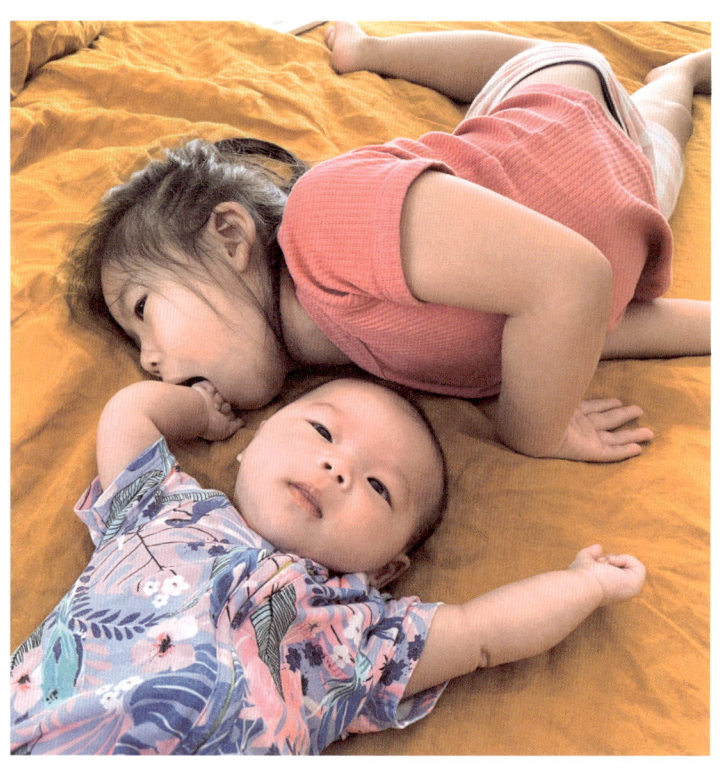

함께라면 딩굴어도 좋아

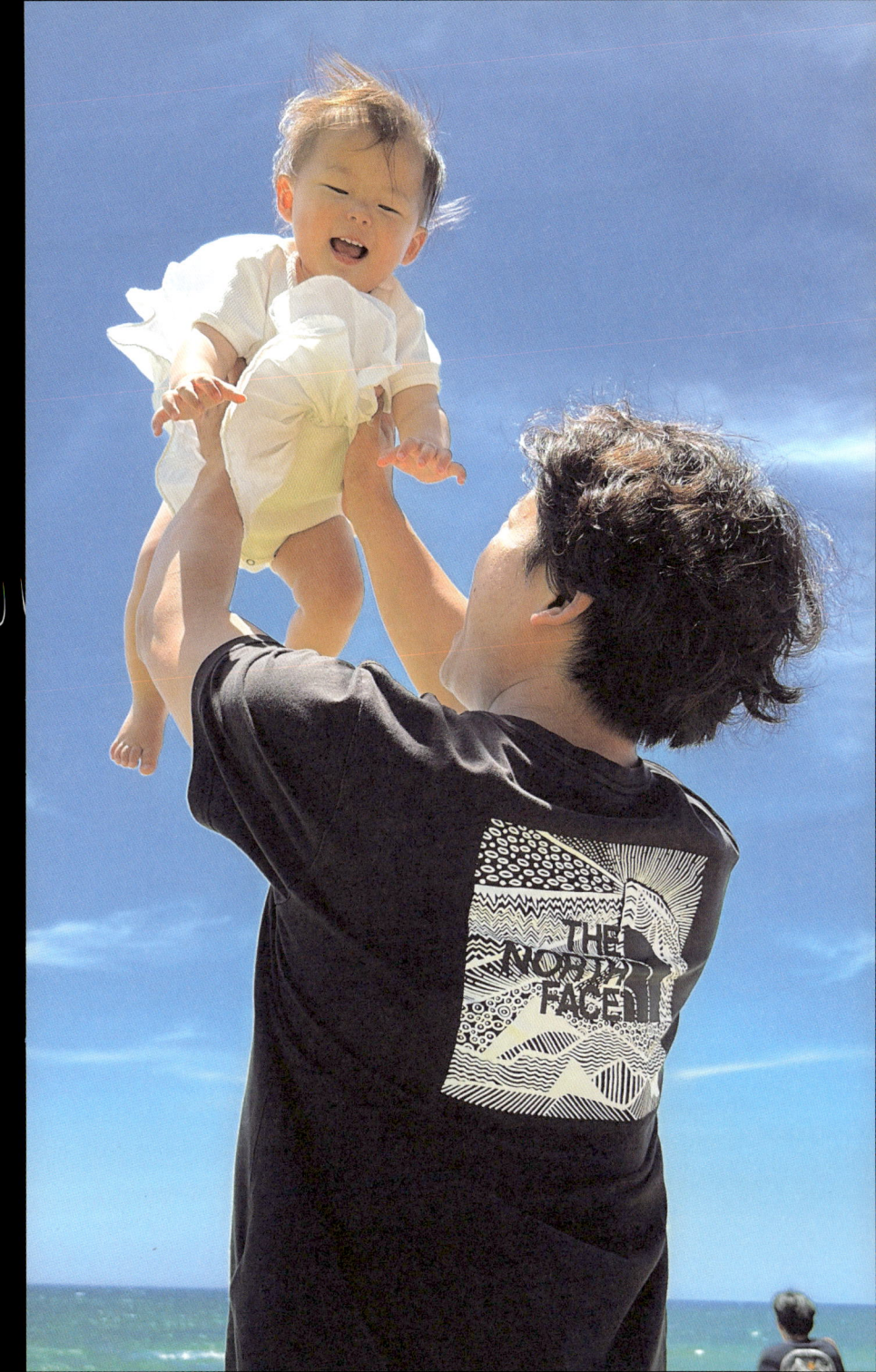

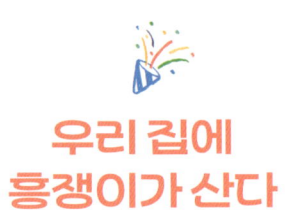

우리 집에
흥쟁이가 산다

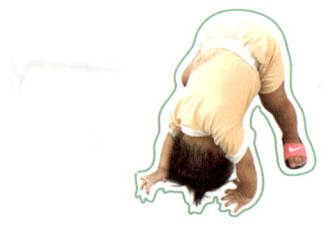

카야는 어렸을 때부터 흥이 많아 춤추고 노래 부르는 걸 좋
아했다. 이유식을 먹고 맛있으면 기쁨을 온몸으로 표현하며
춤을 췄고, 생후 10개월 무렵에는 제니, 빅뱅, 송민호 노래를
즐겨 들었던 나를 따라 몸을 흔들기도 했다. 보통 대부분은
클래식 음악을 들으며 태교를 한다지만, 나는 나름 젊은 엄
마라고 자부해 클래식 음악보다는 원래 즐겨 듣던 힙합 음
악을 들으면서 임신 기간을 보냈다. 마침 당시 Mnet 프로그

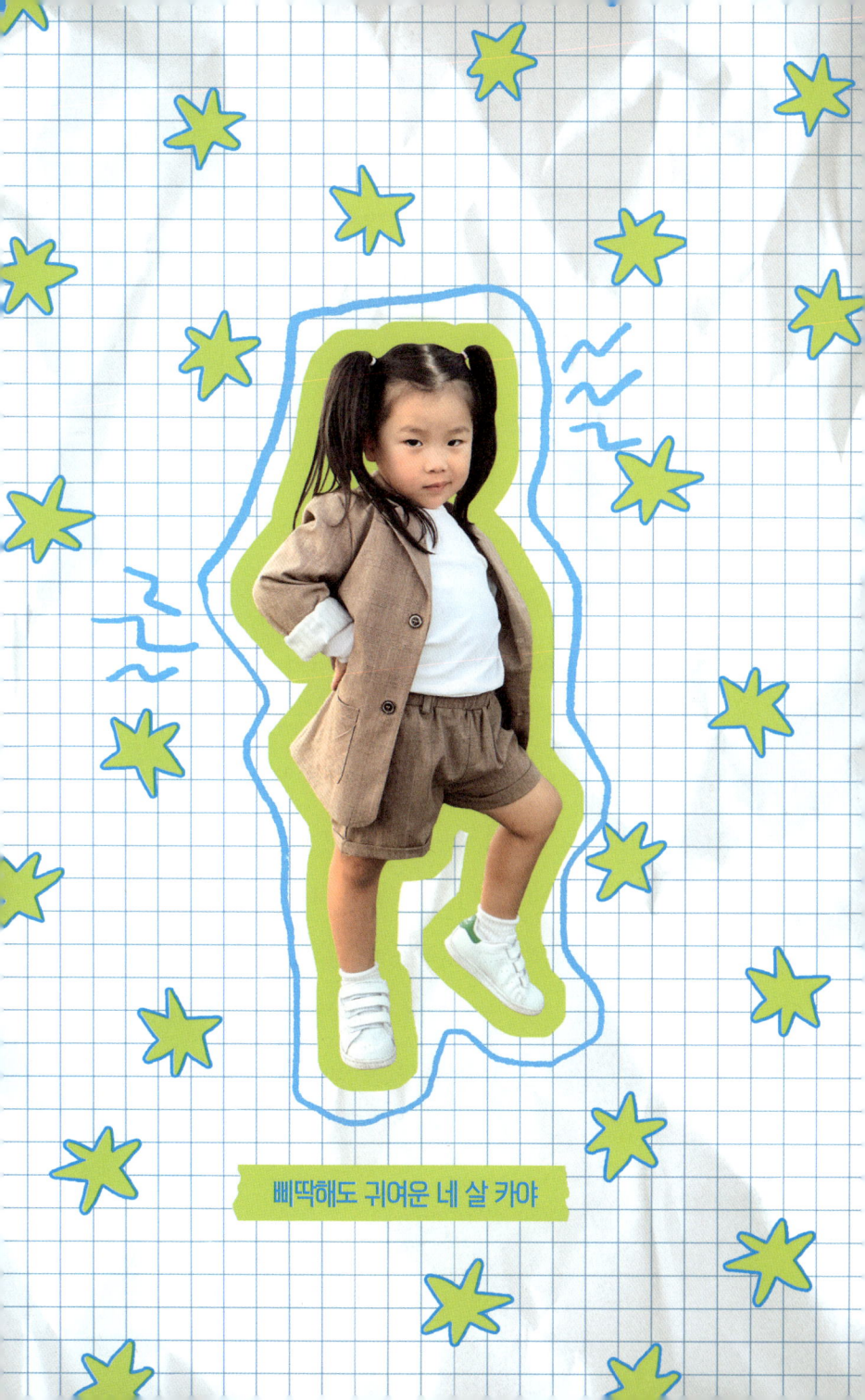

삐딱해도 귀여운 네 살 카야

램 〈쇼미더머니6〉가 유행이었다. 내가 그 프로그램에 푹 빠져 있었으니 자연스럽게 배 속에 있는 카야에게도 전해졌을 것이다.

나도 흥이 많은 편이고, 시댁 역시 유쾌하고 끼 많은 분위기의 집안이라 그런 바이브가 딱 맞아떨어졌다. 카야는 음악만 나오면 자동으로 리듬을 타고, 심지어 자작곡을 만들어 부르기도 한다. 그런 모습을 볼 때면 이 아이가 얼마나 천진난만하고 순수한지 새삼 느껴진다.

라니는 또 다른 종류의 흥을 가진 아이다. 카야가 언제 어디서든 흥을 발산하는 타입이라면, 라니는 선택적으로 흥을 내뿜는다. 라니를 임신했을 때는 카야 때와 달리 잔잔한 음악을 즐겼다. 혁오나 잔나비처럼 분위기 있는 곡들을 자주 들었는데, 그 영향인지 라니는 쉽게 가늠하기 힘든 면모가 있다. 겉으로는 흥이 많아 보여 같이 박수를 치며 호응해주면 갑자기 하지 말라고 손사래를 친다. 관심을 받는 걸 좋아하는 것 같으면서도, 정작 관심을 주면 쑥스러워하거나 선을 긋는다. 카야와는 정반대의 반응이다.

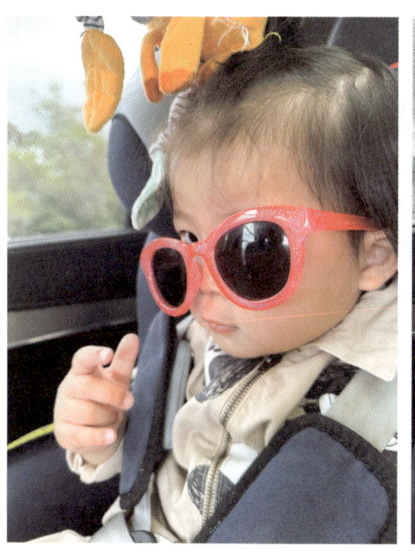
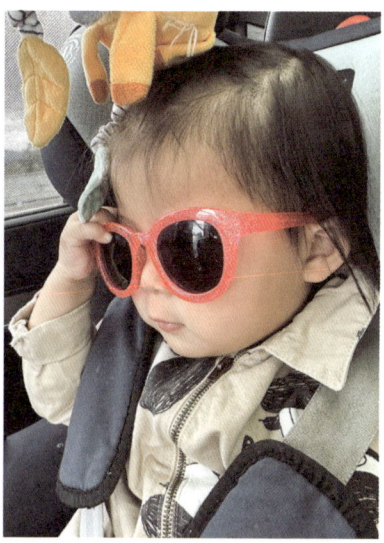

삐딱하고 싶은 두 살 라니

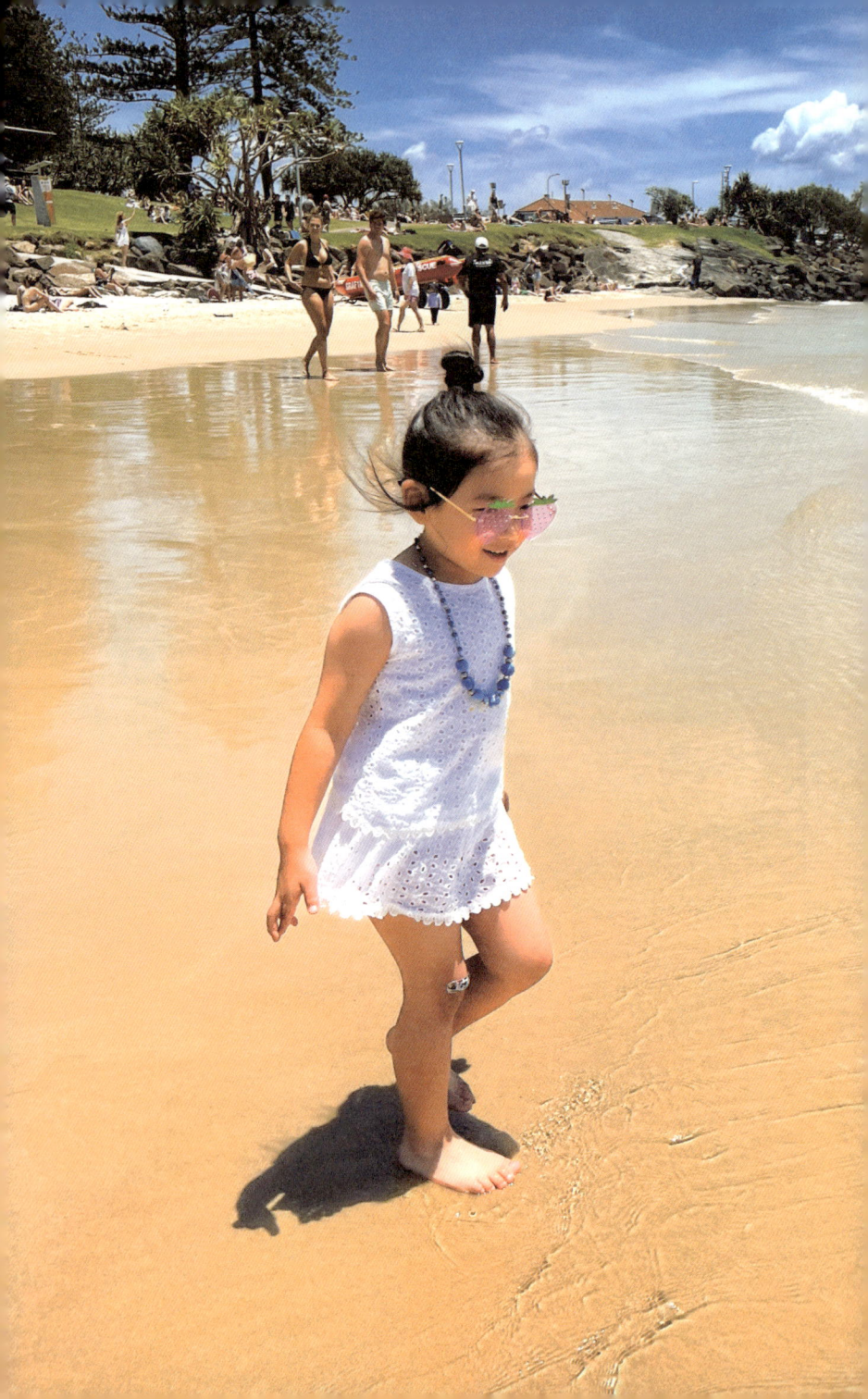

막내 카이를 임신했을 때는 마크툽, 카더가든처럼 감성 짙은 곡들을 많이 들었다. 아직은 아기지만 카이는 또 어떤 흥을 품고 자라날지 벌써 궁금하다. 셋 다 같은 집, 같은 부모 아래서 자라고 있지만 좋아하는 음악도, 타는 리듬도, 흥이 터지는 타이밍도 모두 다르다. 그래서일까? 세 아이를 키우는 하루하루가 전혀 지루할 틈이 없다.

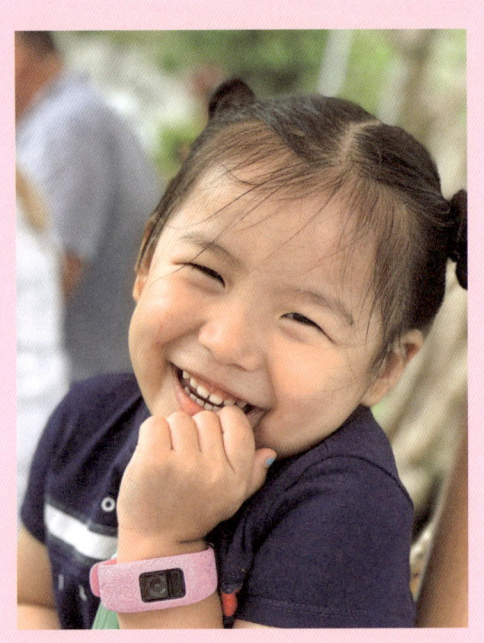

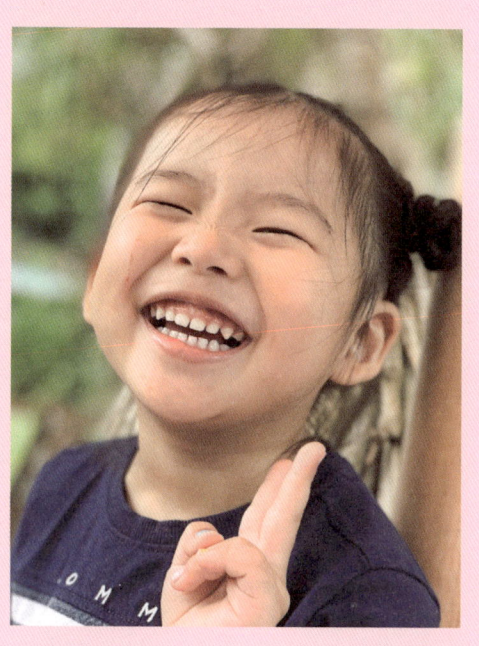

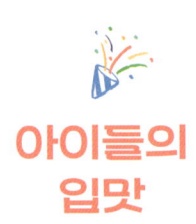

아이들의
입맛

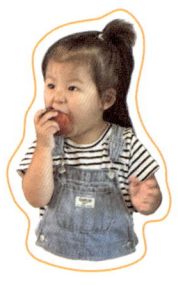

카야는 아기 시절 이유식을 미음으로 시작했는데 먹이기가
쉽지 않았다. 만 두 살까지는 우유를 무척 좋아했고 잠들기
전에도 꼭 우유 한 병을 다 마셔야 잠이 들었다. 물론 젖병을
물고 잠드는 건 치아 건강에 좋지 않다는 걸 알고 있었기에,
두 살이 되면서부터는 저녁에 우유를 주지 않았다. 그리고
몇 년이 흐른 2020년 1월, 카야는 처음으로 한국에 방문했
다. 그곳에서 다양한 나물 반찬과 맛있는 음식을 접하며 입

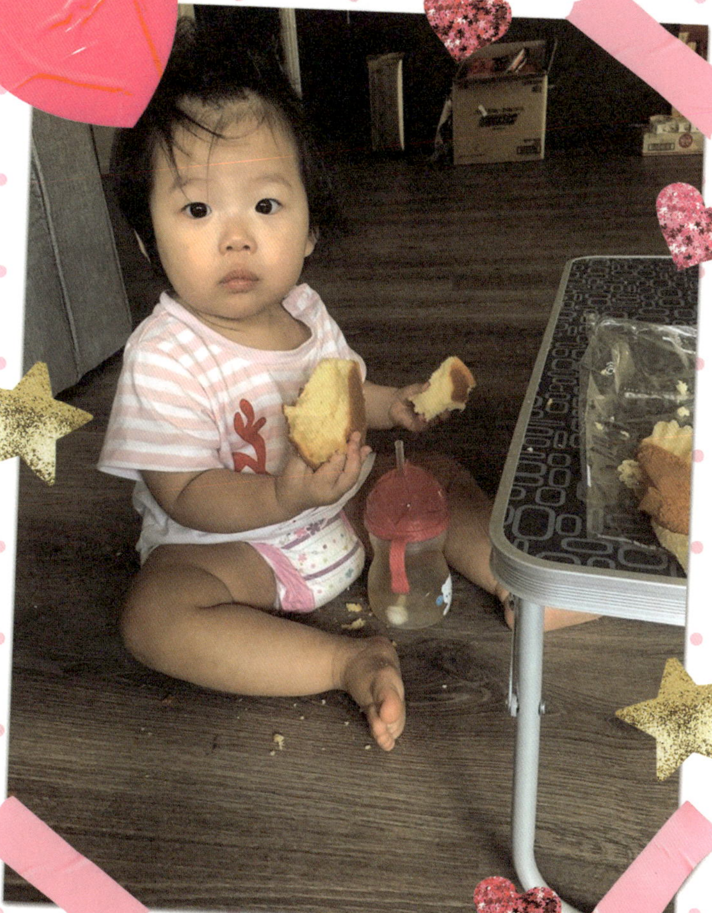

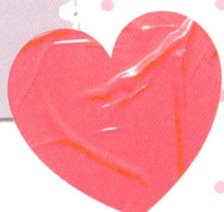

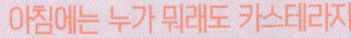
아침에는 누가 뭐래도 카스테라지!

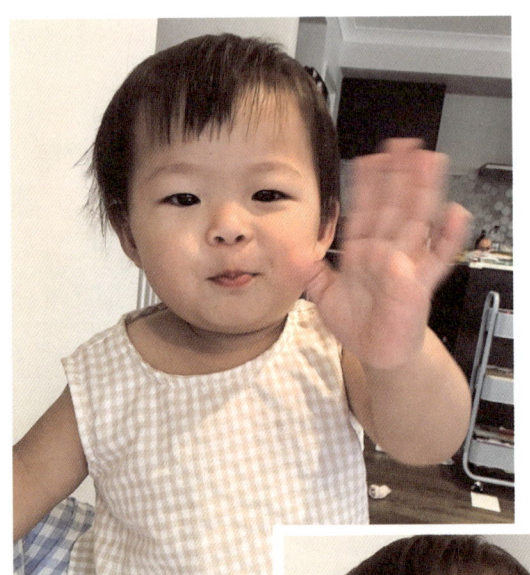

이모, 삼촌!

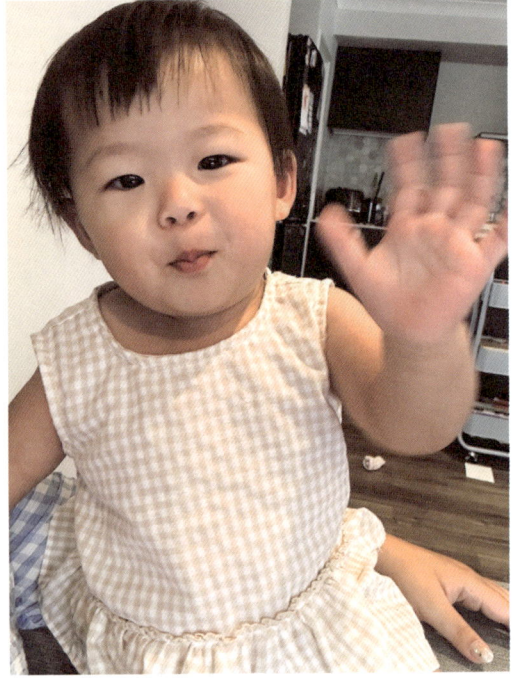

하이!

맛이 부쩍 자랐고, 그 덕에 아이치고는 비교적 가리지 않고 뭐든 잘 먹는 편이다.

이제 만 일곱 살이 된 카야는 자기 입맛을 제법 파악하고 있다. 싫어하는 음식이 나오면 몇 입 먹고는 배가 고프지 않다며 거짓말을 하기도 한다. 하지만 엄마의 마음은 골고루 이것저것 먹이고, 몸에 좋은 음식은 더 많이 먹길 바란다. 사실 서른 살이 훌쩍 넘은 나도 엄마 앞에서는 반찬 투정을 할 때가 있는데 아직 어린 카야는 오죽할까? 그럴 때마다 "네가 좋아하는 것만 먹을 수는 없어. 골고루 먹어야 키도 크지"라고 말하지만, 아이가 그 말을 귀에 잘 담는지는 솔직히 의문이다. 그래도 이 정도면 잘 먹는 편이라 그걸로 만족하는 중이다.

반면 라니는 이유식을 시작하면서 분유보다는 음식에 더 관심을 보였다. 카야와는 다르게 딱 돌까지만 분유나 우유를 먹고 이후로는 거의 찾지 않았다. 먹는 걸 너무 좋아하는 라니를 보면 귀엽고 뿌듯하다. 가끔은 너무 많이 먹어서 배가 빵 터질 것 같아 불안할 때도 있지만 그런 모습조차 기특하게 느껴진다.

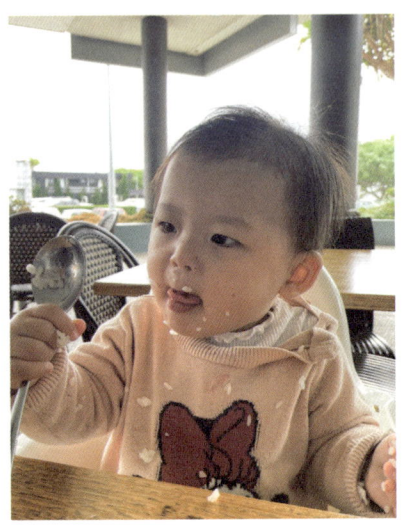

우리 집에는 딱 한 가지 식사 법칙이 있다. 밥상에서 장난치지 않는 것이다. 깨작거리고 있으면 두세 번 경고 후 곧바로 음식을 치운다. 누가 보면 (특히 할머니, 할아버지) 꽤 독한 엄마처럼 보일 수도 있지만, 아이들이 예의 바르게 자라길 바라는 마음이 언제나 앞선다. 아이가 처음에는 이유도 모르고 배가 고프다며 울면 마음은 아프지만, 꿋꿋하게 다시 주지 않으려 애쓴다.

실제로 라니는 최근 두 시간 넘게 울다가 지쳐 잠에 들기도 했다. 잠든 모습을 보면 안쓰럽지만, 식사 시간은 정해져 있고 어른들과 함께할 때는 예의를 갖춰야 한다는 사실을 아이들이 조금씩이라도 배워갔으면 좋겠다. 몇 번의 경험 끝에 식사 규칙을 알게 되었는지 지금은 아이들이 밥을 잘 먹는다. 밥을 제대로 먹지 않으면 식후 디저트가 생략된다는 사실도 알고 있는 눈치다.

막내 카이는 아직 입맛이라고 할 만한 게 없다. 다만 모유와 분유 중에서는 확실히 모유를 선호한다. 맛의 차이 때문이라기보다는 엄마와의 애착 형성이 더 좋아서일지도 모르겠다. 이 아이는 또 어떤 식성으로 우리를 놀라게 할까.

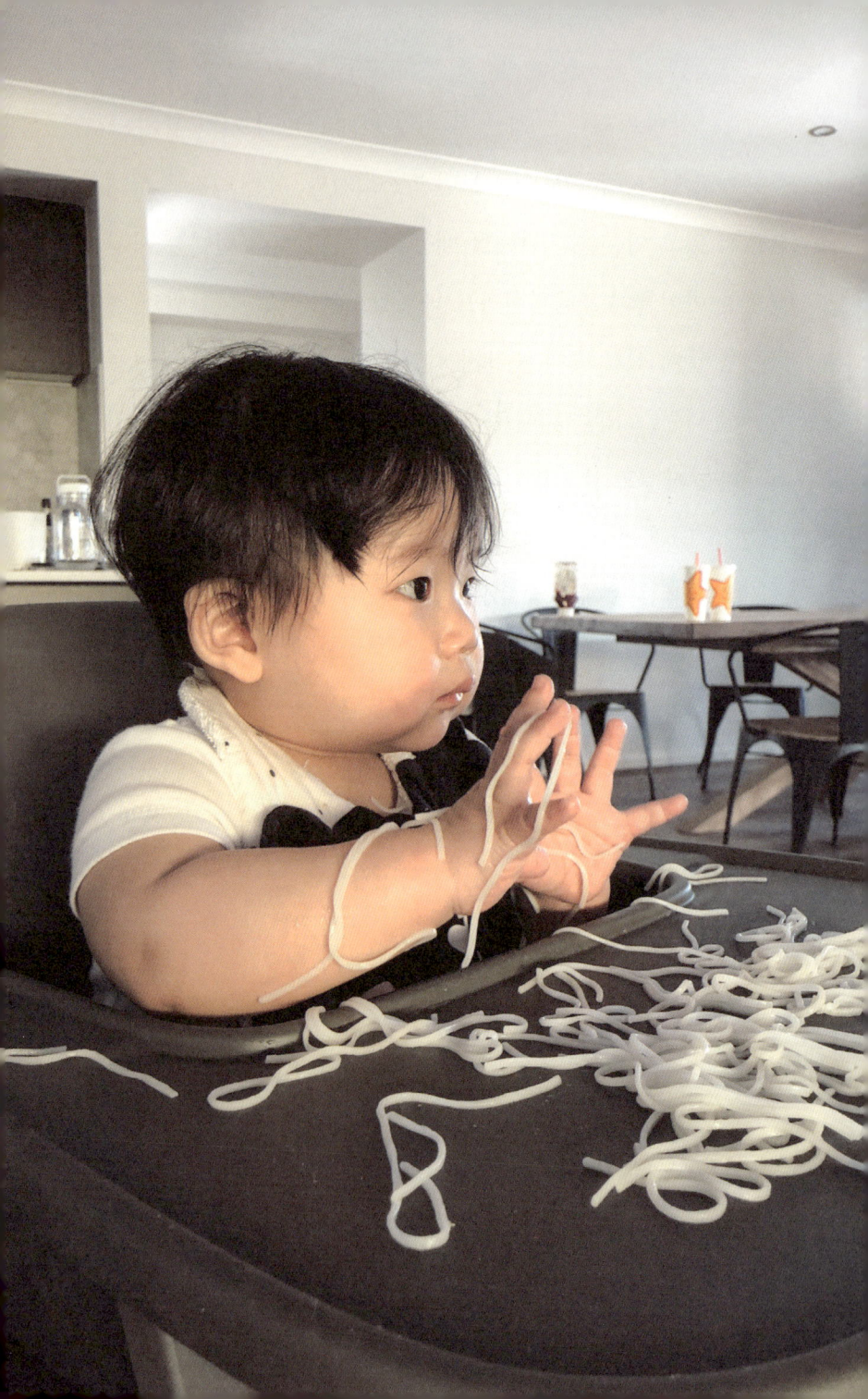

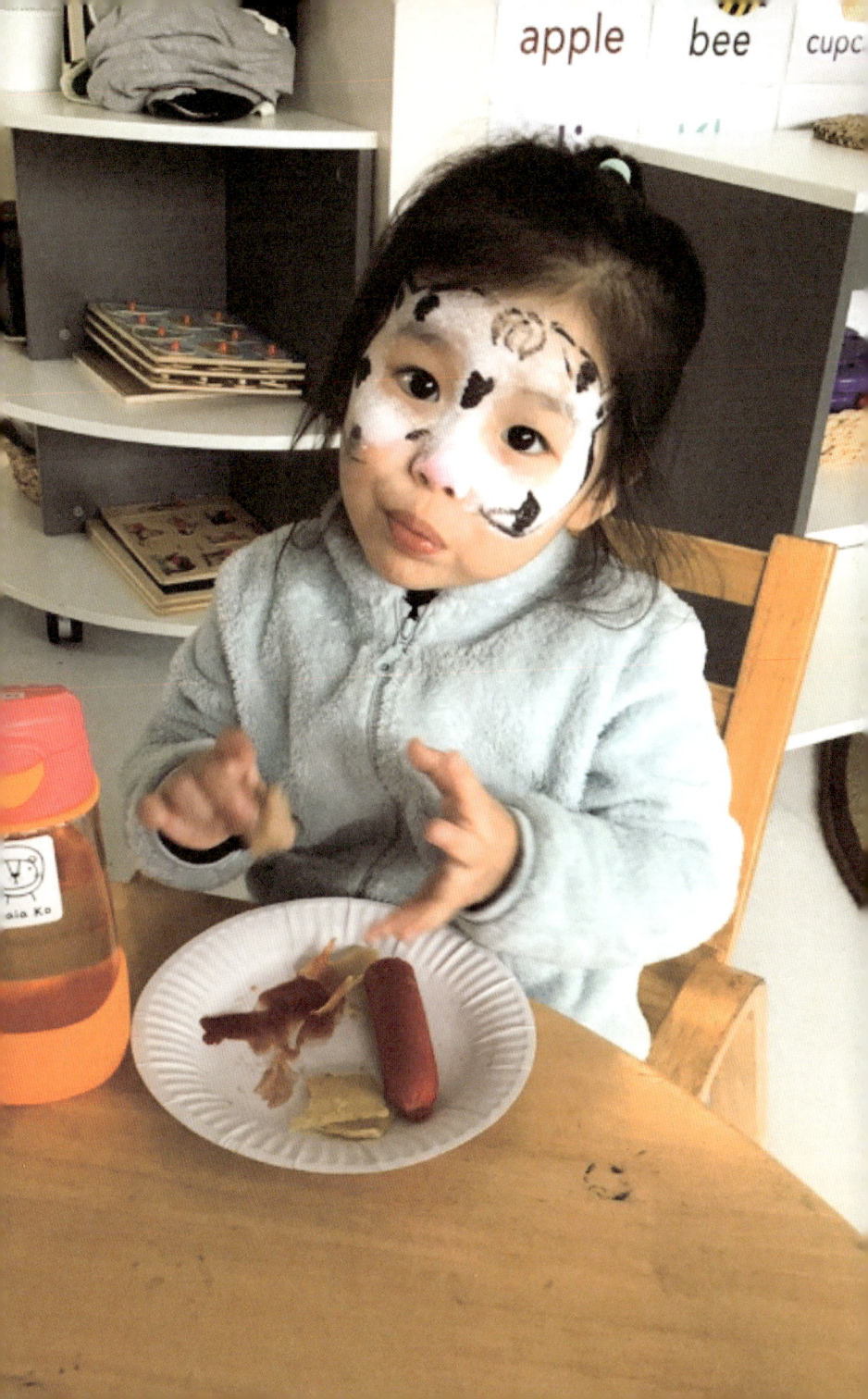

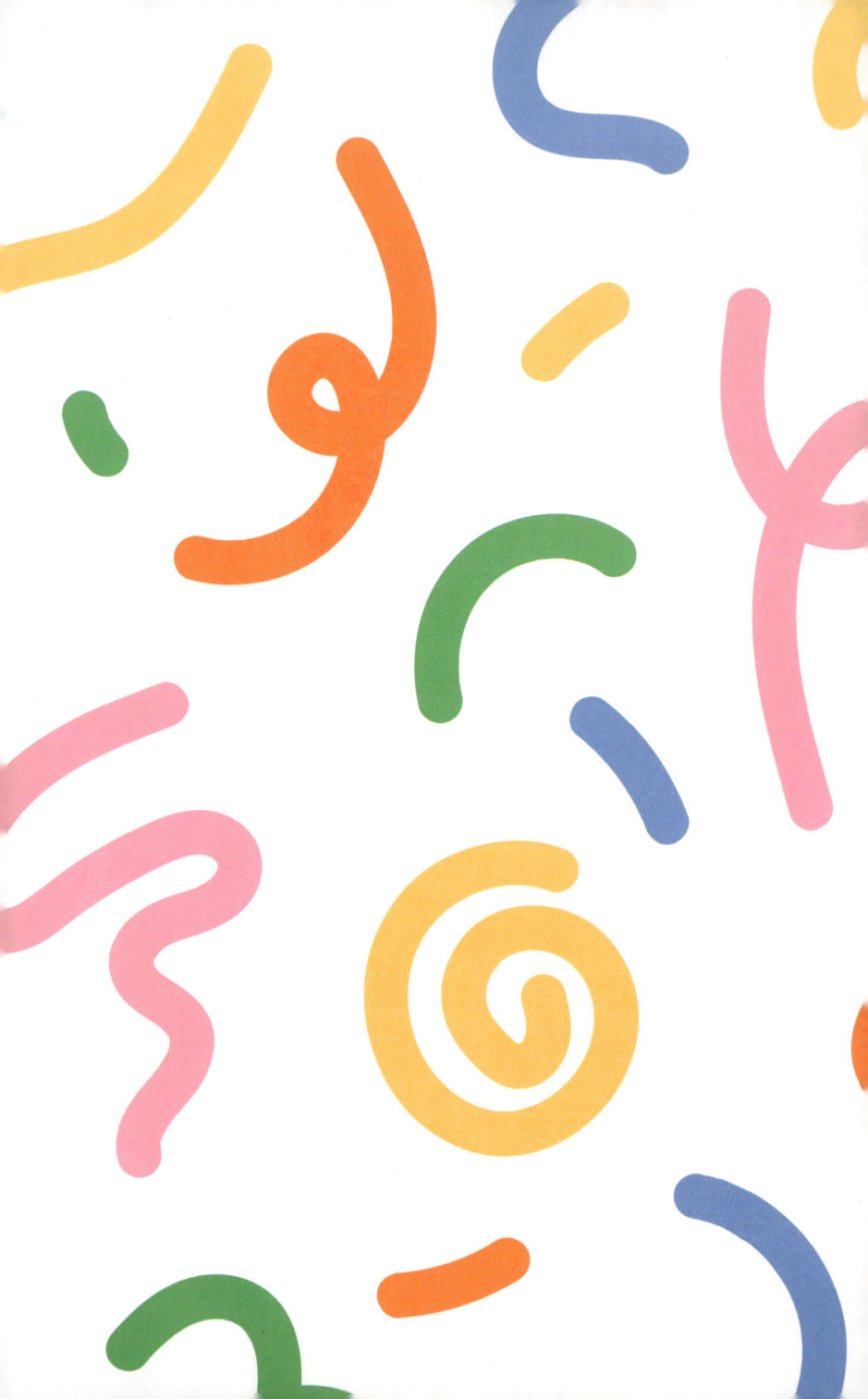

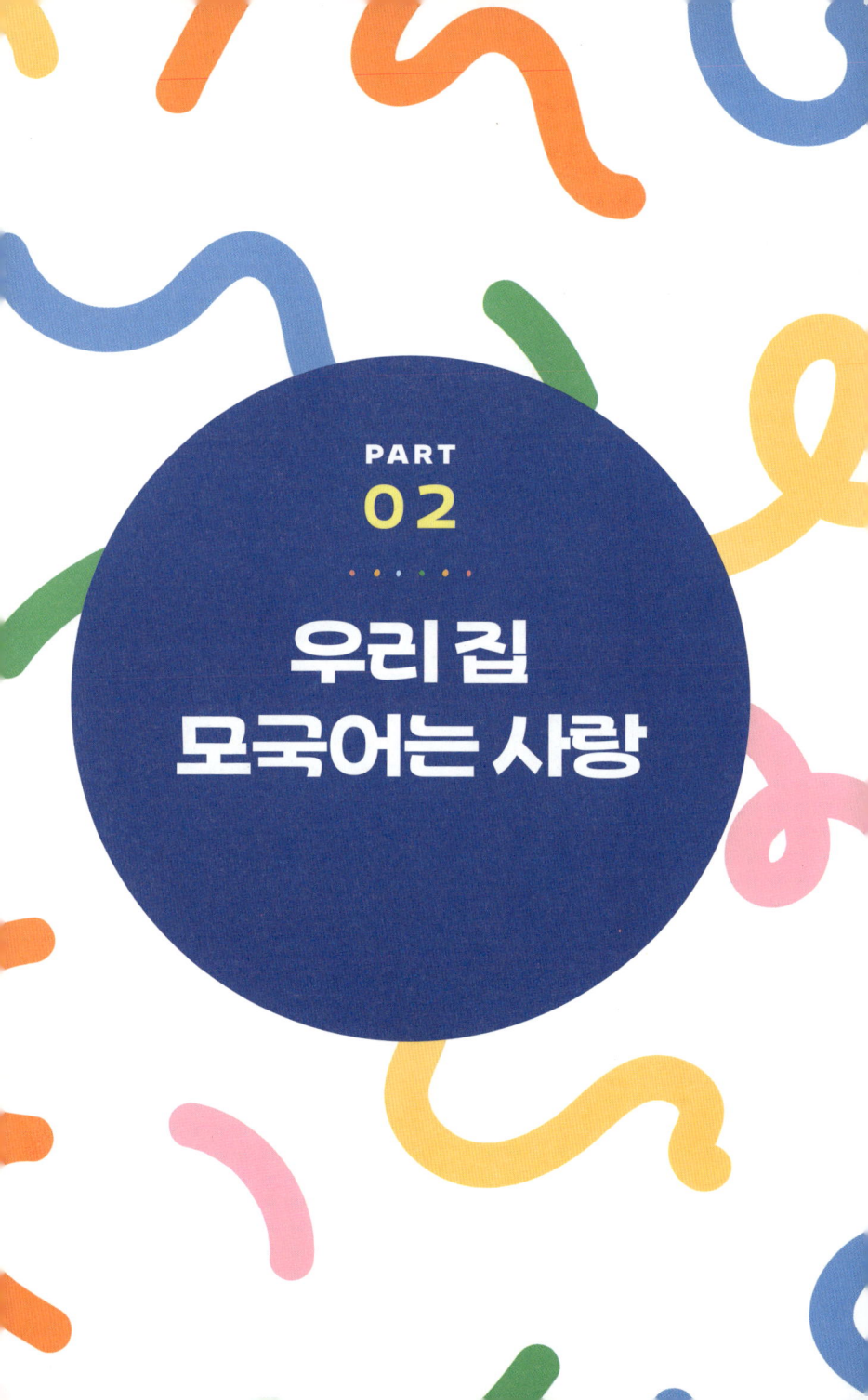

PART
02

우리 집
모국어는 사랑

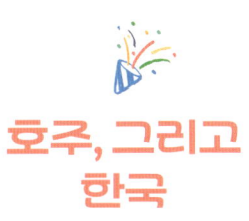

호주, 그리고
한국

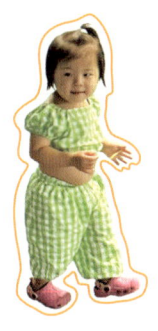

나는 호주에서 나고 자랐고 우리 아이들도 그렇다. 그래서 나와 아이들은 호주 국적을 가지고 있지만, 한국인의 피가 흐르고 있기에 아이들이 한국이라는 뿌리를 자랑스럽게 여기길 바란다. 문화는 부모가 어떤 언어로 말하고 어떤 행동을 보이느냐에 따라 자연스럽게 아이에게 스며든다. 그래서 우리는 집에서만큼은 한국어만 사용하는 것을 지향하고 있다.

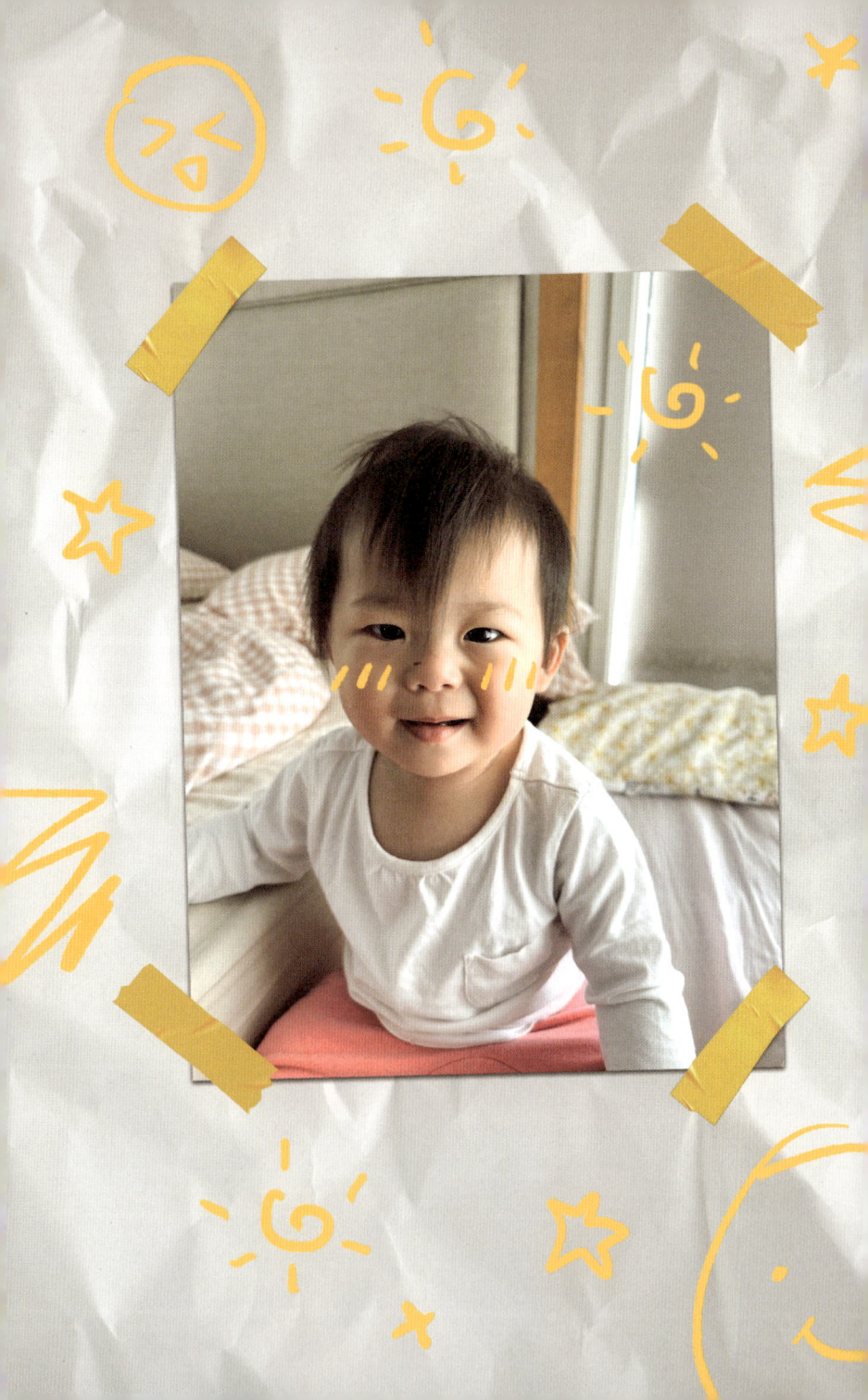

작년까지만 해도 아이들이 접하는 미디어는 전부 한국어 콘텐츠로만 보여주었는데, 올해 들어 카야가 부쩍 영어만 쓰려고 하거나 영어로 된 영상을 찾아보는 일이 많아졌다. 다행히 카야는 한국어와 영어 둘 다 제법 능숙하게 구사하고 있어 아직은 크게 걱정하지 않는다. 하지만 조금만 방심해도 한국어를 금세 잊어버리는 모습을 주변에서 많이 봐왔다. 그래서 우리 집에서는 한국어로 대화하는 것을 여전히 중요하게 여긴다. 카야는 누가 국적을 물으면 "I am Australian. But I have Korean blood(저는 호주인이에요. 하지만 저에겐 한국인의 피가 흘러요)"라고 자랑스럽게 이야기한다. 그런 모습을 보면 괜히 뿌듯한 마음이 든다.

유튜브도 우리 문화를 지키기 위한 하나의 방법이었다. 유튜브를 시작하며 자연스럽게 한국말을 접할 기회가 많아졌다. 어릴 적 카야는 '팬'이라는 단어를 '편'이라고 잘못 이해하고 "내 편이 진짜 많아"라고 말하곤 했다(나름 말이 되는 뉘앙스다). 이제는 자신을 사랑해주는 독자코 이모, 삼촌이라고 확실하게 알고 있다. 유튜브라는 매체를 인지해서 친구를 새롭게 사귀면 우리 가족의 유튜브 채널이 있다고 알려

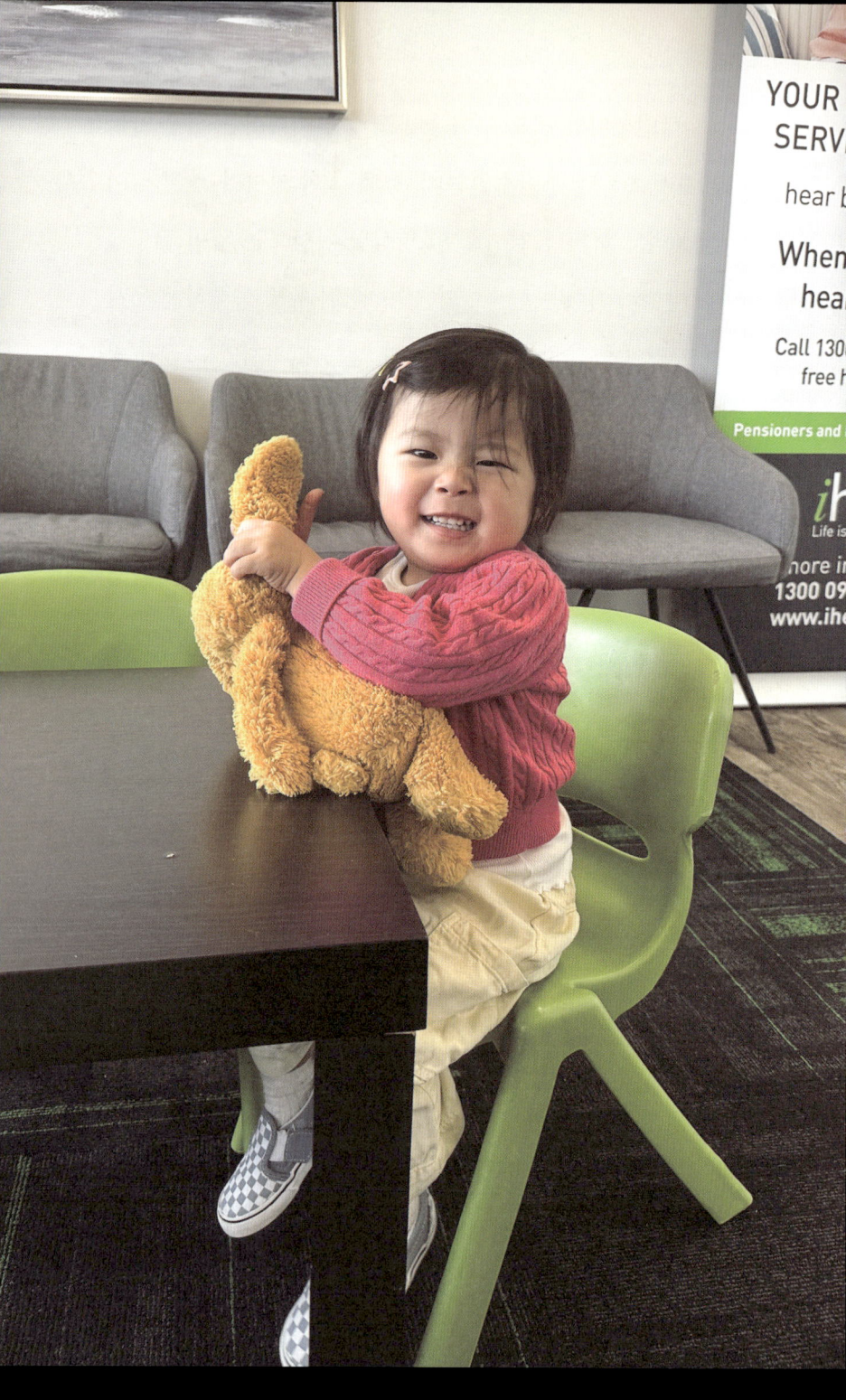

주고, 고모인 해주가 아주 유명한 사람이라며 적극적으로 알린다. 어린이 나름의 자부심인 걸까?

반면 라니는 아직 '구독자'라는 개념은 잘 모르는 듯하다. 가끔 길에서 모르는 이모, 삼촌이 관심을 보이면 그때그때 컨디션에 따라 반응이 다르다. 어떤 날은 수줍게 인사하고, 어떤 날은 인사도 하지 않고 무안할 정도로 내 뒤에 쏙 숨어버리기도 한다. 그리고 놀랍게도 본인이 등장하는 우리 가족 채널보다 해주의 영상에 더 진심이다(얼마나 반복해서 봤는지, 영상 속 대사를 다 외울 정도다). 아이들 나름의 취향은 언제나 종잡을 수가 없다.

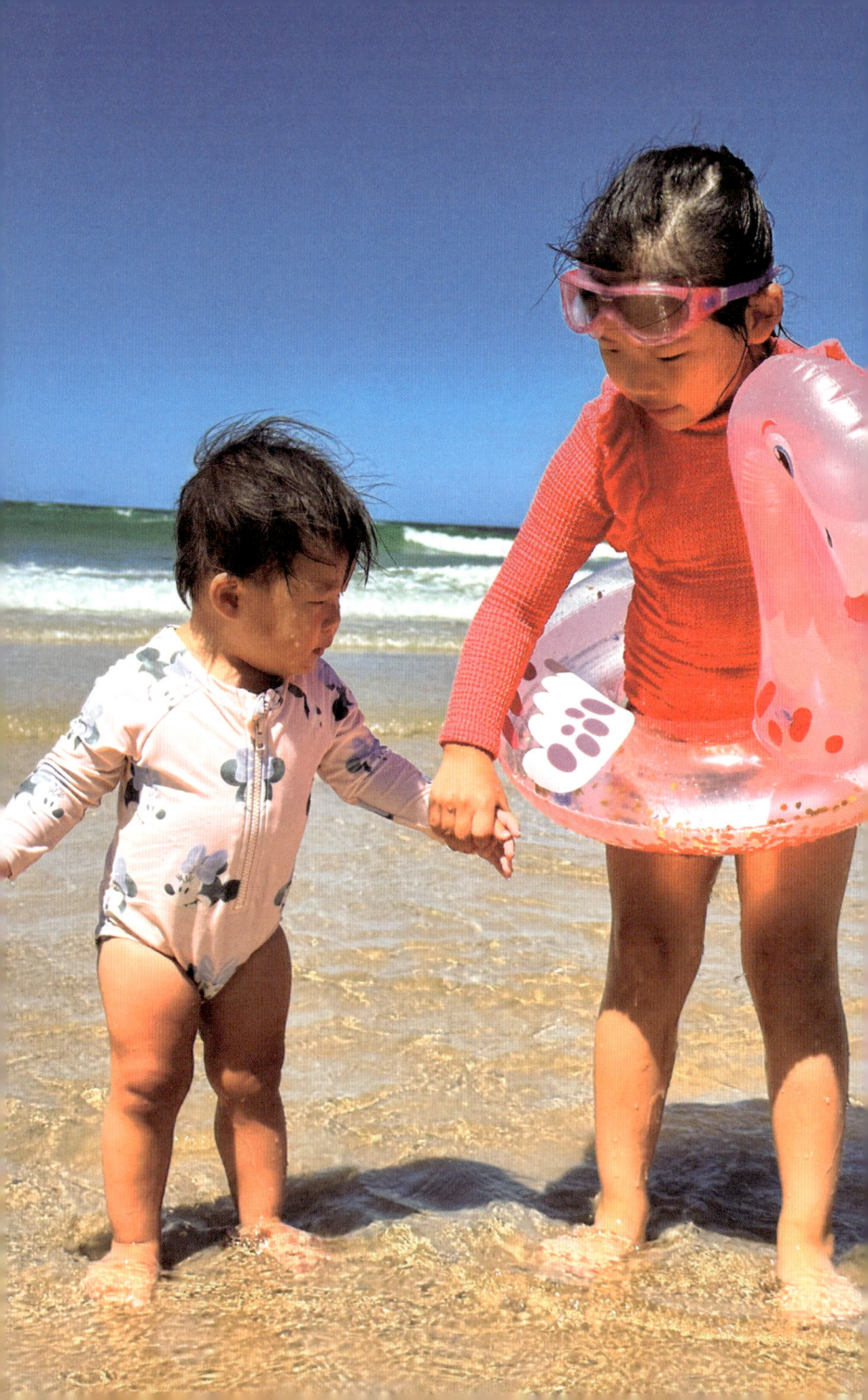

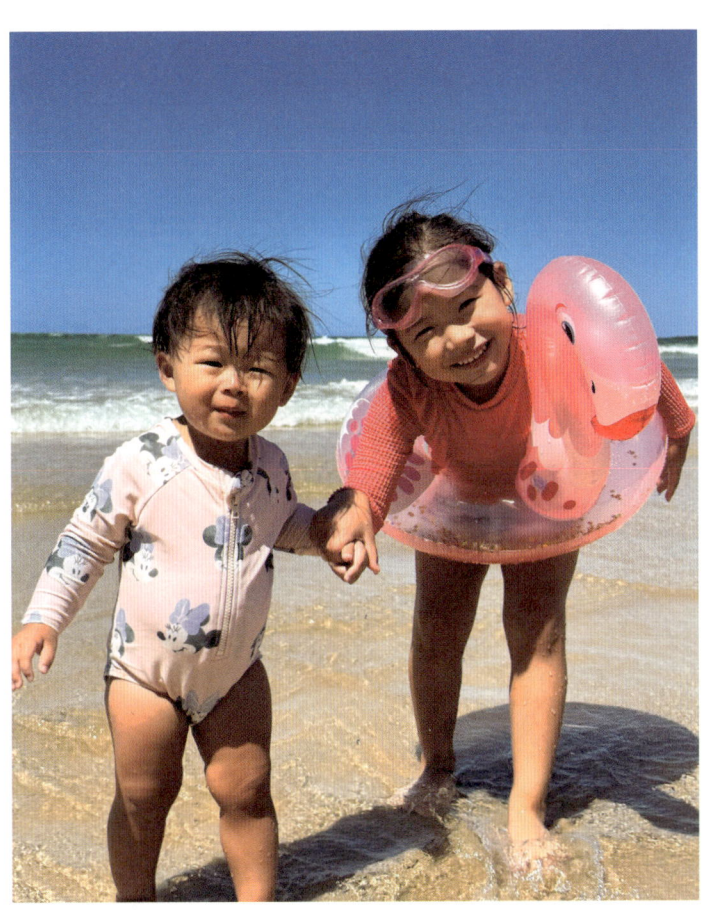

언제든 서로의 손을 놓지 않아

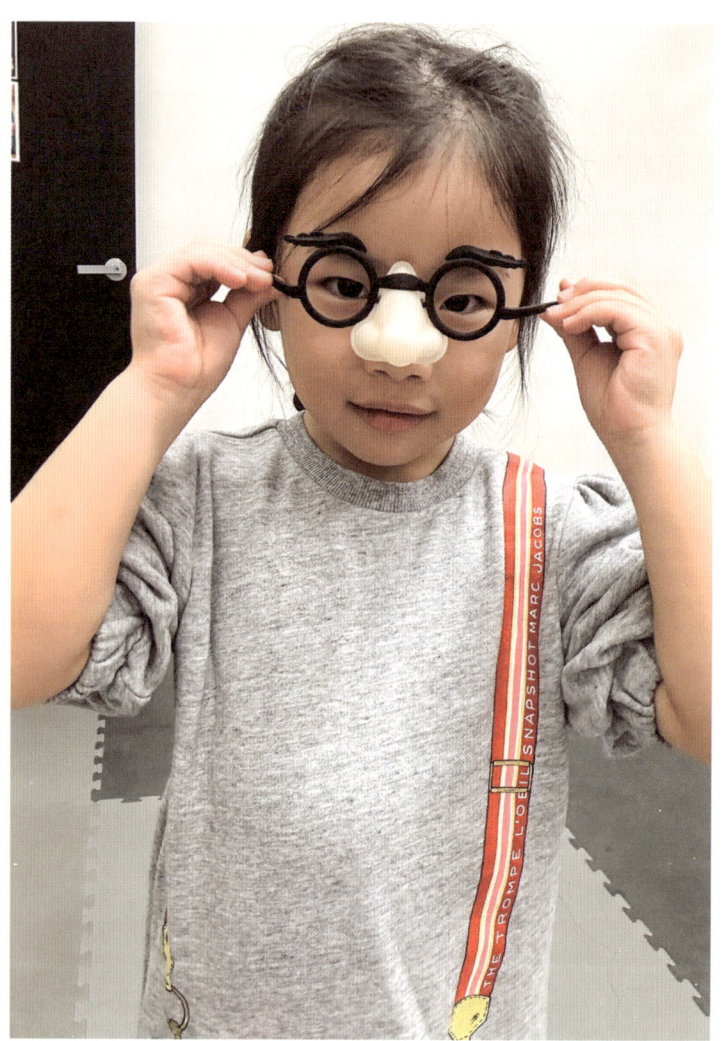

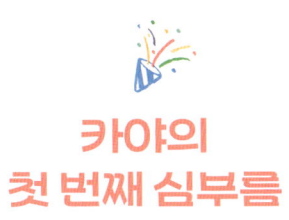

카야의
첫 번째 심부름

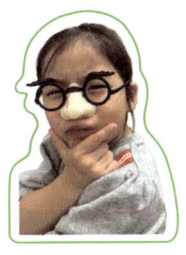

연애할 때도, 결혼한 후에도, 현규와 이야기를 나누다 보면 한국과 호주의 문화 차이를 종종 느낀다. 예를 들어 한국에 서는 아이가 초등학교 4학년쯤 되면 혼자 라면을 끓여 먹고 부모가 종종 심부름도 시킨다는 이야기를 듣고 꽤 놀랐던 기억이 있다.

내가 자란 동네에서는 그런 일이 드물었다. 운전하지 않 고 다니기 어려운 동네이기도 했고, 설령 편의점이 근처에 있어도 부모님이 아이에게 심부름을 시키지 않는다. 우리 동네뿐만 아니라 호주 친구들 가정도 대부분 비슷했다. 그래서 10년 전쯤 KBS 프로그램 〈슈퍼맨이 돌아왔다〉에서 어린아이들이 심부름하는 장면을 보고 귀엽다기보다는 놀랐고 솔직히 조금 걱정스러웠다. 호주에서는 어린아이가 혼자 돌아다니면 지나가던 어른이 경찰에 신고하는 경우도 잦기 때문이다.

그런 문화적 배경 차이 때문인지 아이에게 심부름을 시키겠다는 결심은 나에게 꽤 큰 도전이었다. 어느 날 현규가 미용실에 머리를 자르러 간다기에 함께 나가서 카야는 기다리는 동안 놀이터에서 잠깐 놀 계획이었다. 그런데 이동하는 중에 라니가 차에서 낮잠에 빠지고 말았다. 나는 잠든 라니를 두고는 꼼짝도 할 수 없었다. 차에만 있기 답답해하는 카야를 달래다가 마침 미용실 옆에 한인 마트를 발견했다. 나는 그 순간 큰마음을 먹고 카야에게 생애 첫 심부름을 시켜보기로 했다. 단순히 안전 문제만 걱정되는 건 아니었다. 평소 늘 엄마와 함께 다니던 카야가 혼자서 잘해낼 수 있을지, 마트 안에서 울지는 않을지 걱정이 꼬리에 꼬리를 물었

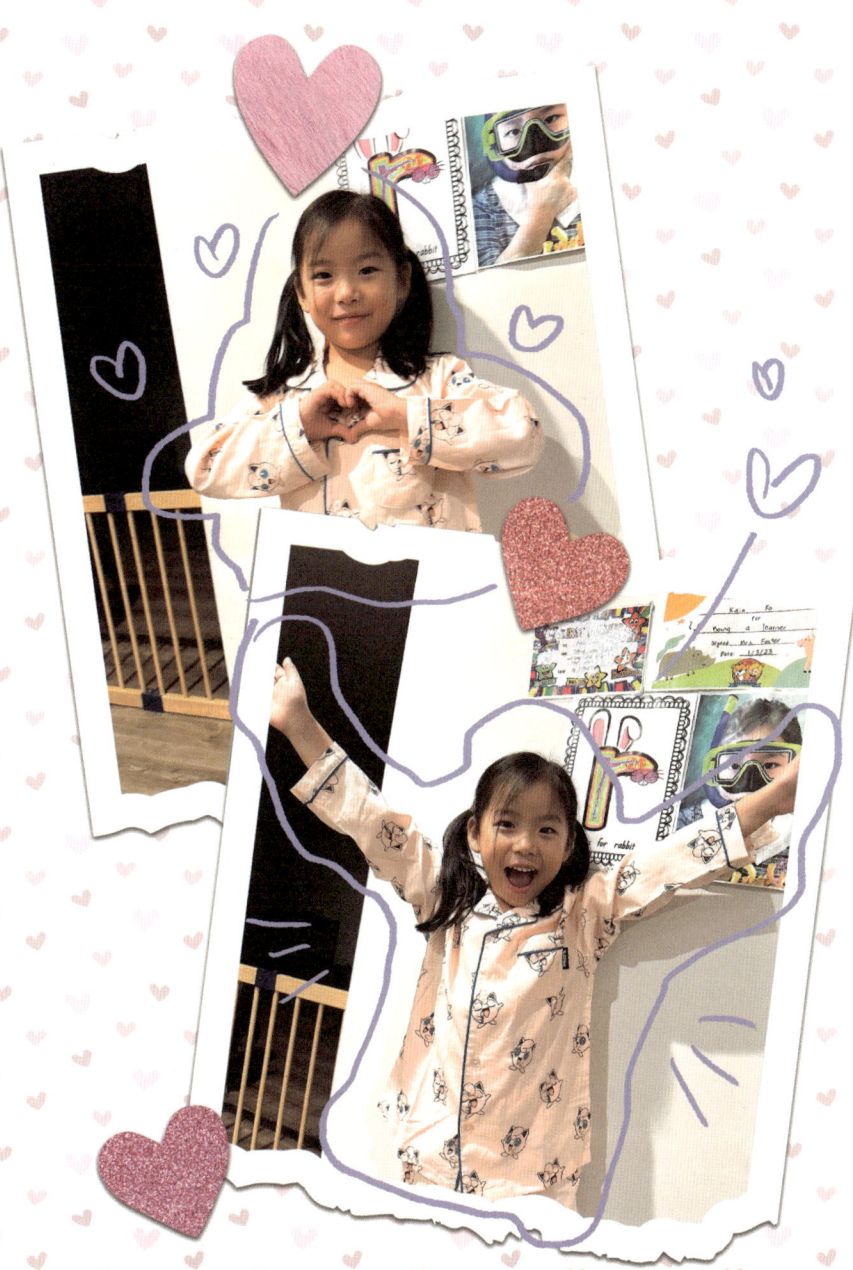

다. 심부름을 보낸 뒤 혹시 몰라서 차를 한인 마트 바로 앞에 주차하고 기다리기로 했다.

나는 지갑에 있던 15달러를 건네며 카야에게 여러 번 주문처럼 같은 문장을 반복했다. "도움이 필요하면 일하시는 분한테 도와달라고 해"; "모르겠으면 사지 말고 그냥 나와"; "모르는 사람한테 말 걸지 마"; "하기 싫으면 안 해도 돼" 같은 당부들을 무한 반복했는데, 카야는 지겨웠는지 아니면 주스를 빨리 마시고 싶었던 건지, "다녀올게!" 하며 마트로 성큼 들어가 버렸다.

10분도 채 지나지 않았지만 나는 마트 창문 사이로 끊임없이 기웃거리며 카야를 찾고 있었다. 아무리 봐도 카야가 눈에 띄지 않자 긴장감이 확 올라왔다. 불안한 마음이 들 무렵 "엄마!" 하고 카야가 해맑게 뛰어나왔고 온몸의 긴장이 풀렸다. 작은 손에 음료를 들고 기분 좋은 얼굴로 달려오는 모습이 그렇게 대견할 수 없었다. 카야는 자신이 무엇을 샀고 어떻게 계산했는지를 쫑알쫑알 떠들며 뿌듯해했다. 나에게는 영원히 아기 같던 아이가 어느새 혼자 무언가를 해냈다는 사실이 뭉클하게 다가왔다.

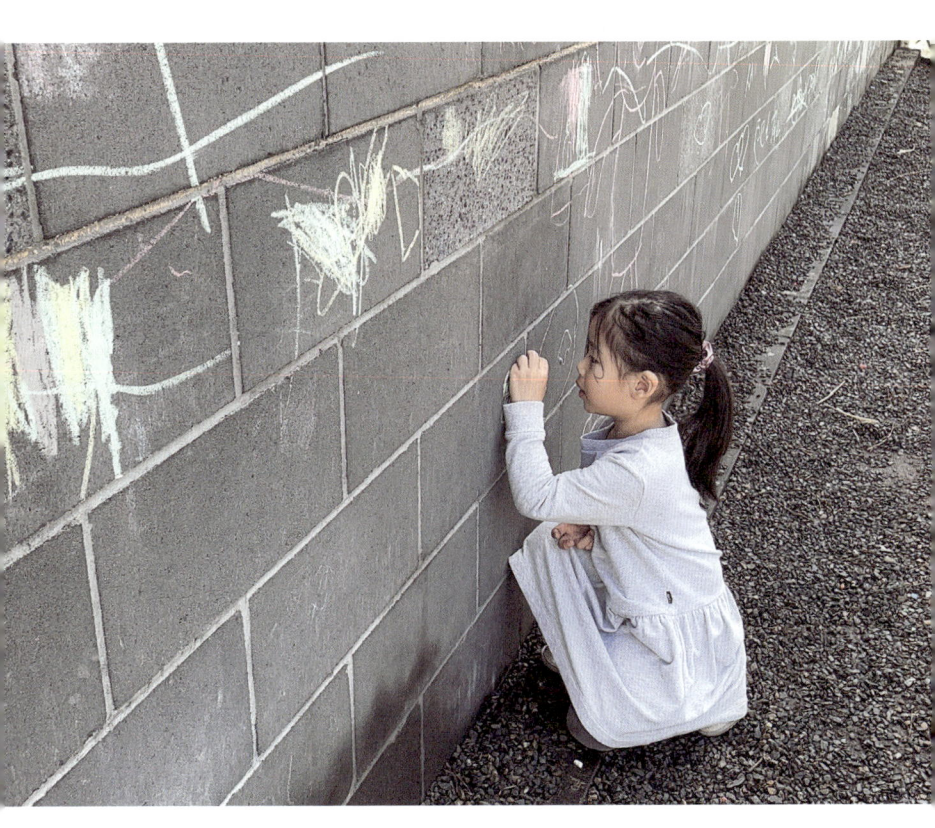

때마침 라니는 낮잠에서 깼고, 현규도 머리를 말끔히 자른 채 돌아왔다. 특별할 것 없던 하루가 우리 가족에게는 잊지 못할 날이 되었다. 카야는 스스로 할 수 있다는 자신감을 얻었고, 나는 엄마로서 한 걸음 더 내디딘 기분이었다. 서로를 더 믿게 된 그날의 작은 사건은 우리 사이에 작지만 단단한 무언가를 남겼다. 다만 여전히 안전 제일 모드가 탑재된 나는 그 이후로 또다시 혼자 심부름을 시키지는 않았다. 변함없는 엄마의 현실이다.

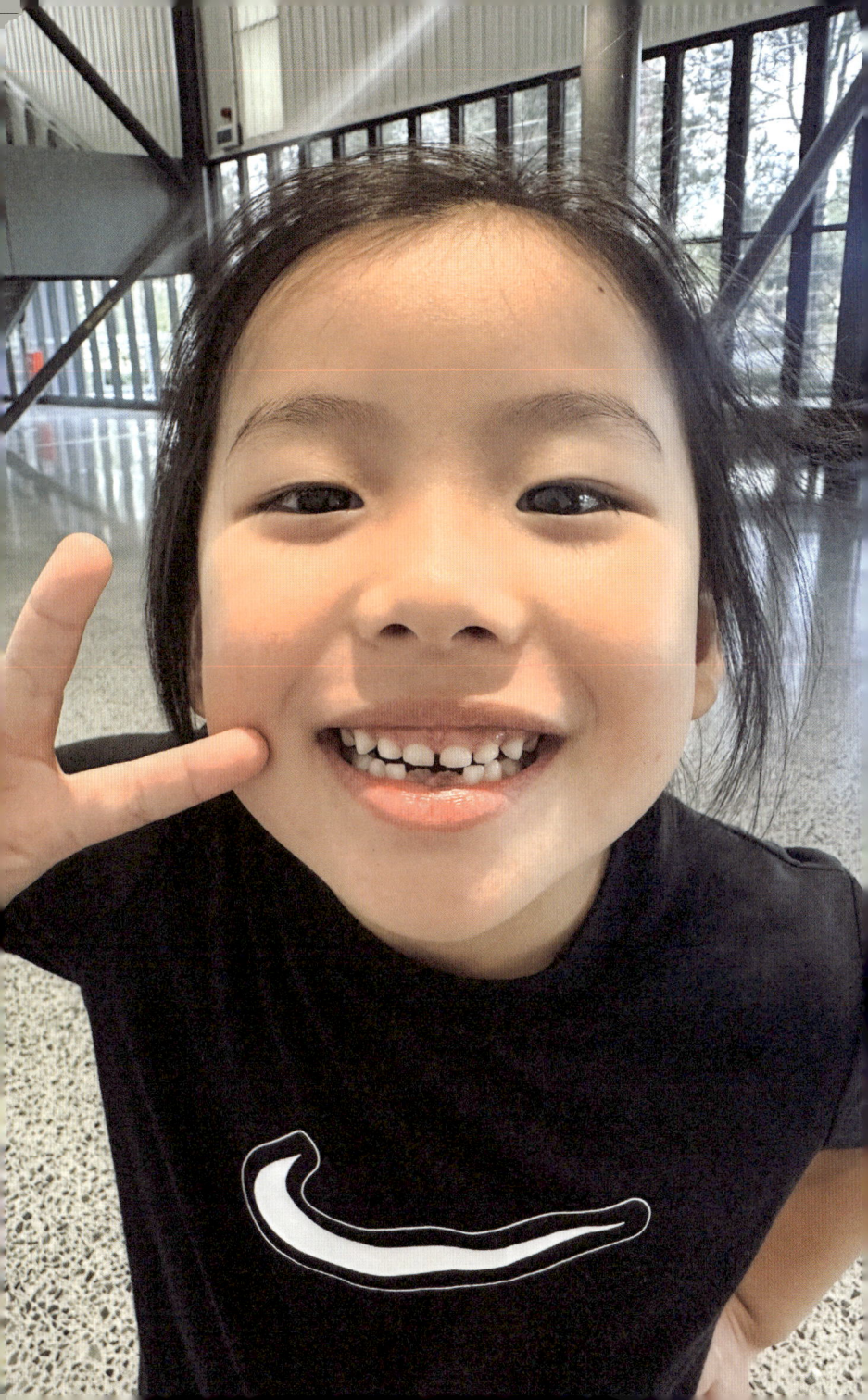

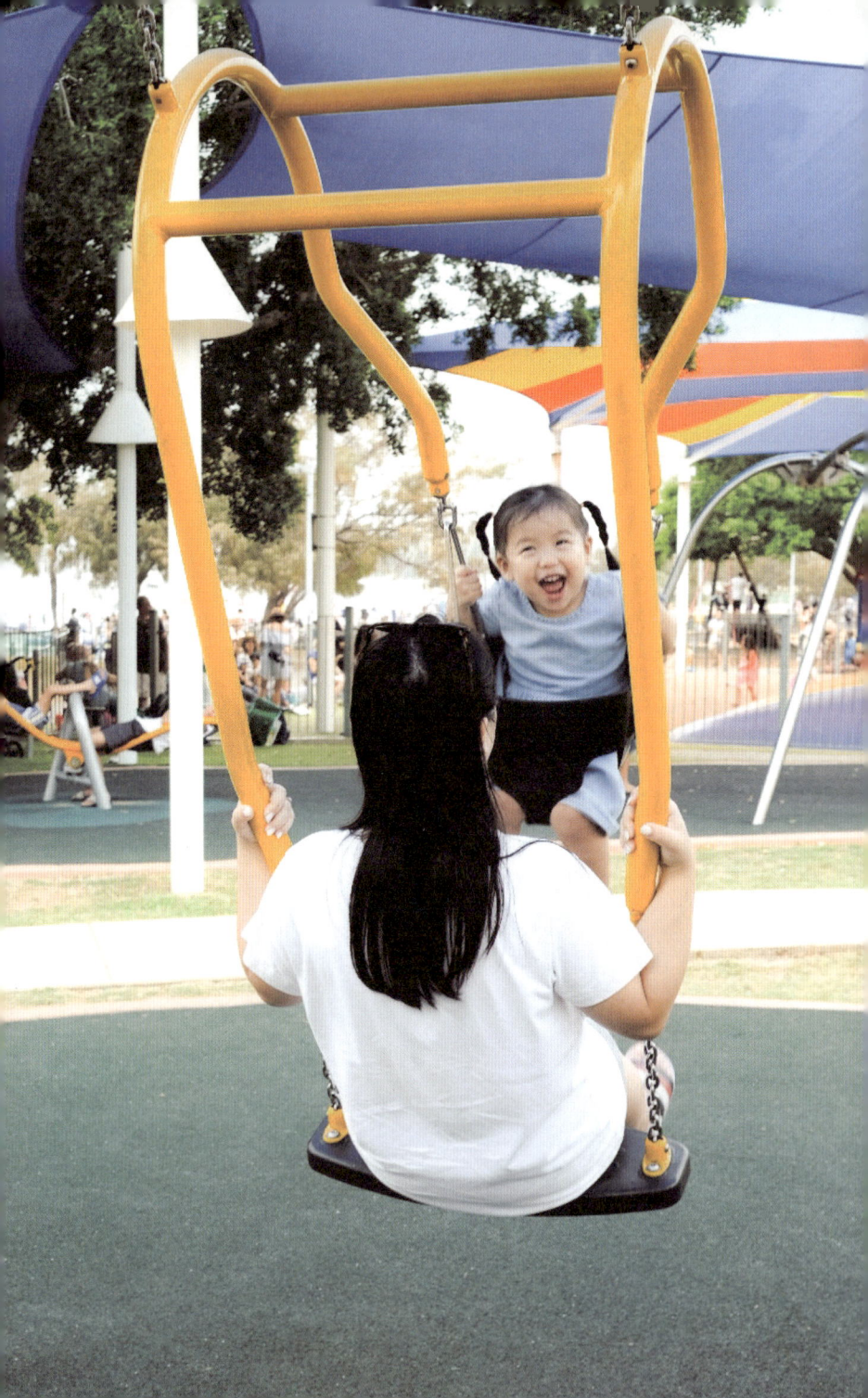

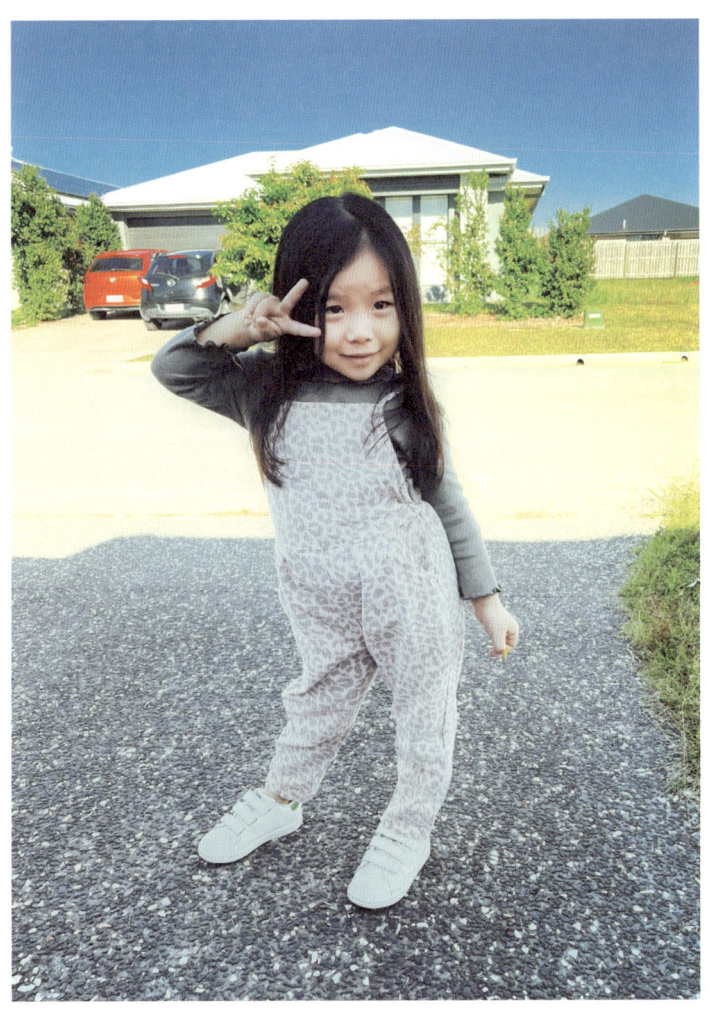

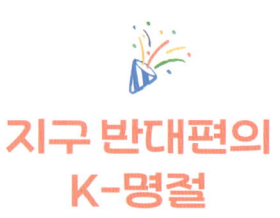

지구 반대편의
K-명절

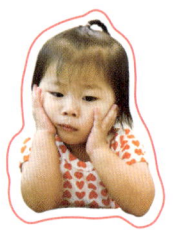

명절이면 보통 한국인들은 친가와 외가를 번갈아 방문하거나, 요즘엔 아예 여행을 떠나는 가족들도 많이 늘었다고 한다. 그런데 우리 고팸은 한국에서 지구 반대편으로 비행기를 열 시간 가까이 타야 닿을 수 있는 호주에 살고 있다. 그것도 한국에서는 아주 보기 드문 형태의 대가족으로 말이다. 사돈총각과 밥을 먹는다든가, 시누이의 시누이 가족과 친하게 지낸다는 낯선 전제를 누가 믿을까? 그 어려운 것을 우리 고팸은 아주 자연스럽게 해낸다.

친정엄마인 루시 할머니와 시어머니인 프리티 할머니는 나 없이도 두 분이서 종종 만날 정도로 가까운 사이다. 마음의 거리뿐만 아니라 두 분이 사는 동네도 차로 5분이 채 걸리지 않을 만큼 가깝다. 덕분에 우리 가족은 명절이 아니어도 모두 한자리에 모이는 일이 어렵지 않다. 날짜만 잘 맞추면 친정 식구, 시댁 식구 할 것 없이 대가족 모임이 성사된다. 한국에서는 명절에만 겨우 얼굴을 보는 가족들이 우리에겐 일주일에 한 번은 마주하는 존재들이다.

그래서 명절도 특별한 연중행사라기보다는 모두가 만나는 자연스러운 일정 중 하나다. 게다가 호주에는 설날이나 추석 같은 명절이 따로 없다. 새해나 크리스마스, 부활절처럼 국가 공휴일로 지정된 날들만 빨간날이다. 그런 환경에서 아이들에게 한국의 명절 문화를 계속 알려주고 직접 체험하게 하는 것이 중요하다고 느낀다. 요즘은 미디어를 통해 얼마든지 한국 문화를 접할 수 있지만, 직접 경험하지 않으면 전통의 중요성이나 가족이 모이는 의미를 체감하기 어렵기 때문이다. 그래서 명절 때마다 한 집에 모여 전

Big family !

대가족이라서 더 좋아!

을 부치고, 설날이면 세뱃돈도 주고받는다. 한국에서 하는 것처럼 명절 분위기를 아이들에게 조금씩 체득시켜 나가고 싶다.

물론 한국과는 조금 다를 수밖에 없다. 호주에서 살고 있고 이 집안의 유일한 며느리가 나이기도 해서 '며느리 혼자 전 부치기' 시스템은 애초에 작동하지 않는다. 대신 각자 집에서 전을 한 가지씩을 만들어 와서 한 상에 모아놓는 방식으로 정착했다. 그래야 공평하게 일하고 다 같이 놀고 먹기에도 훨씬 좋다.

아이들은 온 가족이 함께 식사하는 것도 좋아하지만, 역시 세배하고 받는 세뱃돈이 제일 큰 즐거움이다. 그래서 그런지 매번 절을 두 번씩 하려는 아이들을 가까스로 말려야 한다. "살아 있는 사람한테 절 두 번 하는 거 아니야"라는 설명을 덧붙이며 웃지 못할 교육도 함께 진행 중이다. 아이들에겐 재미고 어른들에겐 추억인 '고팸식 명절'이라는 새로운 전통이 자리 잡고 있다.

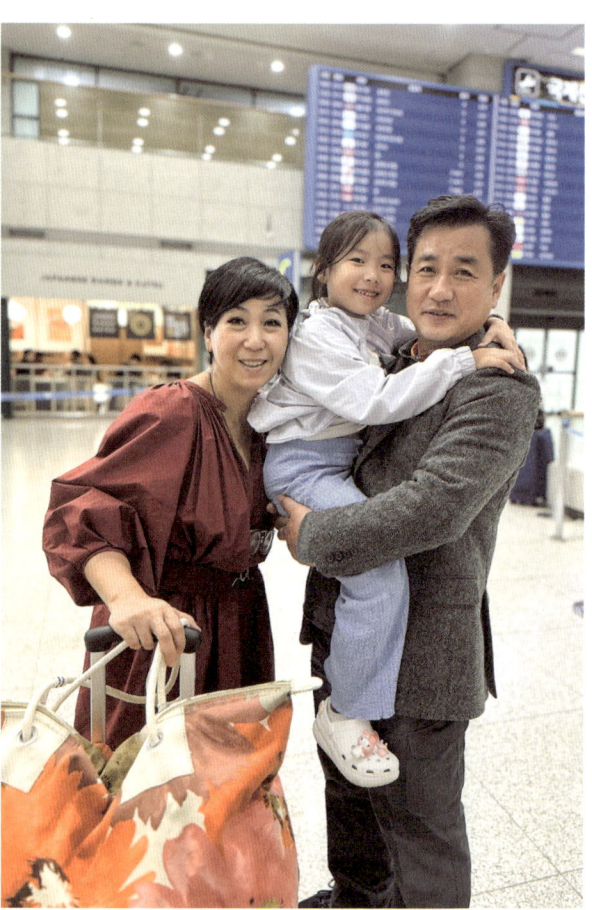

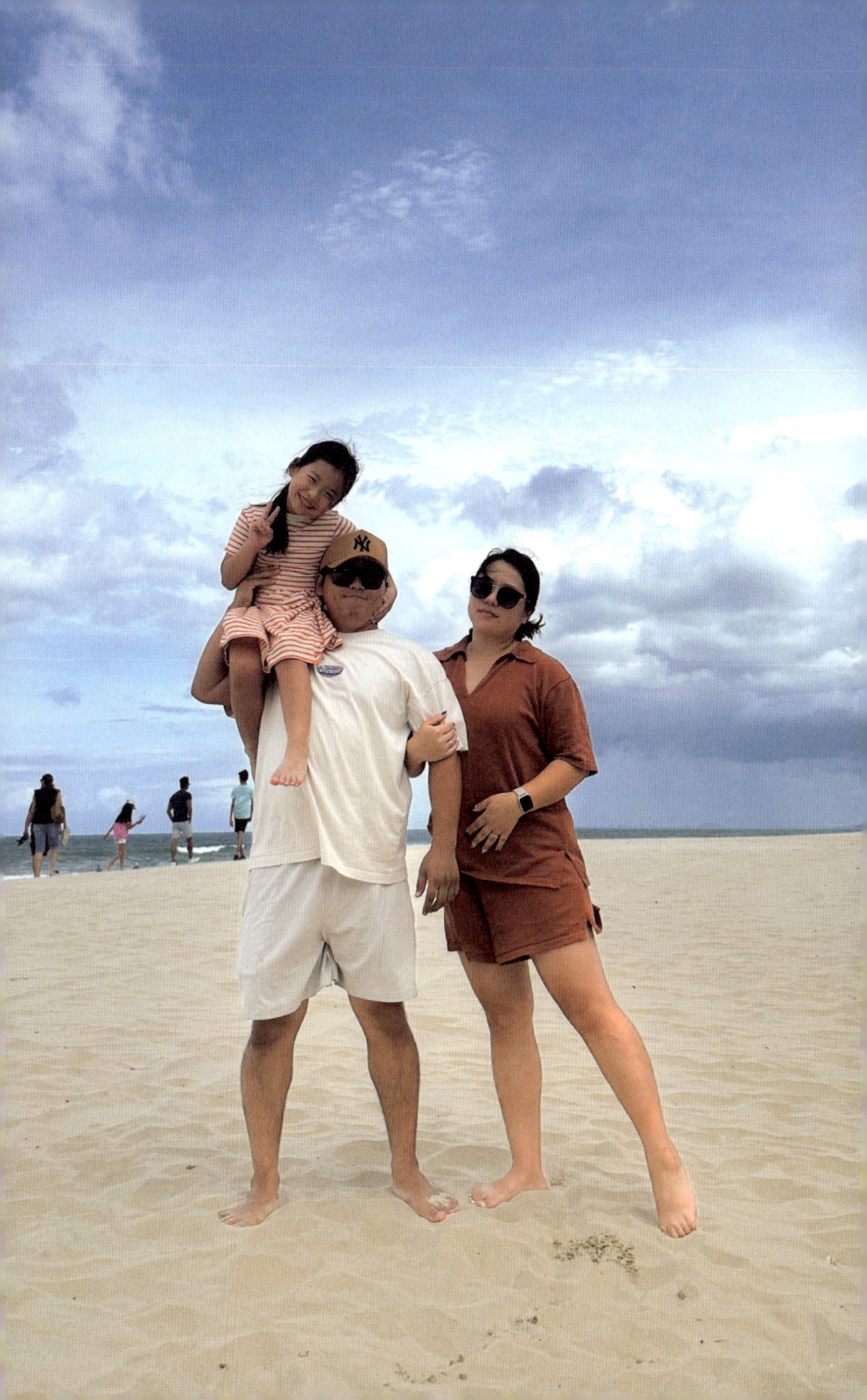

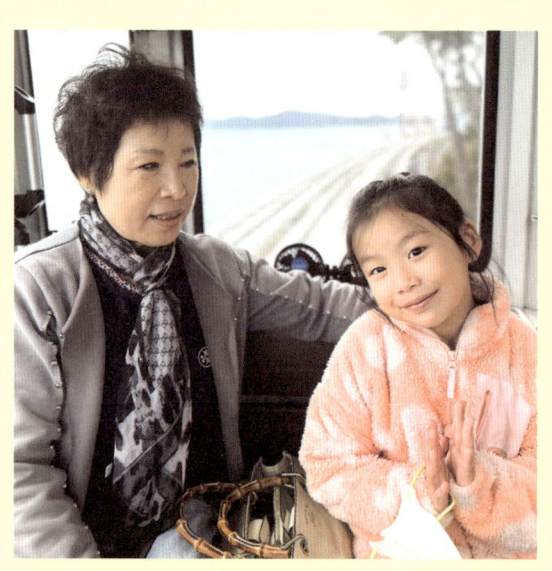

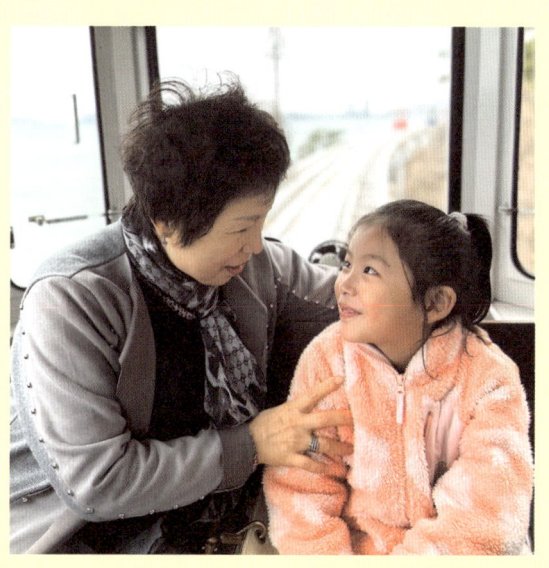

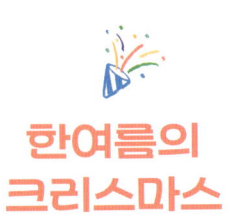

한여름의
크리스마스

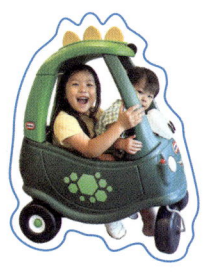

대부분 영화나 상상 속의 크리스마스는 눈이 내리는 화이트 크리스마스다. 하지만 우리 가족은 완전히 다른 크리스마스를 보낸다. 바로 한여름에 맞는 크리스마스! 호주는 한국과 계절이 정반대이기 때문에 한국이 추운 겨울일 때 이곳은 36도까지 올라가는 한창 더운 여름이다. 처음 이곳에서 여름의 크리스마스를 경험하는 사람들은 쉽게 적응하지 못하기도 한다.

크리스마스를 누구와 보내느냐의 문화도 다르다. 한국에서는 친구나 연인과 보내는 경우가 많지만, 호주에서는 명절처럼 가족끼리 모여 시간을 보내는 날이다. 마치 한국의 추석이나 설날처럼 호주의 크리스마스와 부활절은 가족 모임이 중심이고 우선이다.

카야가 크리스마스라는 개념을 처음 인식하기 시작한 건 2019년 즈음이었다. 11월 초부터 유치원에서 캐럴을 틀었기 때문이다. 이 정도면 모르고 지나가기도 어려운 분위기였다. 그때부터 우리 집도 본격적으로 크리스마스를 즐기게 됐다. 카야와 함께 트리 모양 쿠키를 만들어 쿠키와 우유(산타 할아버지가 너무 많은 집을 방문하느라 배가 고플까 봐 준비한 간식이다), 루돌프를 위한 당근까지 현관 앞에 조심스럽게 놓아두곤 했다.

그 순수한 마음 덕분인지 카야는 크리스마스만 되면 빨리 자야 아침이 빨리 온다며 놀랍도록 일찍 잠들었다. 평소에는 낮잠만 자도 밤잠이 늦어지는 아이인데 크리스마스만큼은 예외였다. 카야가 잠들면 밤늦게 현규와 나는 쿠키와 당근을 먹은 티를 내고 선물을 포장해두었다. 다음 날 아침

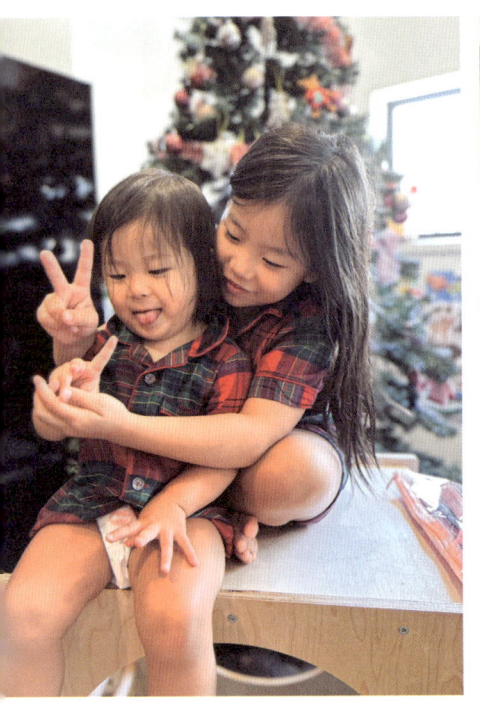 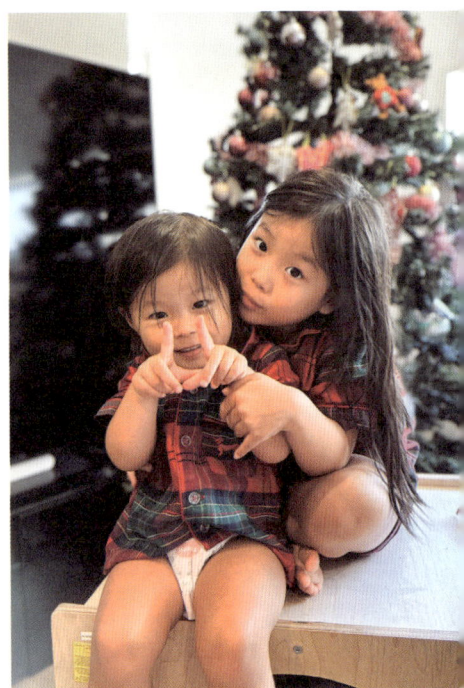

We wish you a Merry Christmas!

누구보다 먼저 일어난 카야가 선물을 보고 해맑게 웃으면 그 웃음 한 방에 전날 밤의 피로가 싹 날아갔다.

아쉽게도 최근 카야는 산타 할아버지의 존재에 대한 진실을 알아버렸다. "산타가 없다고 믿으니까 선물을 못 받지! 이번 크리스마스 때는 선물 못 받겠네? 산타 믿는 아이들만 선물을 받던데?"라고 했더니 다급하게 "산타 진짜라고 믿어!"라고 말을 바꾸는 걸 보니 아직은 선물의 소중함이 믿음을 앞서는 모양이다.

더불어 요즘 카야는 한국이라는 나라가 얼마나 매력적인지 알아가고 있다. 겪어 보지 못한 화이트 크리스마스 때문일까? 작년부터는 "엄마, 나 꼭 한국에서 눈 내리는 추운 크리스마스를 보내고 싶어"라고 이야기한다. 카야가 그리는 크리스마스는 미국 영화 속 장면처럼 창밖에 눈이 펑펑 내리고 대가족이 함께 식사하며 선물을 주고받는 낭만적인 풍경이다. "크리스마스 날에 눈이 오지 않을 수도 있어"라고 말하면 "왜 안 와? 영화에서는 항상 오는데?"라고 되묻는 바람에 말문이 막힌 적도 있다. 북반구와 남반구의 차이는… 카야에게 설명하기엔 아직 조금 이른 듯하다.

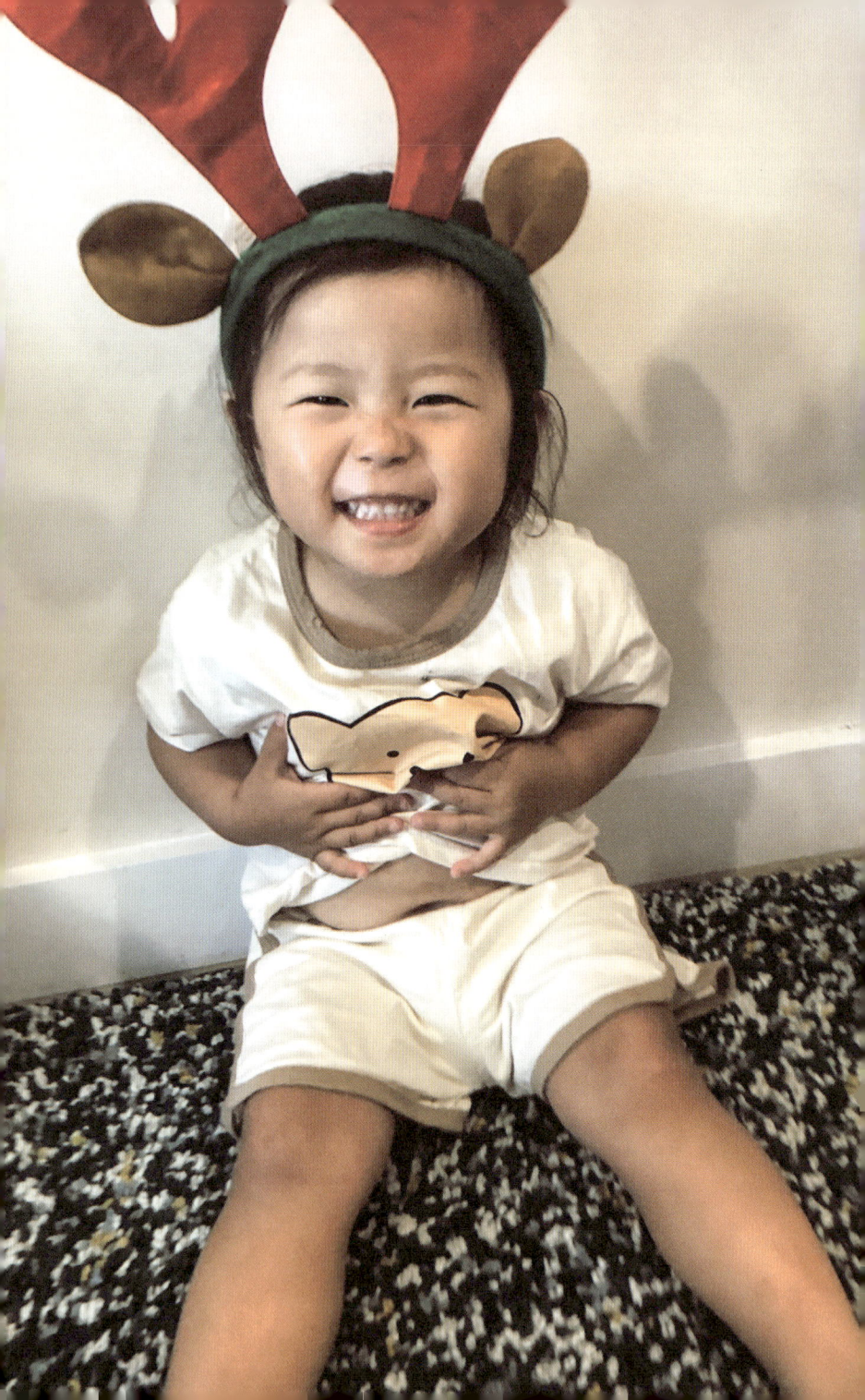

나도 어릴 적 비슷한 경험을 했다. 초등학교 3학년을 마치고, 1999년 12월 생애 처음으로 한국에 갔다. 호주에서는 땀을 흘리며 35도의 더위와 싸우고 있었는데 한국에 도착하자마자 하얀 눈발이 나를 반겼다. 나에게도 그렇게 특별했던 화이트 크리스마스가 있었듯, 이제는 아이들도 꼭 경험하게 해주고 싶다. 언젠가 눈 내리는 크리스마스를 온 가족이 함께 맞이하게 될 날을 손꼽아 기다린다.

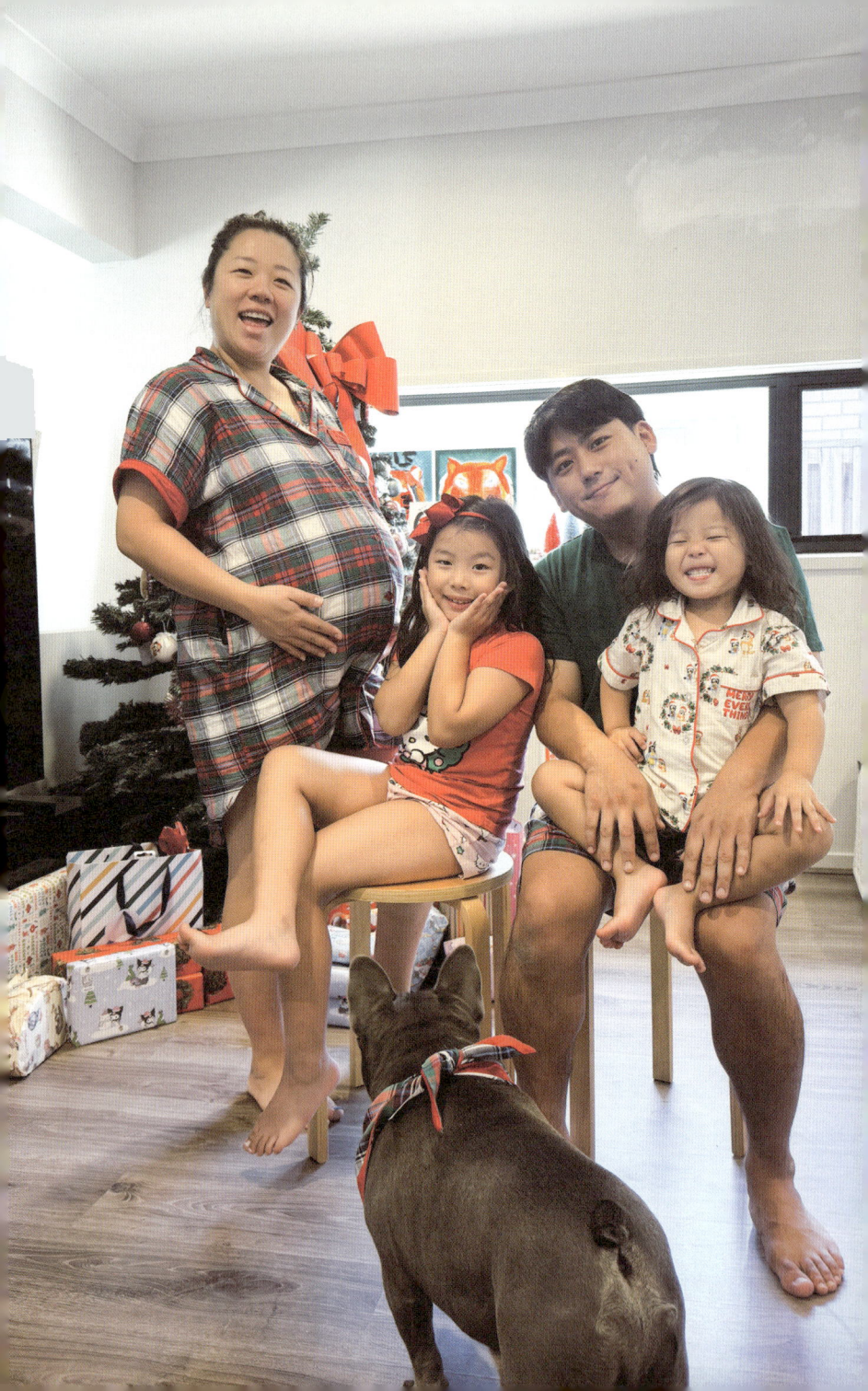

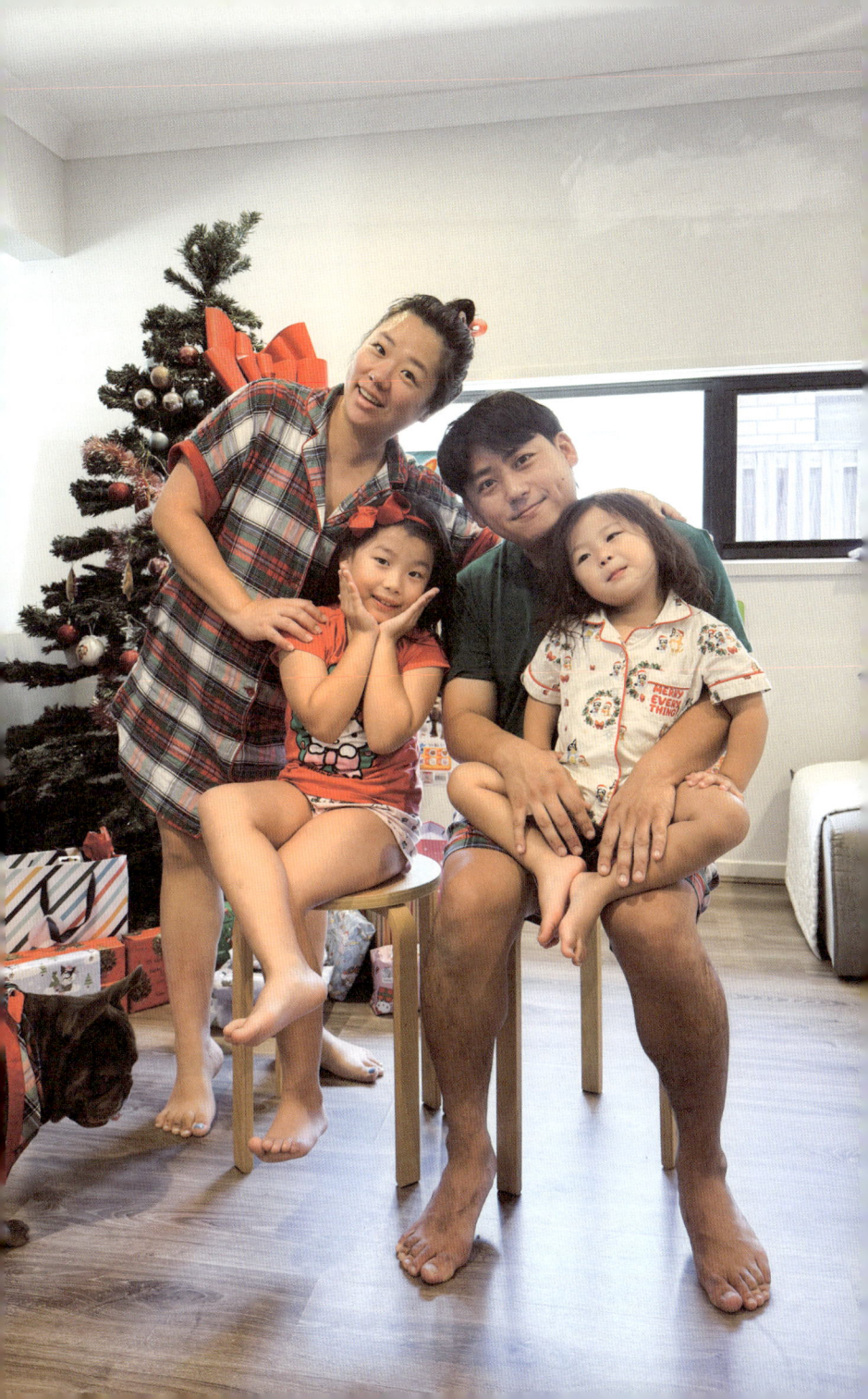

"엄마는 너무 싱숭생숭해"
"가슴이 쿵쾅거려!"

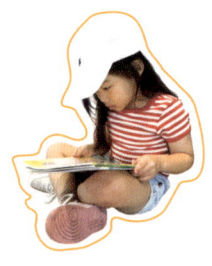

2023년 1월 23일, 이날이 올 줄은 꿈에도 몰랐다. 우리 집 1호 카야가 드디어 프렙Prep에 입학한 날이다. 프렙은 초등 1학년 전 단계인데 호주 퀸즐랜드주에선 필수 의무 교육이다(호주는 연방국이라 주마다 일부 법률이 조금씩 다르다). 카야를 낳은 지가 엊그제 같은데 벌써 초등학교를 간다니 기분이 묘하고 충격적이었다.

나는 카야에게 늘 재미있고 기분 좋은 일들만 보여주려

고 노력했다. 그러다 보니 정작 학교나 교육에 대해서는 별 준비 없이 시간이 훌쩍 지나갔다. 1년 전 입학 신청을 할 때만 해도 덤덤했는데, 막상 입학이 다가와 교복을 입히고 몸보다 큰 책가방을 멘 모습을 보니 실감이 났다. 첫째 아이이기에 모든 것이 처음이라 신기했고, 그만큼 부모인 나도 늘 배우는 중이다. 주변 아이들이 대부분 카야보다 어리다 보니 조언을 구하기도 쉽지 않아 이 시기를 우리만 겪는 것처럼 느껴지기도 했다.

카야는 뭐든 열심히 하는 아이라 잘 해낼 거라고 믿었지만, 정작 준비가 되지 않은 건 나였다. 담임선생님을 처음 만난 날 "Any questions(질문 있나요)?"라고 묻는데, 정말 아무 말도 떠오르지 않았다. 아직 학교에 보내는 것 자체가 낯설고 마음의 준비도 되지 않은 상태라 무슨 질문을 해야 할지도 막막했다. 아무것도 몰라서 아무것도 질문할 수가 없었다.

엄마인 내가 이렇게 준비가 되지 않았는데 과연 카야는 괜찮을까 싶었지만 괜한 걱정이었다. 카야는 생각보다 훨씬 씩씩하게 학교생활을 시작했다. 기특하면서도 이상하게 서

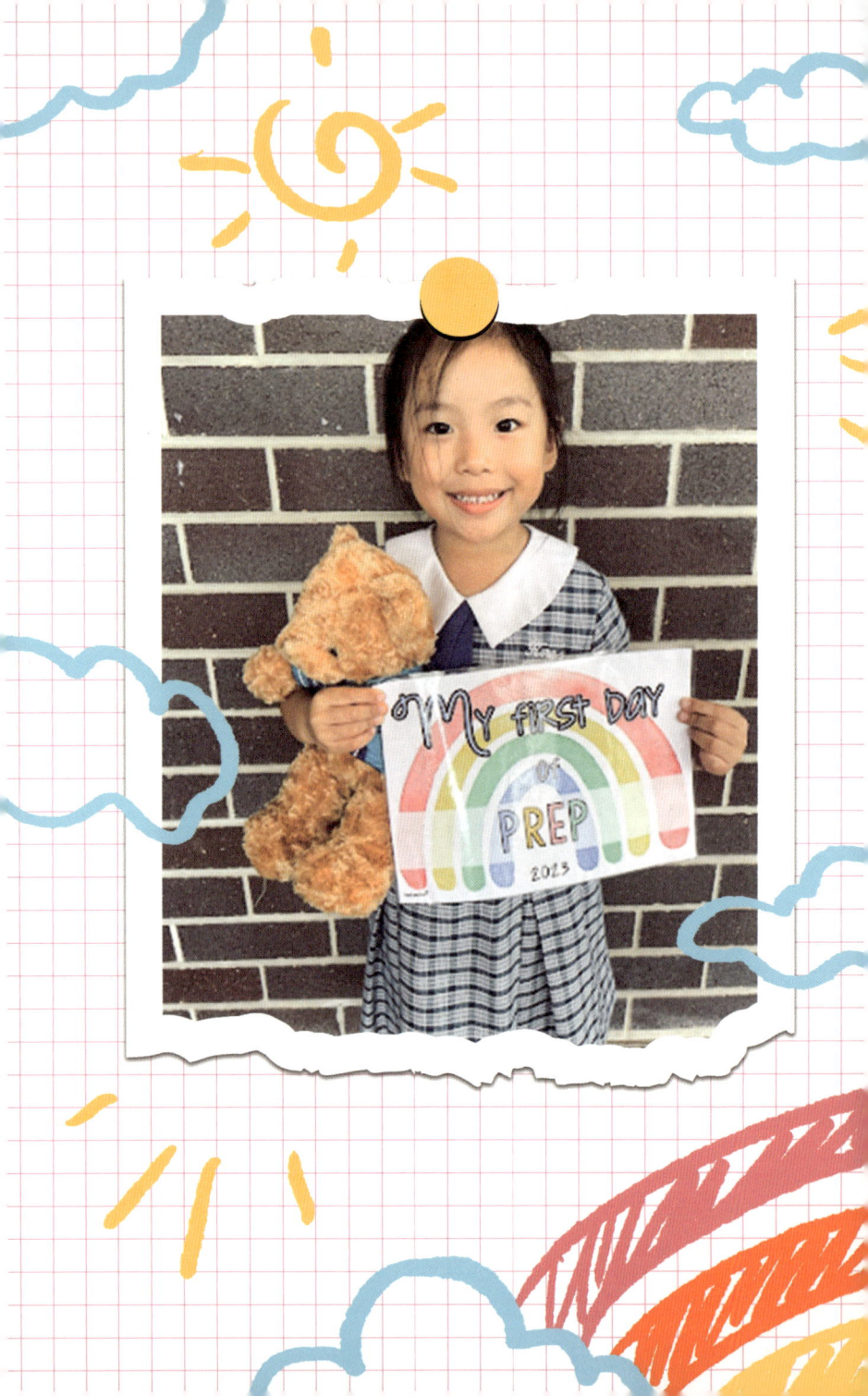

운했고, 혼자 집에 있으니 너무 조용한 것도 어색했다. 말로 설명하기 어려운 감정, 다른 엄마들도 이런 마음을 겪겠지 싶은 생각이 들었다.

"Kaia, how was your first day(카야, 첫날은 어땠어)?"

"GOOD!"

"Did you have fun(재밌었어)?"

"I cried(나 울었어)."

"You cried(울었다고)?"

"But I didn't even tell the teacher(근데 선생님한테 얘기 안 했어)."

"Why didn't you tell the teacher(왜 선생님께 말씀 안 드렸어)?"

"…"

"왜 슬펐어?"

"엄마 보고 싶어서…"

똑 부러지다가도 여전히 아기 같은 우리 카야. 전부 멋쟁이 언니가 되어가는 과정이겠지. 앞으로 아이들의 세상은 그 발걸음만큼 걷잡을 수 없이 넓고 빠르게 펼쳐질 테다. 언

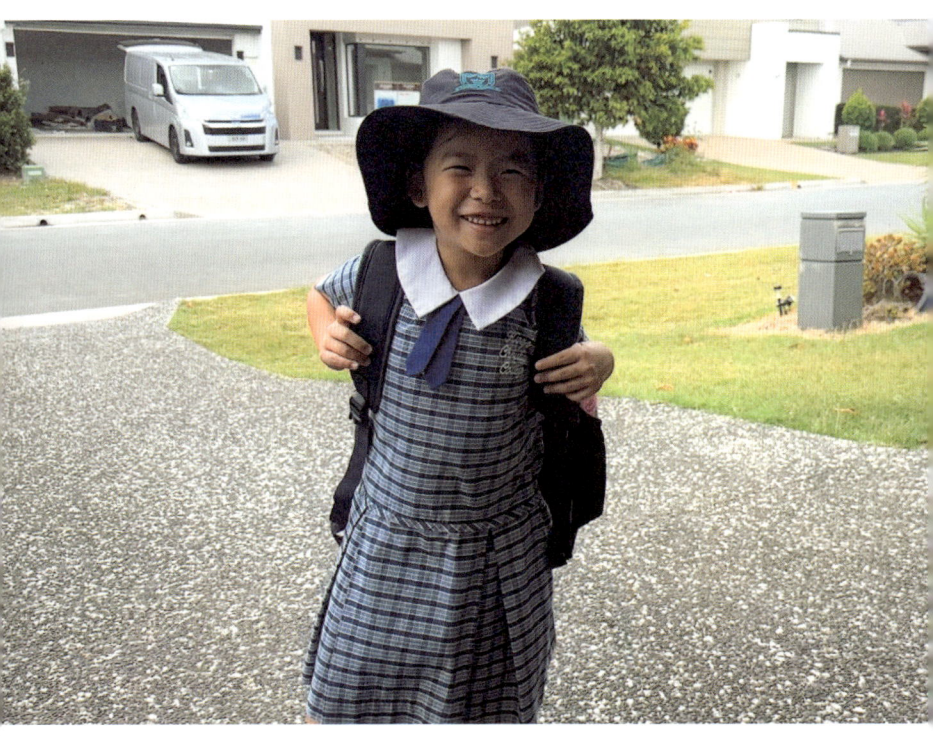

카야가 좋다면 엄마도 좋아

젠가는 더 이상 내가 같이 가주지 못하는 순간도 오겠지만 그래도 괜찮다. 그리고 그 모든 순간을 함께 지켜봐 주는 독자코들이 있다는 게 얼마나 고맙고 든든한지 모른다. 비록 지구 반대편일지라도 말이다. 달리다 넘어져도 뒤에서 지켜보는 어른들이 많으니, 언제든 씩씩하게 털고 일어나 끝까지 자신의 길을 완주하는 아이들이 될 거라 믿는다.

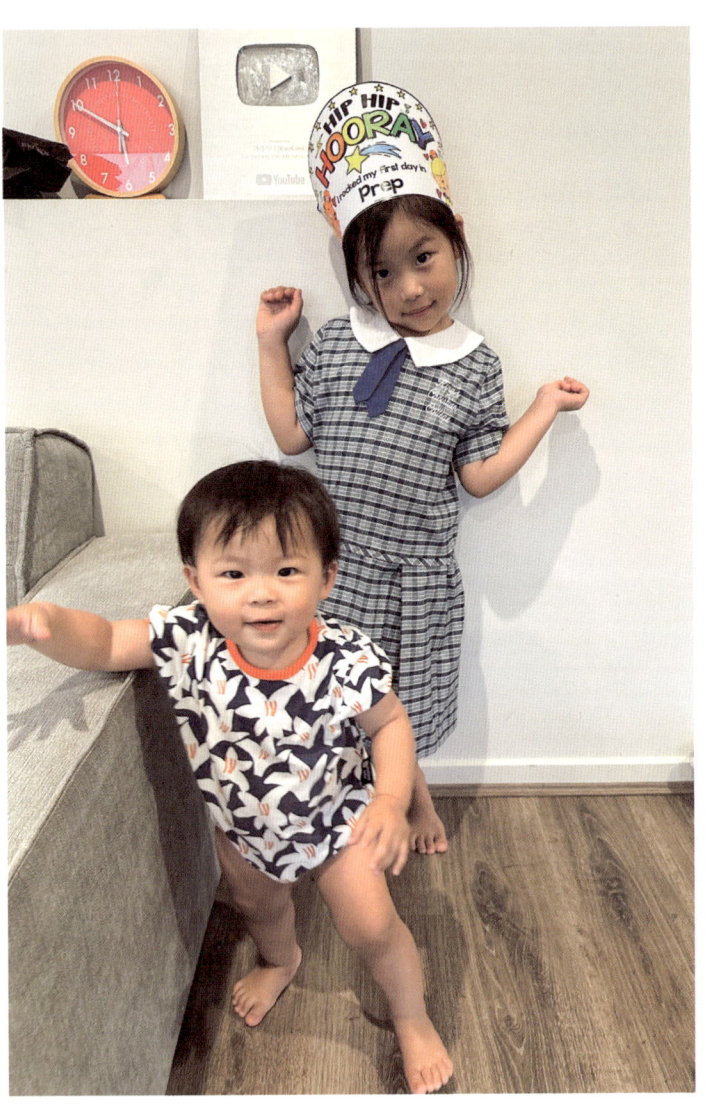

학교를 놀러가는 카야

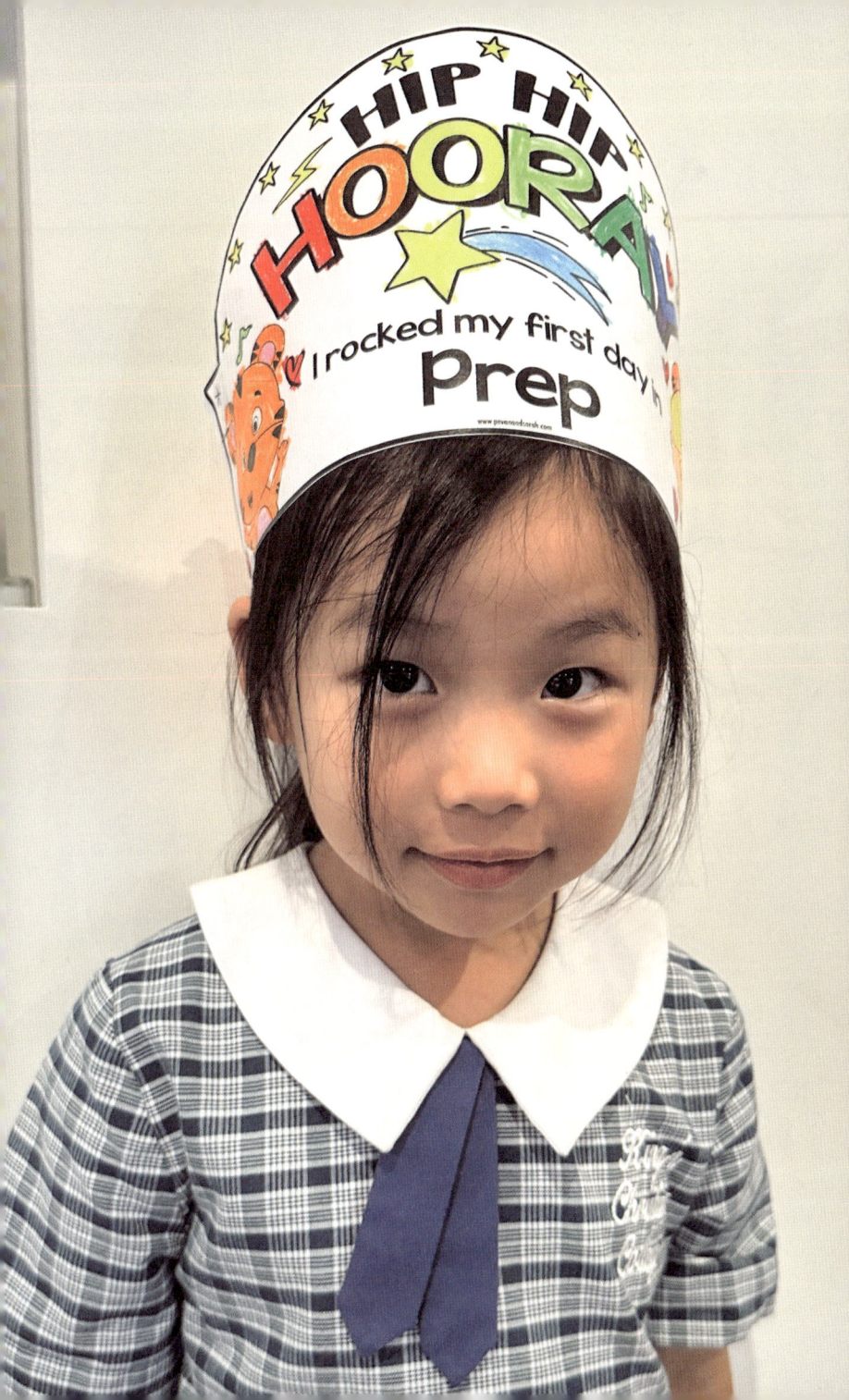

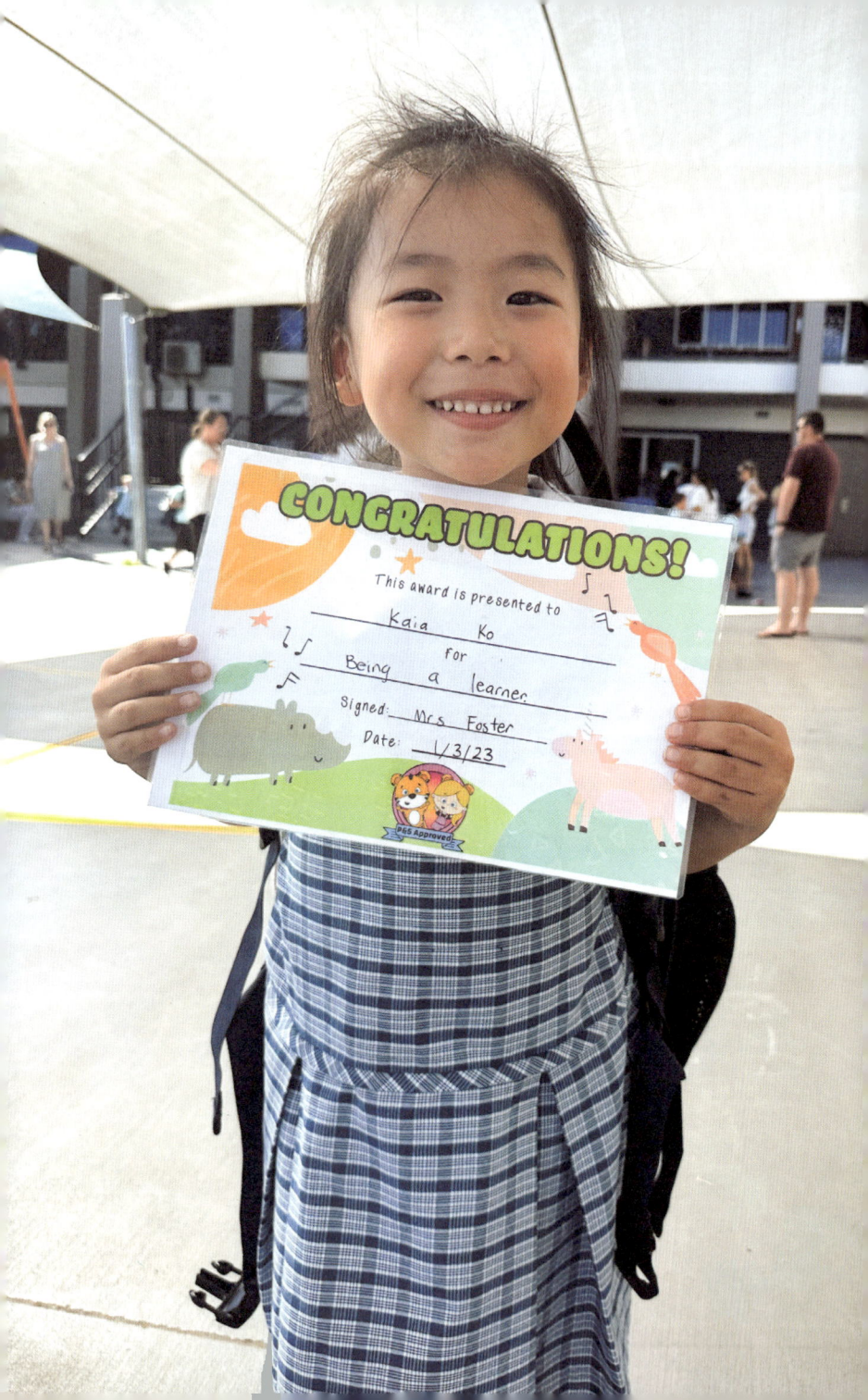

CONGRATULATIONS!

This award is presented to

Kaia   Ko

for

Being   a   learner.

Signed: Mrs Foster

Date: 1/3/23

P6S Approved

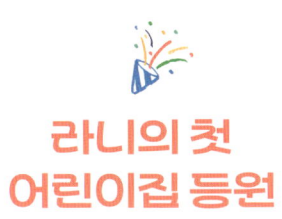

라니의 첫
어린이집 등원

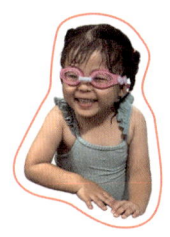

라니의 첫 어린이집 등원은 2022년 6월이었다. 당시 나는 전 직장 복귀를 고민 중이어서 일단 일주일에 이틀만 라니를 어린이집에 보내기로 결정했다. 생후 9개월이었던 라니는 아무것도 모른 채 첫 등원을 했고, 예상 외로 무탈하게 하루를 잘 보냈다. 그런데 이 아이가 정말 천재인가 싶은 순간은 바로 이튿날이었다. 어린이집이 있는 길목에 접어들자마자 라니는 미친 듯이 울기 시작했다. 눈치가 이렇게 빠를 줄이야.

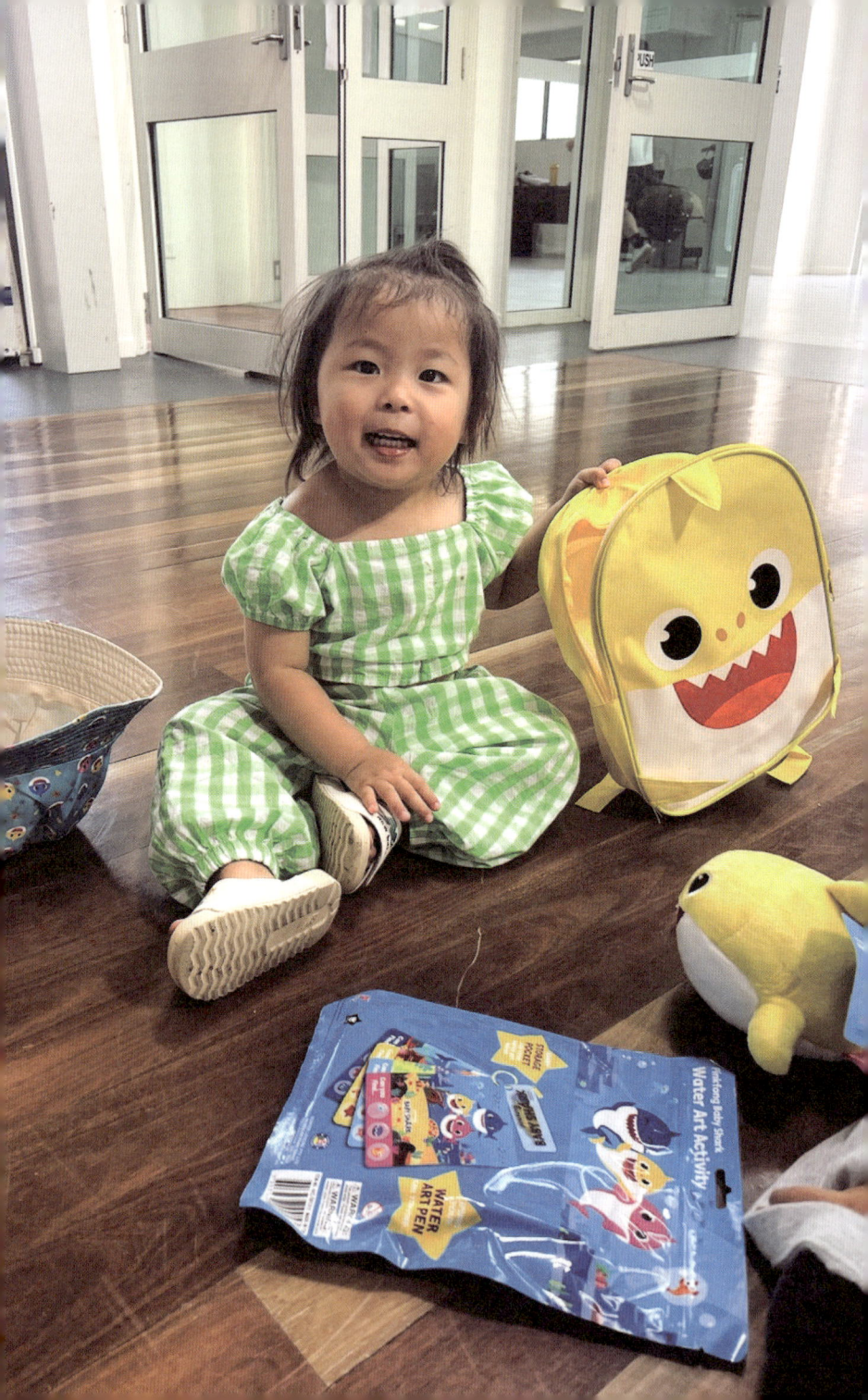

그렇게 겨우 두 번 등원했는데, 라니가 감기에 걸리고 말았다. 당시 코로나 시기라 아이가 조금만 기침하거나 콧물을 흘리면 어린이집에서 전체 공지를 돌리며 등원을 자제해달라고 알렸다. 결국 감기로 인해 한 주를 건너뛰어야 했다. 며칠 후, 라니는 한 번 더 어린이집에 다녀왔고, 이번에는 결막염처럼 눈이 충혈돼 다시 일주일을 결석했다. 마음을 다잡고 보낼 때마다 병을 얻어오는 상황에 '내가 무슨 부귀영화를 누리자고 이걸 계속해야 하나' 싶었다. 결국 라니는 어린이집을 두 달도 채 다니지 못하고 퇴소했다. 두 달 치 비용은 꼬박 지불했지만, 실제 등원 횟수는 고작 6일 남짓이었다.

그리고 1년이 지난 어느 날, 라니가 생후 18개월이 넘었을 무렵 나는 다시 한번 어린이집 등록을 고민하게 되었다. 전업 육아 중이다 보니 꼭 보내야 하나 망설이던 찰나, 현규의 "일단 보내놓고 쉬어도 되니까 보내자"라는 말에 등록을 결심했다. 이번에 선택한 어린이집은 신설 기관이라 교사도, 아이들도 전부 새롭게 시작하는 시점이었다. 그래서 더 어렵지 않을까 걱정했는데 의외로 순조로웠다.

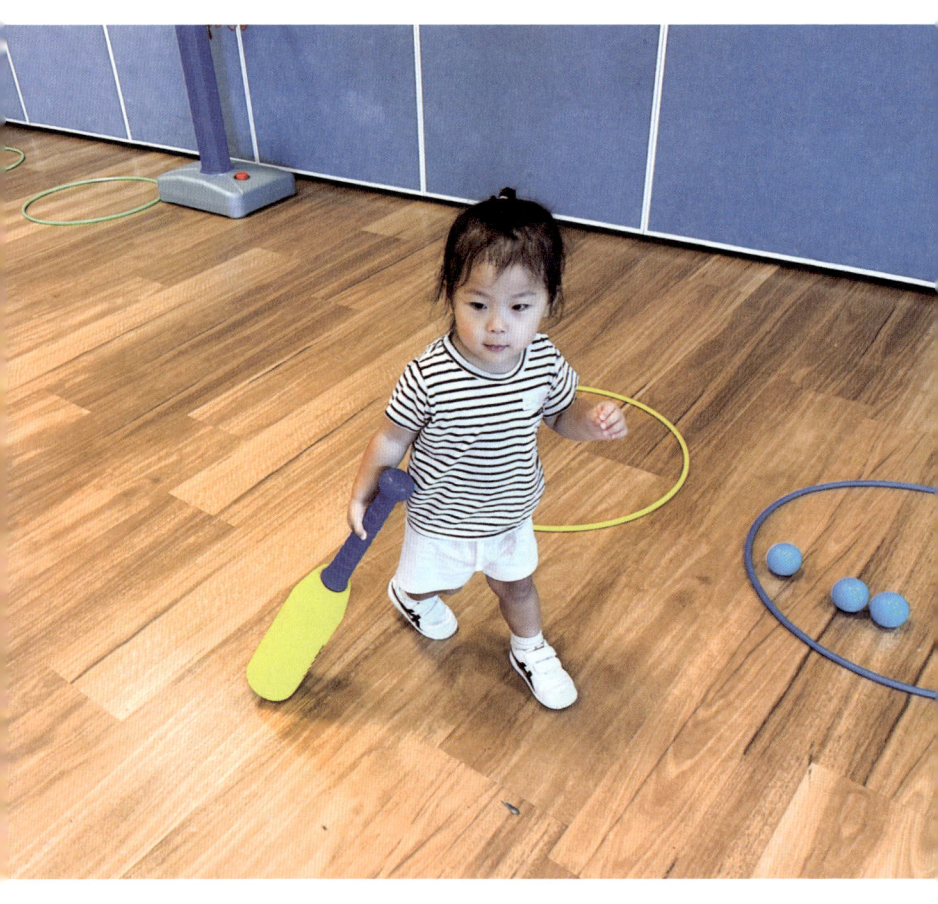

비밀인데… 사실 넌 애교쟁이야

라니는 1년 전과 똑같이 첫날은 매우 즐겁게 보내고 돌아왔다. 같은 나이 친구들보다 걸음마를 일찍 시작한 덕분에 다른 아이들보다 훨씬 더 활발하게 이곳저곳 돌아다녔고, 궁금한 게 생기면 말없이 탈출을 시도하기도 했단다. 그런데 둘째 날은 마치 데자뷔처럼 엄마 품에서 떨어지지 않으려 울었고, 선생님이 겨우 달래 품에 안고 등원해야 했다. 오후 픽업 시간마다 나를 보자마자 서럽게 울던 그 모습이 지금도 눈에 선하지만, 라니는 생각보다 빠르게 어린이집 생활에 적응했다.

요즘 라니는 오후가 되면 친구들이 하나둘씩 하원할 때 친구들의 신발과 모자, 가방을 먼저 챙겨주는 리더 역할까지 하고 있다. 집에서는 아직 아기 같은데 어린이집에서는 카리스마 넘치는 유치원생이라니, 말 그대로 깜찍한 이중생활 중이다. 그렇게 라니는 울면서 들어가 웃으며 나오는 아이가 되었다. 그리고 나는 이제야 진짜 마음 놓고 집 앞 카페에 앉아 즐길 수 있는, 조금은 숨 돌리는 엄마가 되어간다.

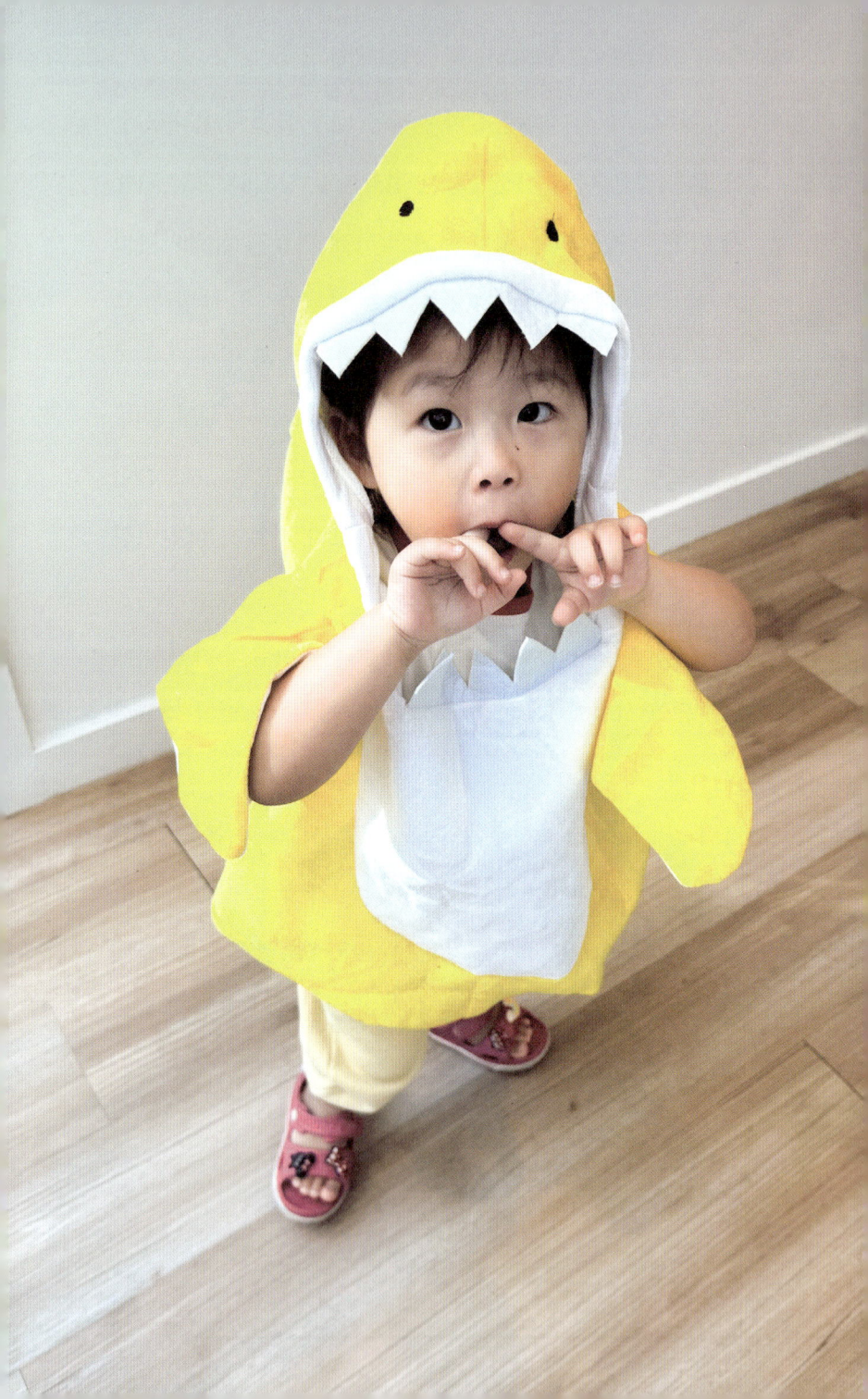

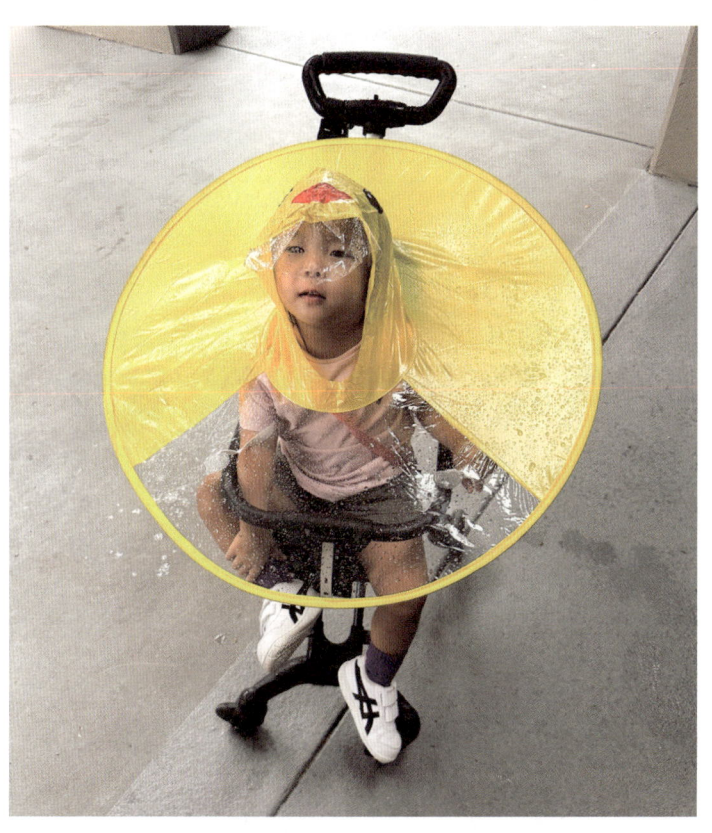

어딜 가도 도망가는 부끄럼쟁이

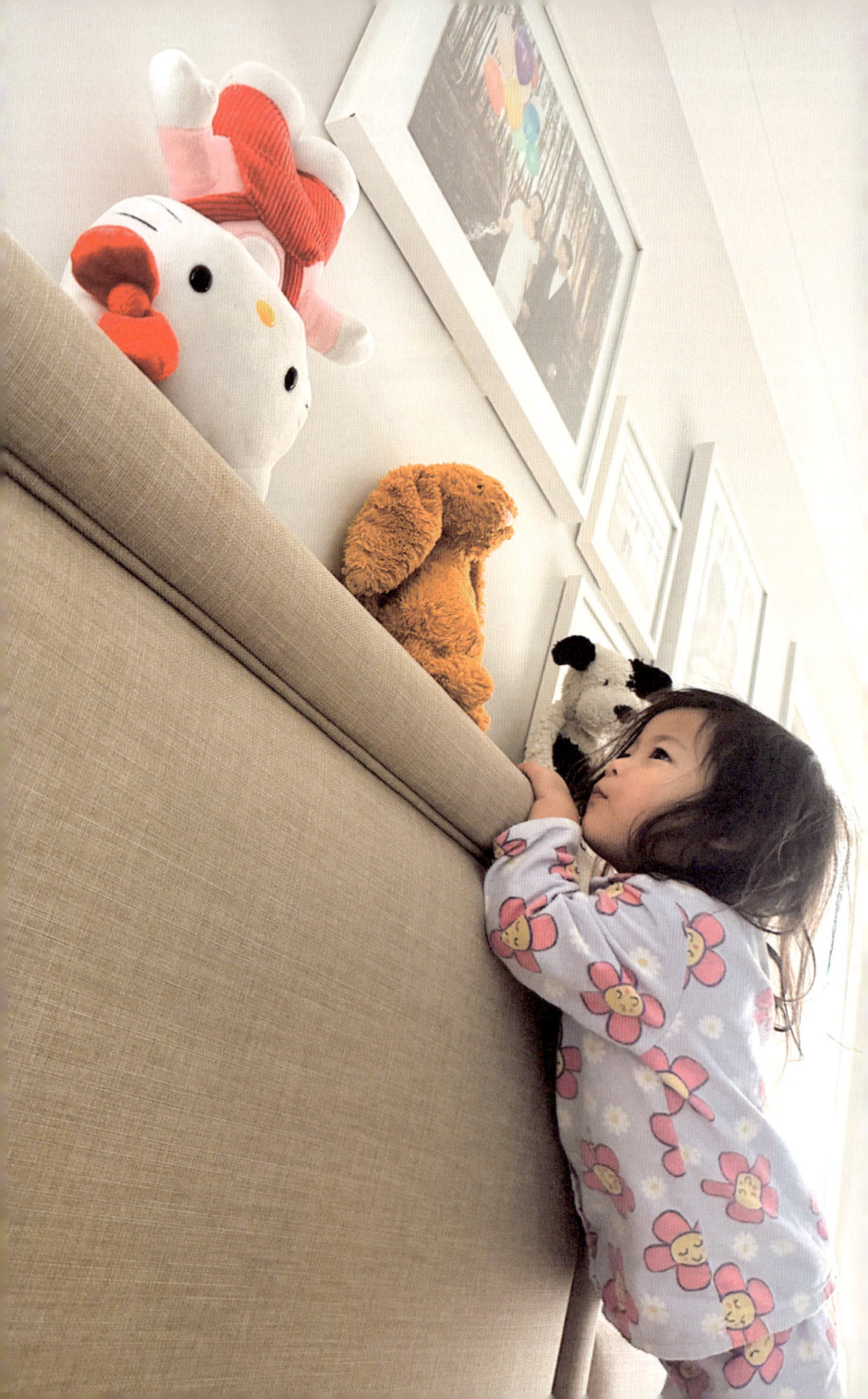

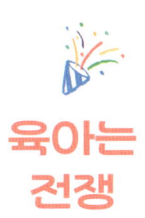

육아는
전쟁

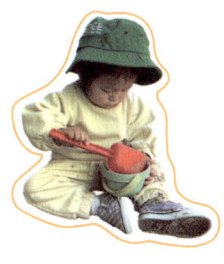

요즘은 매일이 전쟁이다. 예전에 프리티 할머니가 현규의 학창 시절 이야기를 들려준 적이 있다. 현규는 초등학교에 입학하고 일주일 정도가 지났을 무렵, 갑자기 학교에 가지 않겠다고 선언했다. 이유는 단순히 공부가 하기 싫어서였다. 유치원까지는 세상모르게 뛰어놀고 먹고 자고 노는 패턴에 익숙했던 아이가 시간표대로 움직이고 공부까지 해야 한다는 게 마음에 들지 않았던 모양이다. 그 이야기를 처음 들었을 땐 그저 웃겼고, 솔직히 그 심정을 이해하진 못했다. 그런데 몇 년이 지난 지금 우리 집에 데자뷔처럼 비슷한 일이 벌어지고 있다. 주인공은 바로 현규의 딸, 카야다.

카야는 학교에 가는 것을 좋아한다. 아주 단순한 이유다. 친구들과 노는 게 너무 즐겁기 때문이다. 공부에는 별로 관심이 없다. 그림을 그리거나 음악을 듣는 데엔 누구보다 집중력이 뛰어나고, 노래 가사나 안무도 금방 외우길래 공부도 곧잘 따라갈 거라 생각했다. 하지만 예체능과 공부는 카야에게 전혀 다른 세계였다. 루시 할머니는 그런 모습이 안타까웠는지 종종 "카야는 왜 공부를 좋아하지 않을까?"라고 물어보셨다. 그때마다 카야는 어색하게 웃을 뿐 별다른 대답은 하지 않았다.

나와 현규는 아이들 공부에 대한 가치관이 조금 다르다. 나는 어차피 해야 할 숙제라면 틀려도 좋으니 끝까지 해보는 과정이 중요하다는 입장이고, 현규는 아직 저학년이니 못해도 괜찮다는 의견이다. 하지만 호주는 학년제를 유연하게 운영하는 편이라, 교육 시스템을 충분히 따라가지 못한다고 판단되면 그 학년에 그대로 남는 일이 드물지 않다. 나

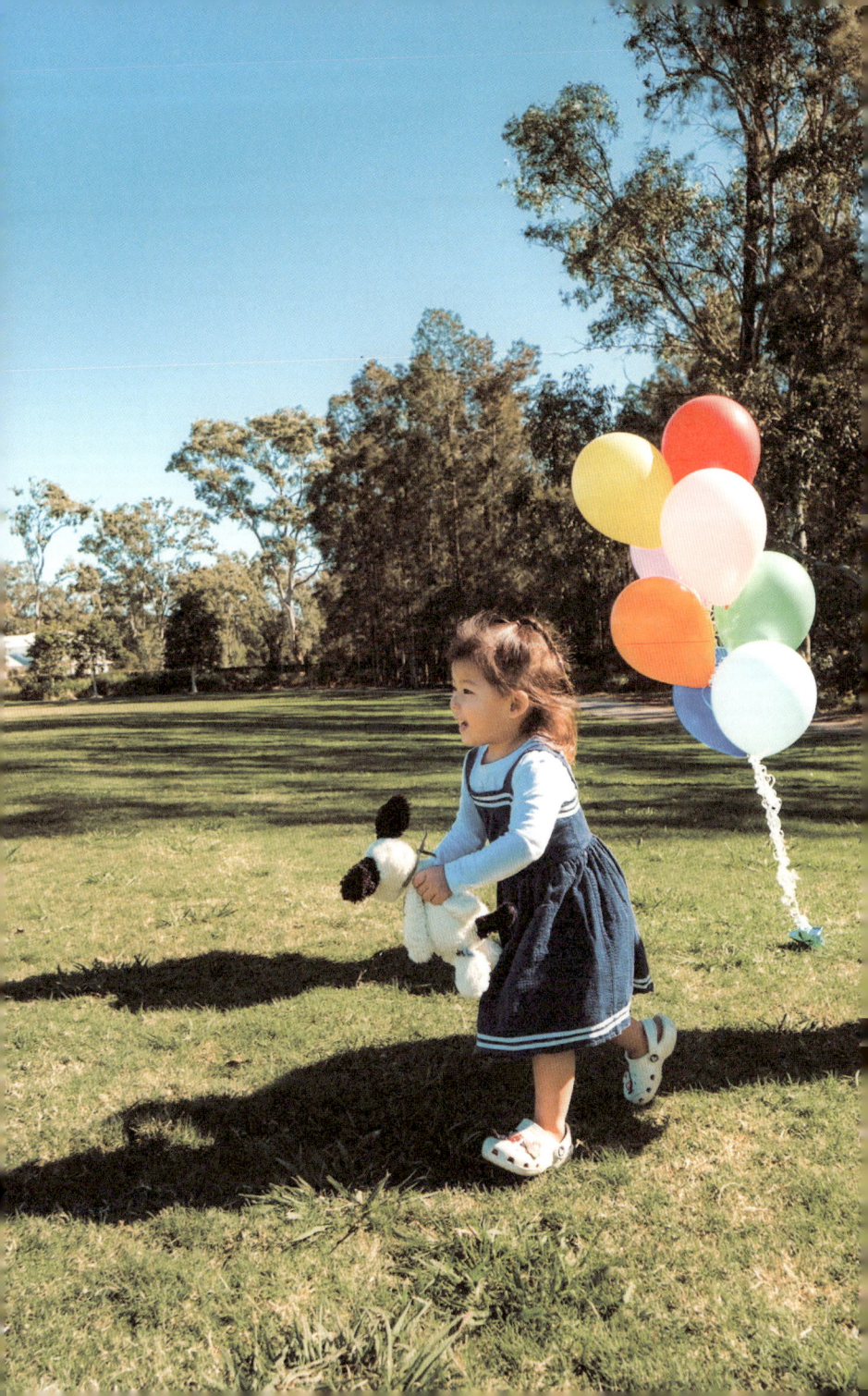

역시 어릴 때 그런 친구들을 여럿 봤고, 카야의 프리 프렙 친구 중에서도 두 명이나 프렙으로 올라오지 못했다. '최고가 아니어도 중간은 가자'라는 마음이 드는 건 어쩔 수 없는 한국인의 피 때문일지도 모르겠다. 우리가 사는 퀸즐랜드주는 한국처럼 방과 후 학원이 활성화된 지역은 아니지만, 동네에 몇 군데 있는 학원이라도 보내야 하나 고민이 되는 요즘이다.

우선 카야에게는 학업 스트레스를 주지 않으면서도 기본적인 공부의 중요성은 설명해주려 노력한다. 그러던 어느 날 카야가 먼저 얘기를 꺼냈다. "루시 할머니는 맨날 나한테 왜 공부 안 좋아하냐고 물어봐? 뭐라고 대답해야 할지 모르겠어. 나는 그냥 공부가 재미없어서 안 좋아하는 건데 할머니는 공부가 재밌나 봐?"라고 말하며 고개를 갸웃했다. 루시 할머니는 공부에 대한 필요성을 짚어주고 싶으셨던 거겠지만, 카야가 아직은 누군가의 말 속에 담긴 의도까지 파악할 나이는 아닌 것 같아 적당히 넘어갔다. 언젠가는 카야도 스스로 공부의 필요성과 의미를 깨닫기를 바란다.

이외에는 다행히 나와 현규의 육아 가치관이 비슷하고, 현규는 아이들의 교육은 전적으로 나에게 맡기는 편이다. 우리가 아이들에게 특히 중요하게 가르치는 건 공부 이전에 '예의'와 '사랑'이다. 나는 자라면서 한국인의 기본이 예의범절이라고 배웠다. 그리고 그런 루시 할머니의 가르침 덕분에 내가 한국인이라는 정체성을 잊지 않았다고 생각한다. 그래서 내가 받은 교육을 아이들에게 자연스럽게 물려주고 싶다. 어른에게든 친구에게든 선물을 받으면 '땡큐'라는 감사 인사를 전하라고 말하는 이유다.

그리고 또 하나 중요한 건, 사랑이다. 사랑은 받는 것도 중요하지만 주는 것도 똑같이 중요하다. 사실 인간은 사랑을 주고받는 것으로부터 행복을 찾는지도 모른다. 나는 아이들이 그런 선한 마음 안에서 오는 행복을 배우길 바란다. 그것이 성적보다, 결과보다 더 오래 남는 교육일 테니 말이다.

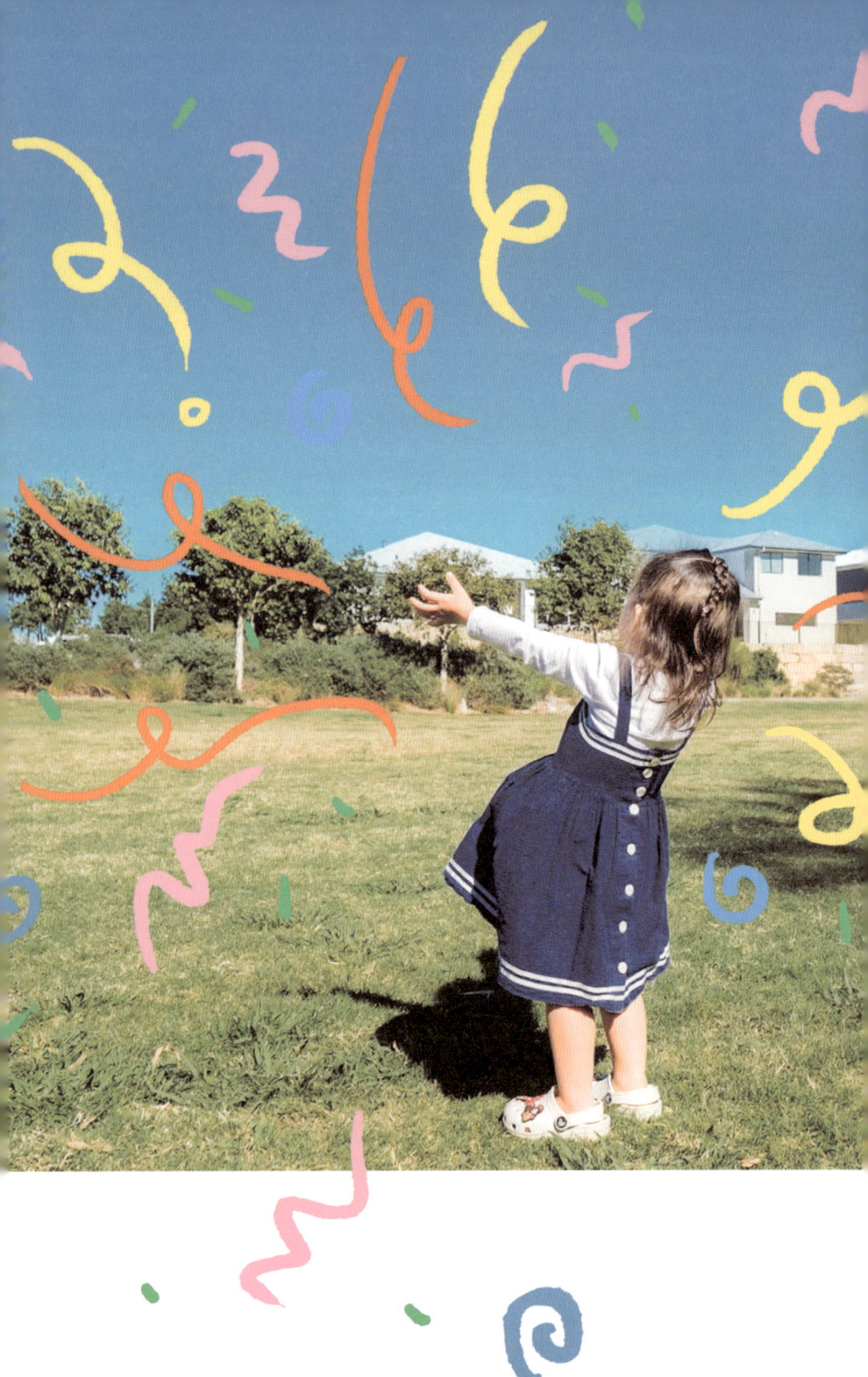

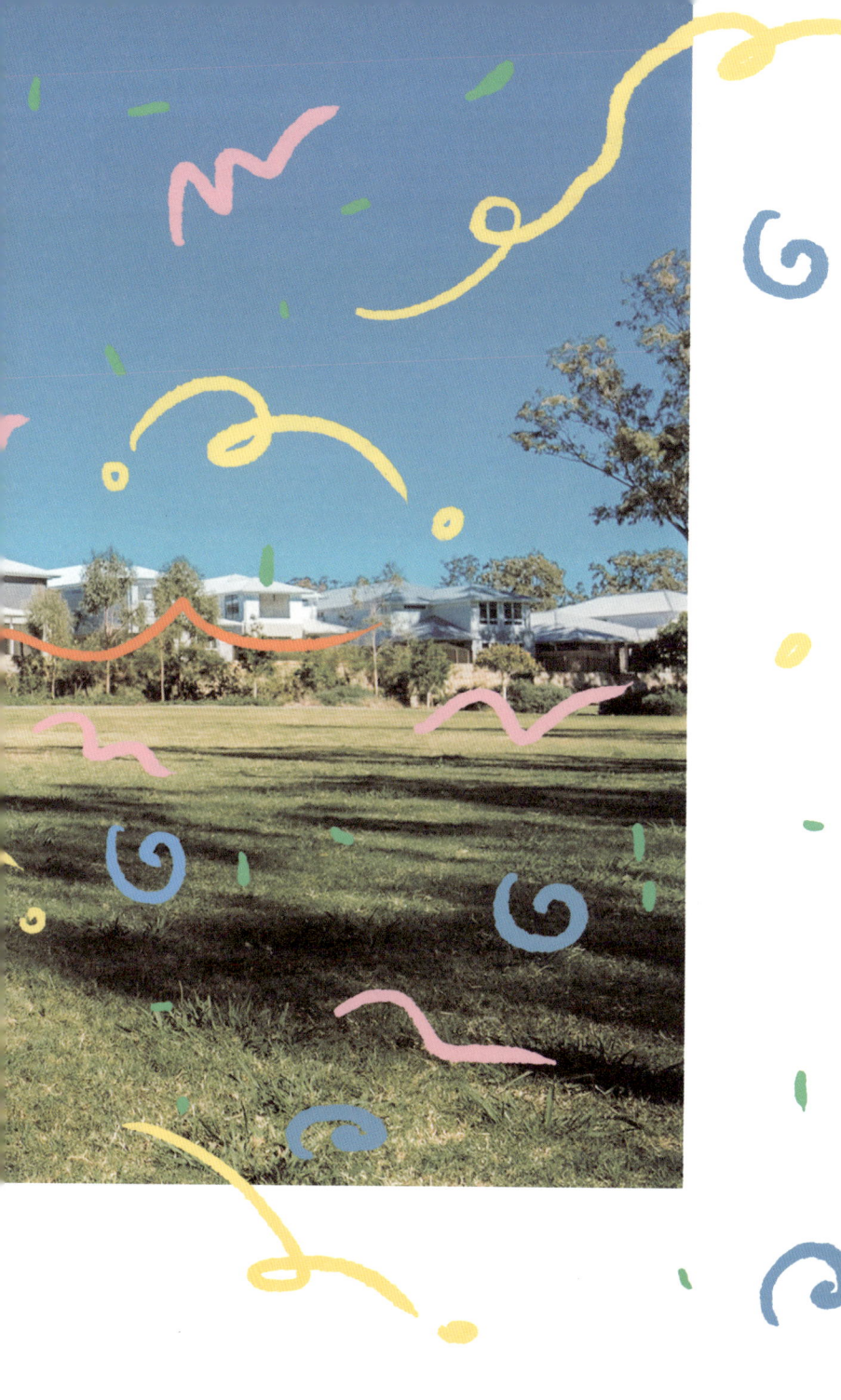

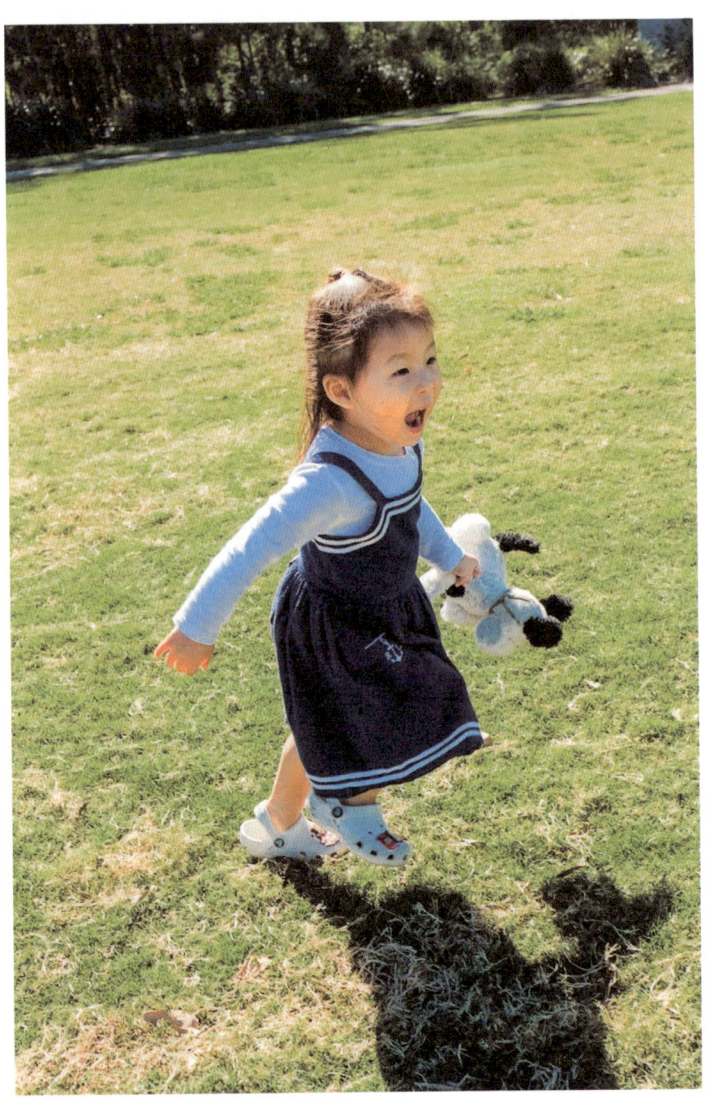

너를 키우는 천 일 동안 하루도 지루하지 않았어

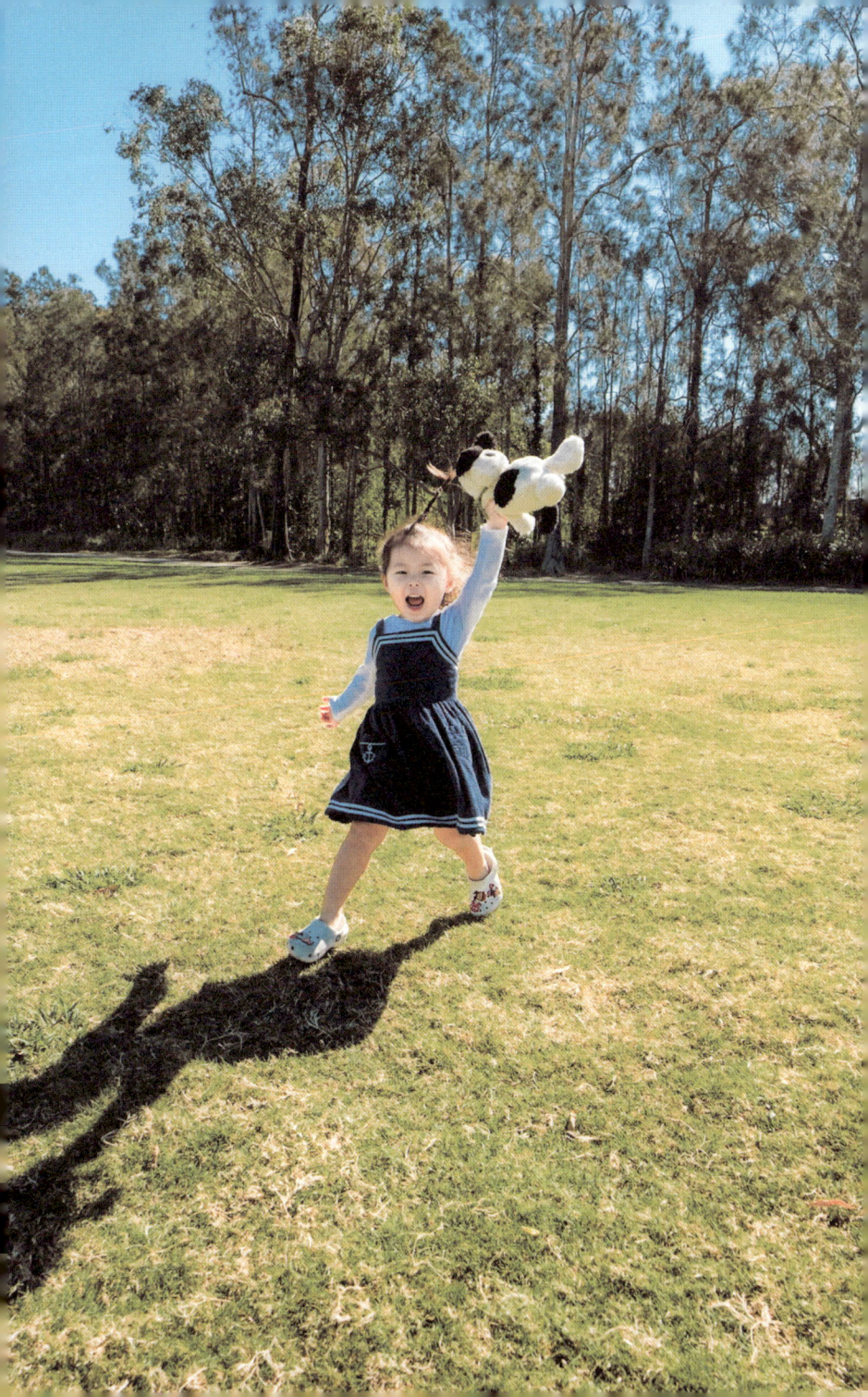

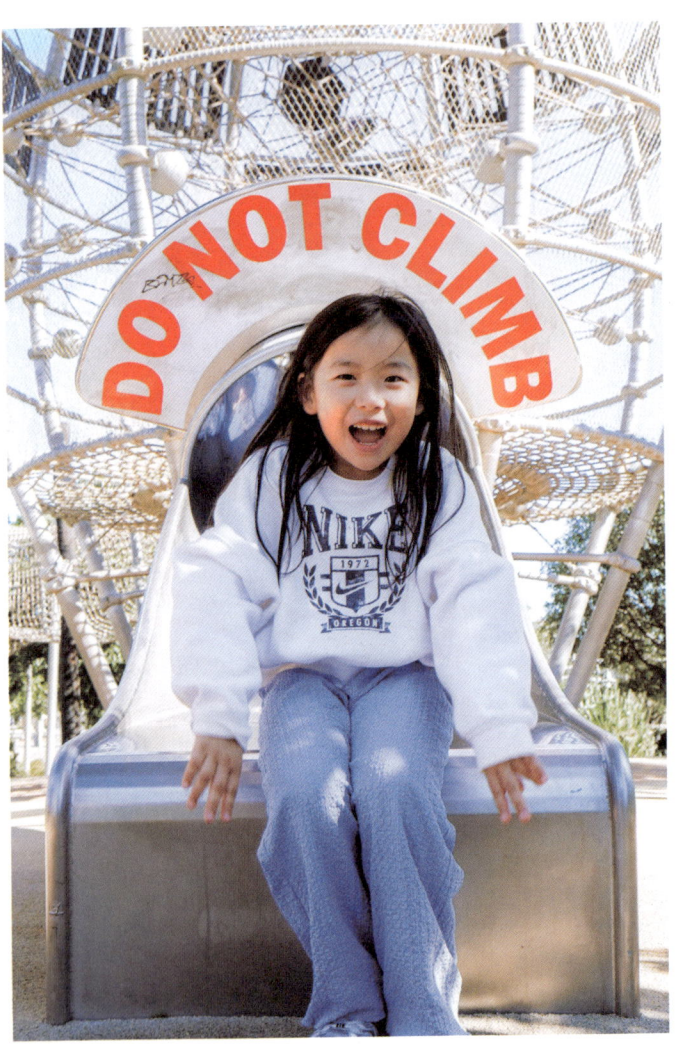

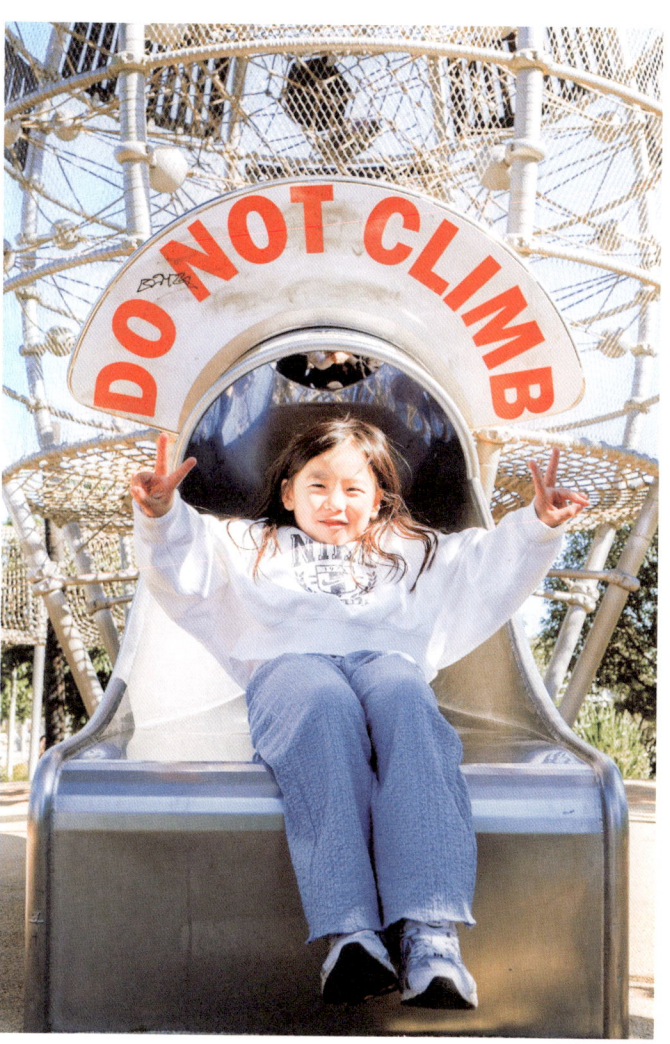

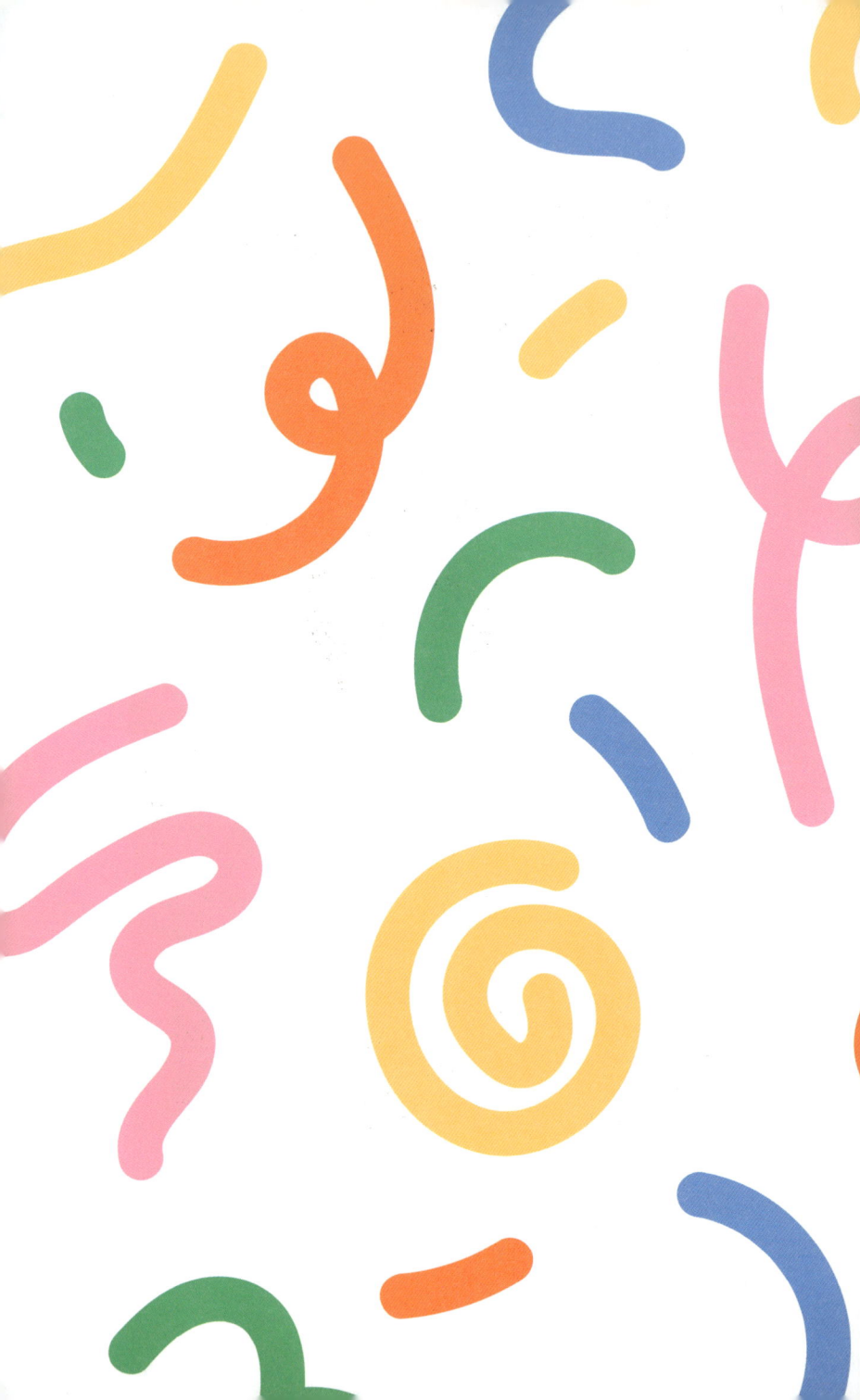

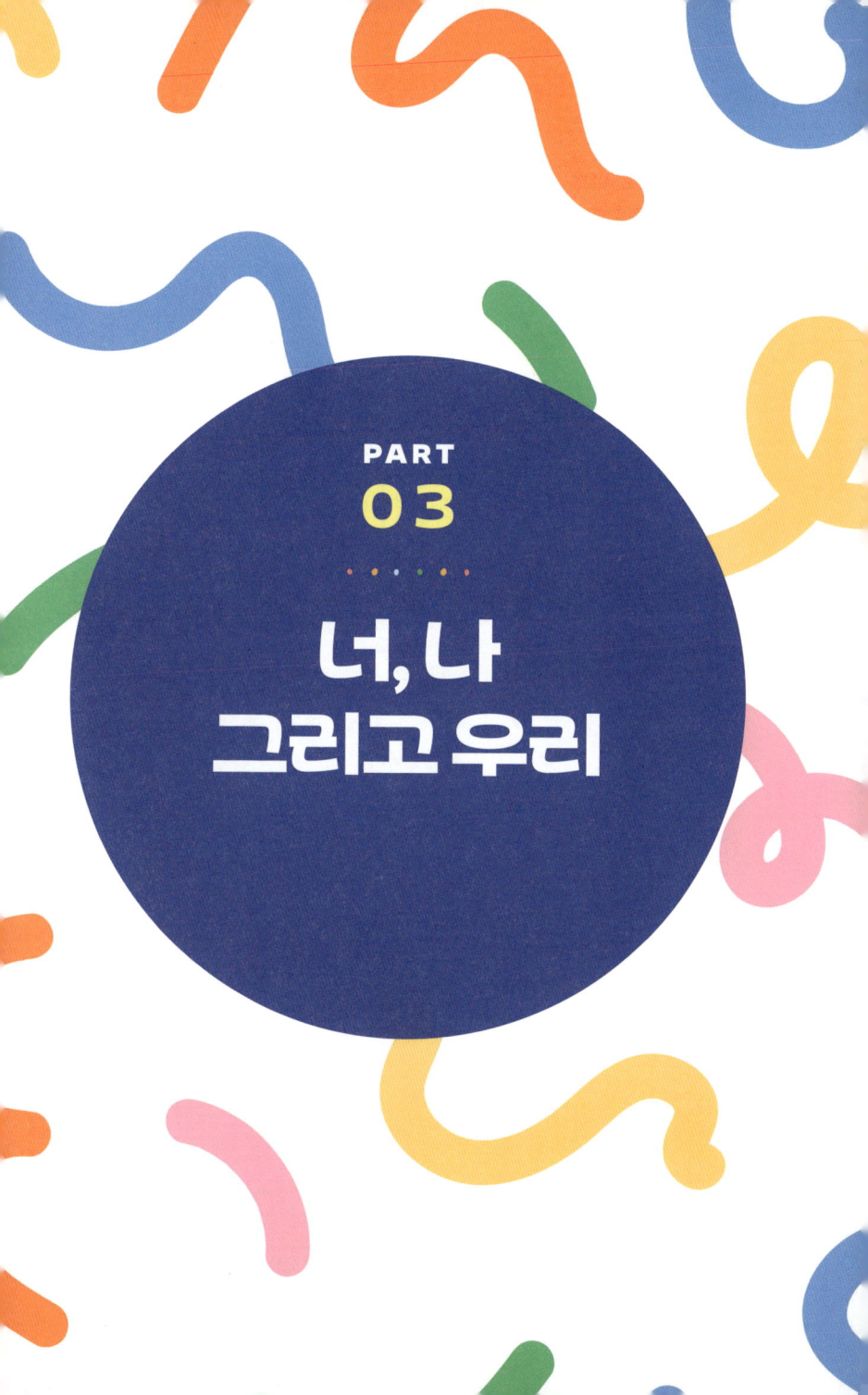

PART
03

너, 나
그리고 우리

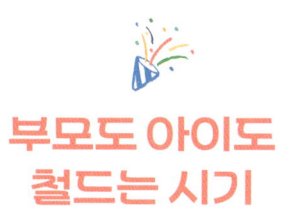

부모도 아이도
철드는 시기

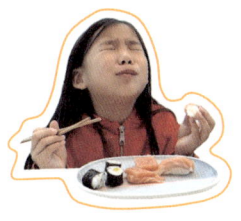

카이가 태어나기 전 발리에 다녀왔다. 명목상으로는 태교 여행이었지만, 막상 가서 보니 수영 여행에 가까웠다. 아이들과 함께 아침 먹고 수영, 점심 먹고 수영, 외출하고 돌아와서 또 수영을 했다. 마치 태릉선수촌 훈련처럼 들릴 수 있지만 실제로는 물장구 수준이었다.

평소에는 여행 일정을 철저히 짜는 편인데, 이번엔 비행기표, 호텔, 당일 투어 하나만 예약해두고 나머지는 컨디션

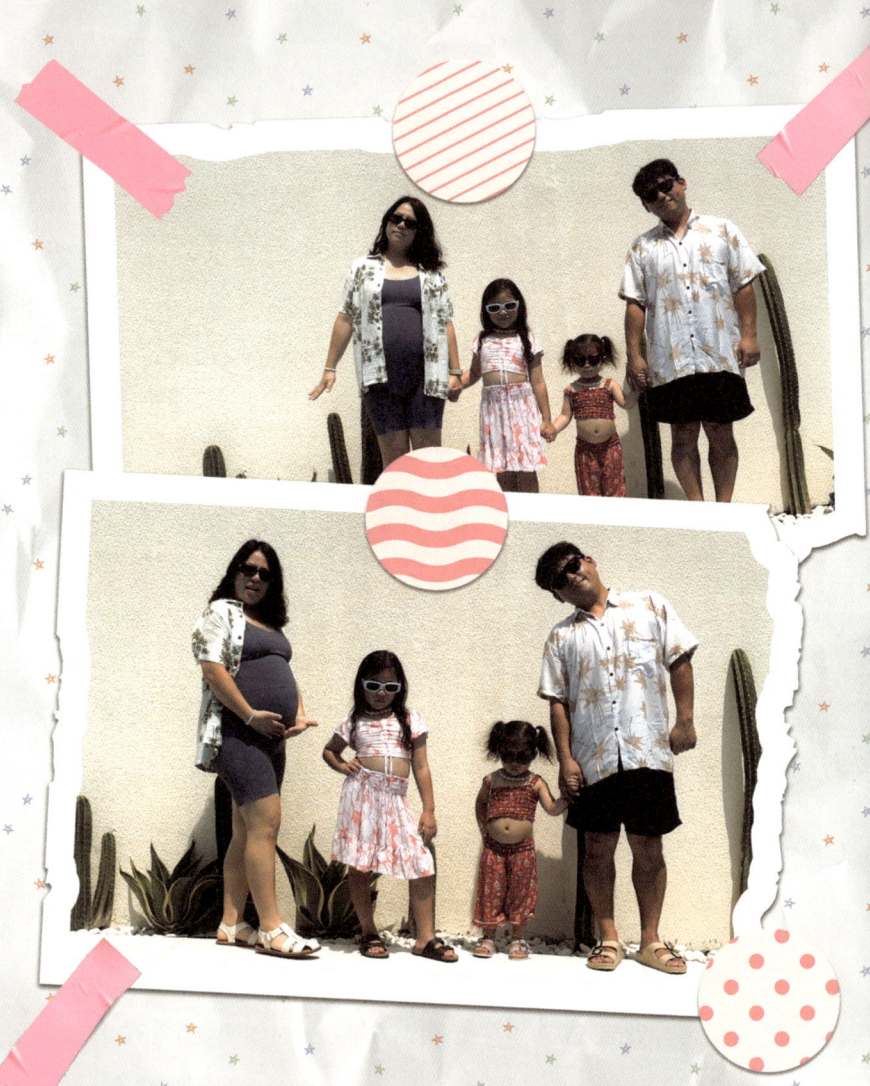

배불뚝이 엄마와 배불뚝이 라니

에 따라 움직인 무계획 여행이었다. 아이들과 함께하다 보면 계획대로 되지 않는 날이 더 많다는 걸 이제는 잘 안다. 게다가 이번 여행에는 24주 임산부인 나도 포함되어 있었기 때문에 모든 것을 천천히, 느리게 흘러가게 두었다. 정확하게 말하자면 호캉스도 아닌 슬로캉스였달까? 오랜만에 즐기는 여유라 오히려 좋았다.

그래도 5박 6일 중 하루는 아주 빡빡한 일정이었다. 사실 이 투어는 나의 여행 철학이 담긴 선택이었다. 여행 중 하루쯤은 '빡센 날'이 있어야 그 지역의 기억이 오래 남는다고 믿는 타입이라 현규의 의견은 묻지 않고 나 혼자 예약했다. 오전 5시에 가이드가 픽업을 왔고, 12시간 투어 중 8시간을 차 안에서 보내야 했다. 이동만으로도 아이들이 투정부릴 만큼 고된 일정이었지만, 카야와 라니는 생각보다 잘 따라줬다. 타라면 타고 내리라면 내리고, 낯선 환경에서도 말을 잘 들어줘서 고맙고 미안한 마음이 동시에 들었다.

발리는 분명 유명한 휴양지이지만, 도심을 조금만 벗어나도 시골 풍경과 산지 마을이 펼쳐지는 소박한 섬이다. 그곳의 풍경 속에서 문득 요즘 아이들은 참 많은 것을 누리며 살고 있다는 생각이 들었다. 물론 어른들도 마찬가지다. 하고 싶은 것, 먹고 싶은 것, 가고 싶은 곳이 있으면 'YOLO!'를 외치며 좇아간다. 그런 삶이 나쁘다는 건 절대 아니지만, 무엇이든 당연해지는 순간 감사함은 사라지기도 한다.

그러던 어느 날, 카야가 내게 말했다. "엄마, we are so lucky." 생일 선물도 받고, 크리스마스 선물도 받고, 한국에도 여행 가고, 먹고 싶은 것도 자주 먹을 수 있어서 너무 럭키하다며 들뜬 표정을 지었다. 그 말을 들었을 때 기특하고 대견했지만, 동시에 문득 '언제 이렇게 자랐지?' 하는 생각이 들었다. 그저 즐기기만 하던 아이가 어느 순간 자신이 누리는 것들을 자각하고 있다는 사실이 놀랍고 감사했다.

그래서 앞으로는 여행을 할 때마다, 우리 아이들이 더 넓은 세상을 마주하며 각기 다른 삶의 모습을 자연스럽게 접하고, 그 안에서 스스로 생각의 폭을 넓혀나갈 수 있길 바란다. 발리에서 산에 사는 아이들을 보며 "학교 안 가도 되니까 좋겠다"고 말하던 카야에게 나는 "문화가 달라서 그래"라고 얼버무렸지만, 돌아서고 나서 문득 생각했다. 어쩌면 나 역시 여행자의 시선으로 그들의 삶을 단순화하거나

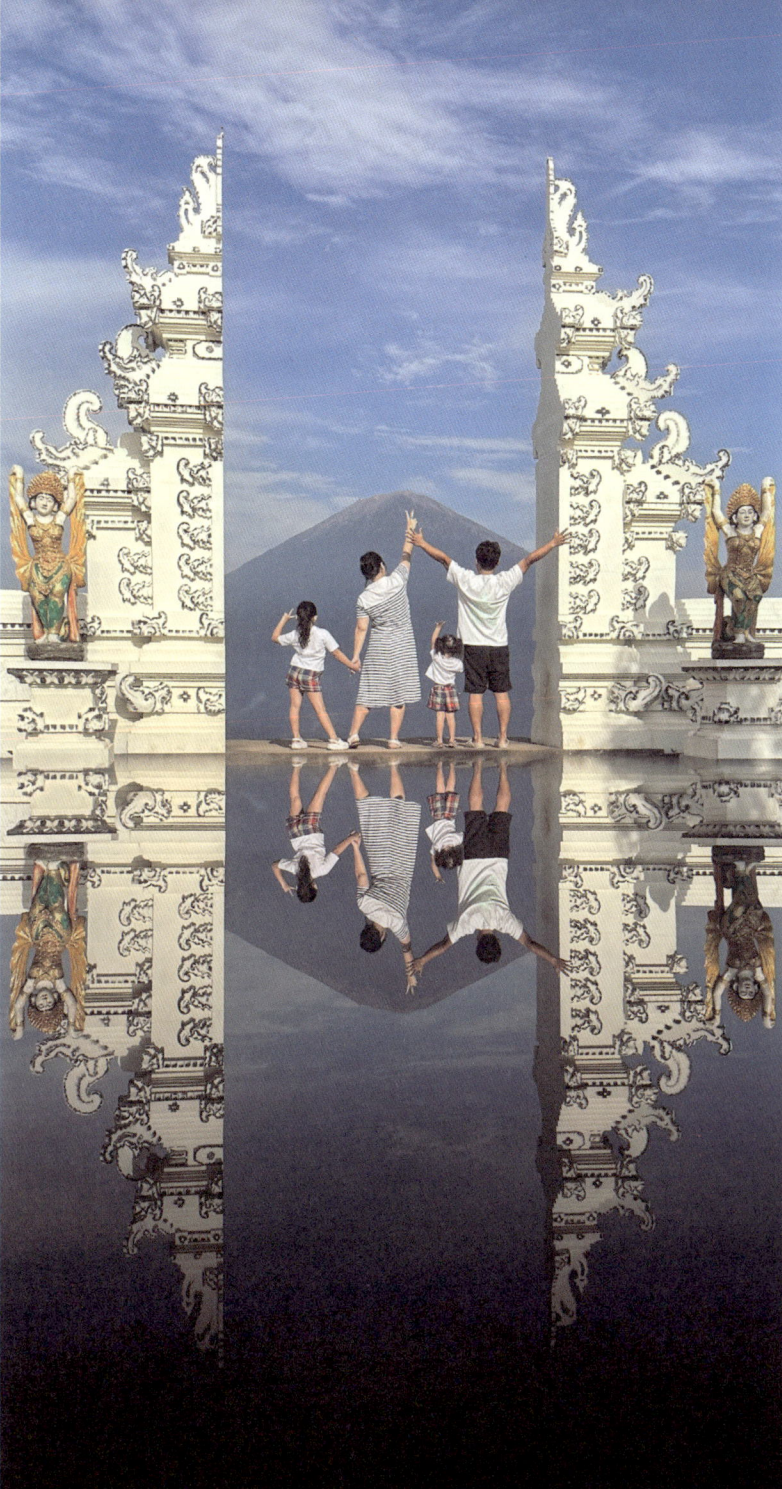

낭만적으로만 바라본 것은 아니었을까? 우리가 알지 못하는 사정들이 그 안에 분명히 있을 텐데 말이다.

나는 아이들이 다른 삶을 마주했을 때 행과 불행을 가늠하는 잣대가 아니라, '그저 다르다'는 시선을 가지며 살아가길 바란다. 그리고 세상에는 저마다 다른 삶의 방식이 존재한다는 걸 자연스럽게 받아들이고 그 다양성을 이해할 수 있는 아이들로 자라나면 좋겠다. 이제 곧 태어날 셋째까지 포함한 우리 아이들이 다감한 마음으로 자라나길 오늘도 조용히 기대해본다.

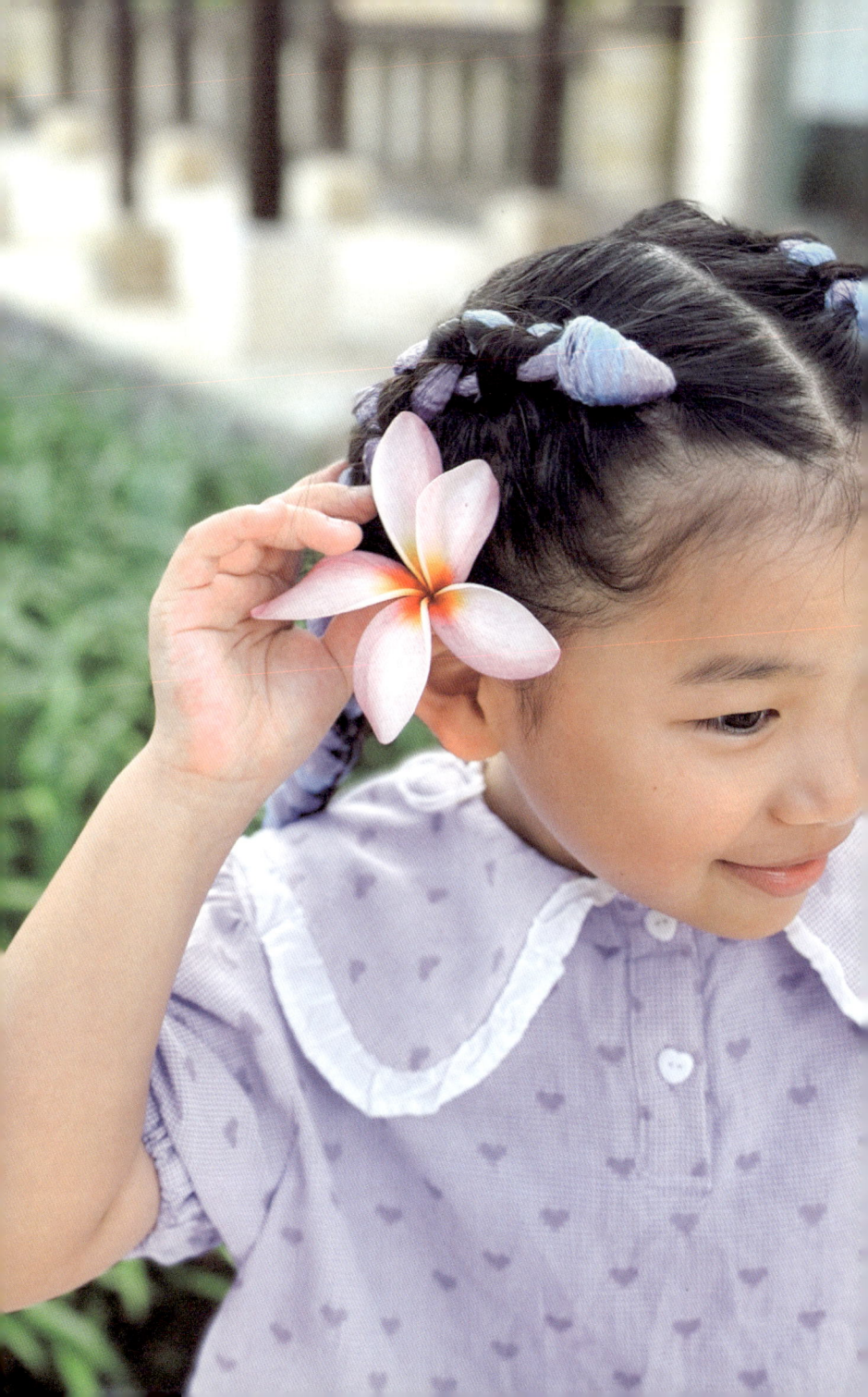

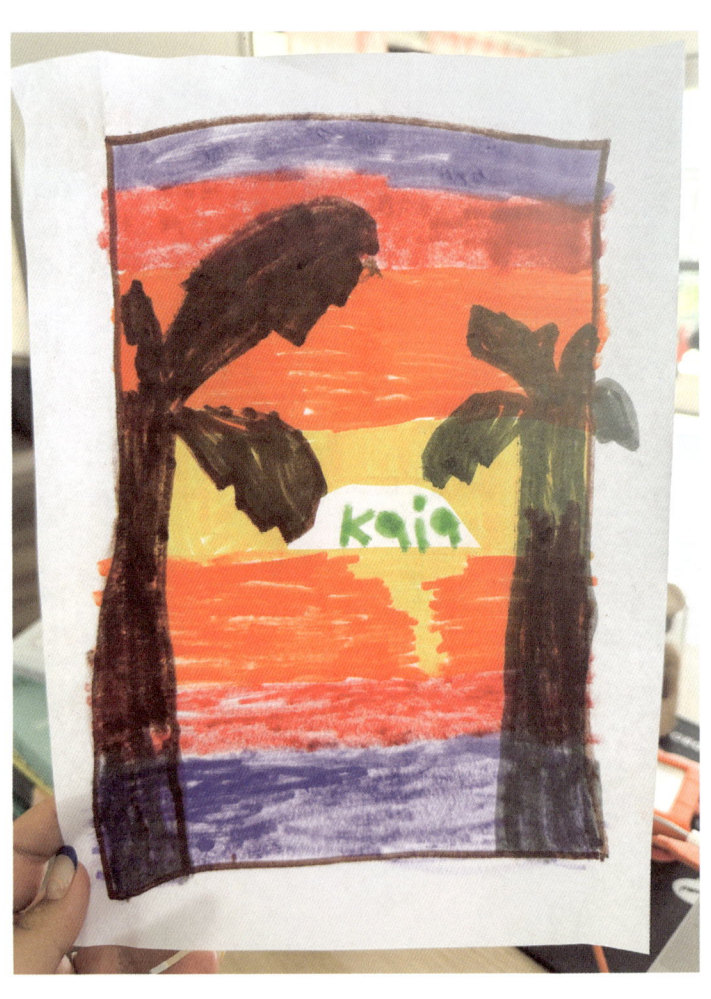

카야가 가족들과 함께 가고 싶은 공간

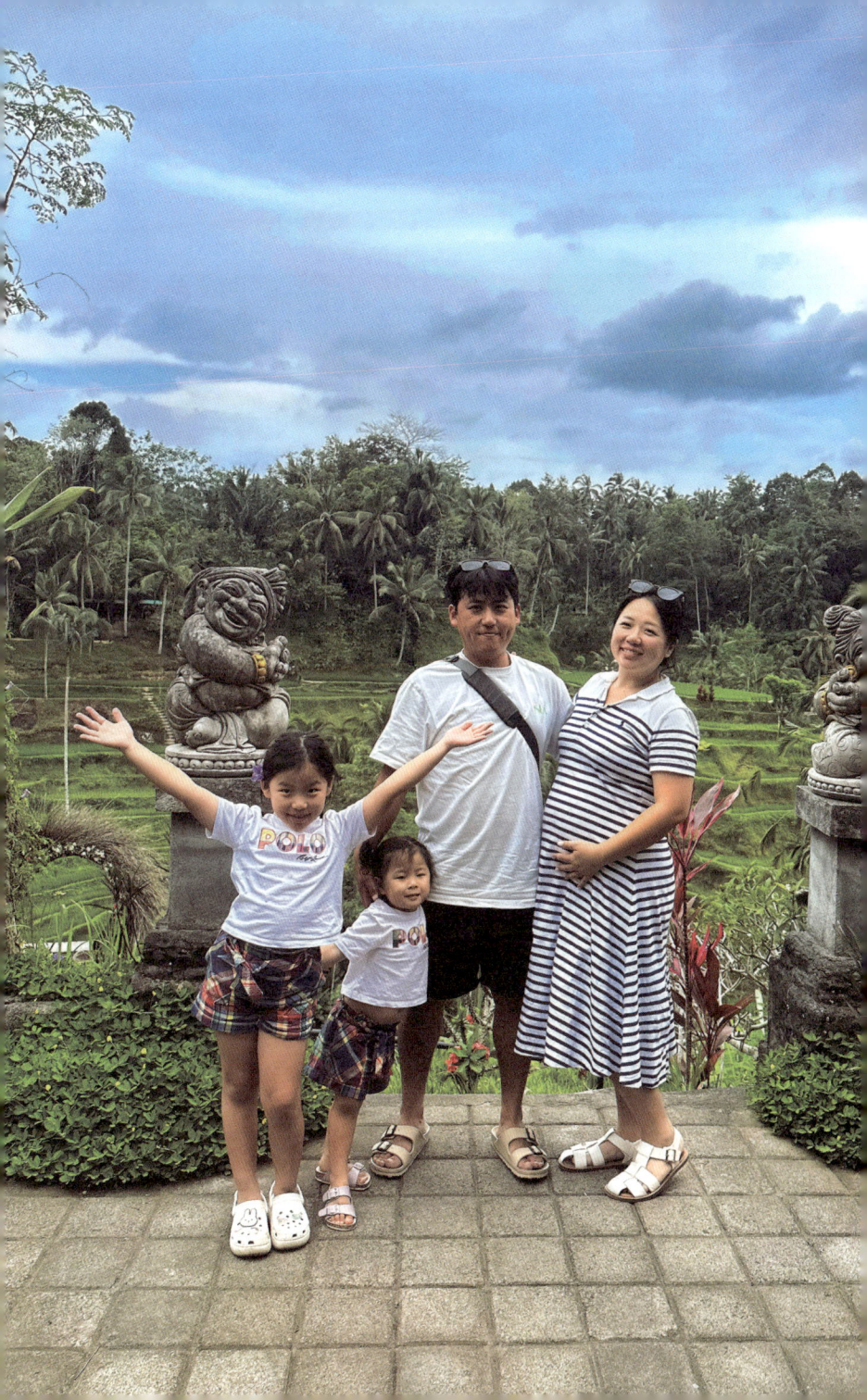

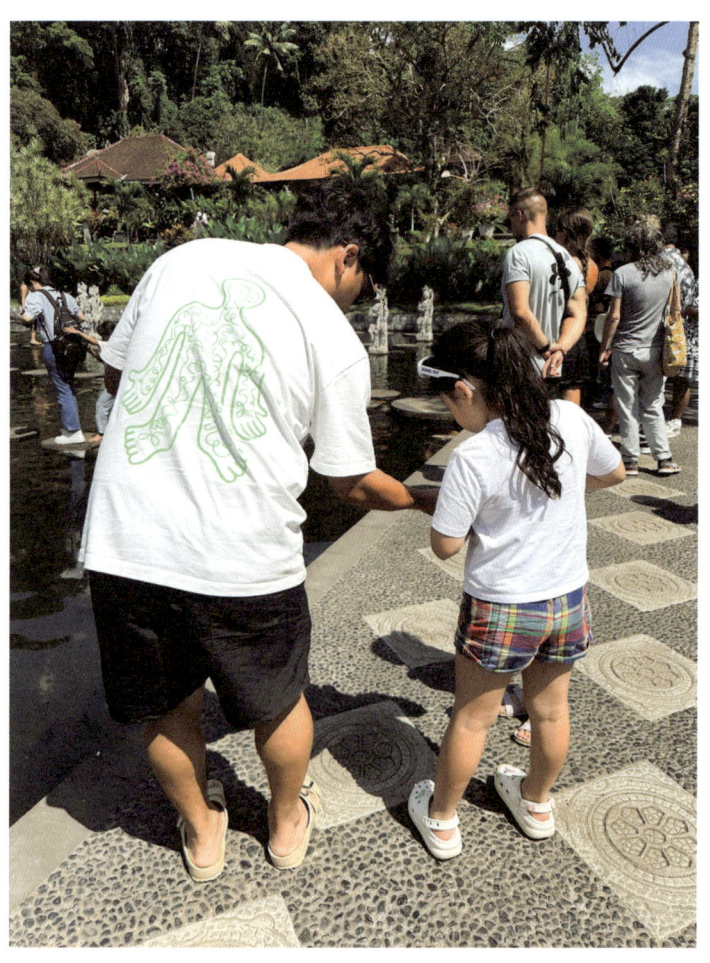

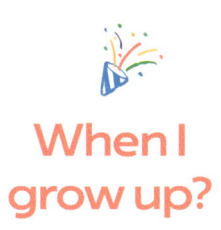

When I grow up?

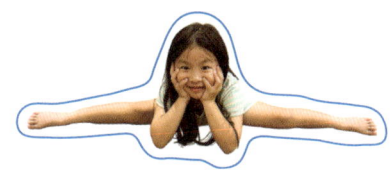

카야는 명랑한 성정을 지닌 순수한 아이다. 내가 열 달 동안 품고 낳은 딸이라서가 아니라 주변 지인들도 "도대체 어떻게 키웠기에 이렇게 밝고 착하냐"고 물을 정도다. 하지만 둘째 라니를 키우며 아이의 성정이라는 게 아이에게 얼마나 큰 영향을 미치는지를 실감했다. 같은 부모 밑에서 자라고, 같은 엄마 배 속에서 태어나도 각자 타고나는 기질이라는 건 참 신기하고도 새롭다. 그래서 '가정교육의 비결' 같은 질문엔 그냥 웃으며 넘기게 된다.

　이렇게 발랄한 카야와 대화를 나누다 보면 하고 싶은 게 너무 많아 어른이 되면 뭘 해야 할지 모르겠단다. 2년 전, 액티비티 방과 후 프로그램을 찾다 정착한 것이 바로 짐나스틱 gymnastics 이다. 한국어로는 '체조'라고 하지만, 단어만 들어도 국가대표 꿈나무 느낌이 물씬 풍기는 그 체조와는 엄연히 다르다. 짐나스틱은 아이들이 금은동 레벨로 나뉘어 봉에 매달리고, 깡충깡충 뛰고, 데굴데굴 구르고, 균형을 잡으며 노는 유쾌한 수업이다. 냉정하게 말해 카야가 유난히 잘하는 편은 아니지만, 누구보다 즐겁게 다니고 있다. 처음엔 브론즈에서 시작해 실버를 거쳐 최근에는 골드 레벨까지 올라갔다.

　문제는 골드반에 들어가자마자 "엄마, 나는 컴페티션 Competition 짐나스틱은 안 할래"라고 선언했다는 것이다. 컴페티션 짐나스틱은 시합을 준비하며 주당 4시간 이상 진지하게 수업을 듣는 그룹이다(말 그대로 '체조'에 가깝다). 어느 정도 실력을 갖춰야 초대를 받을 수 있는 그룹이라, 카야가 원한다면 당연히 지원을 아끼지 않겠지만 솔직히 그 정도 흥

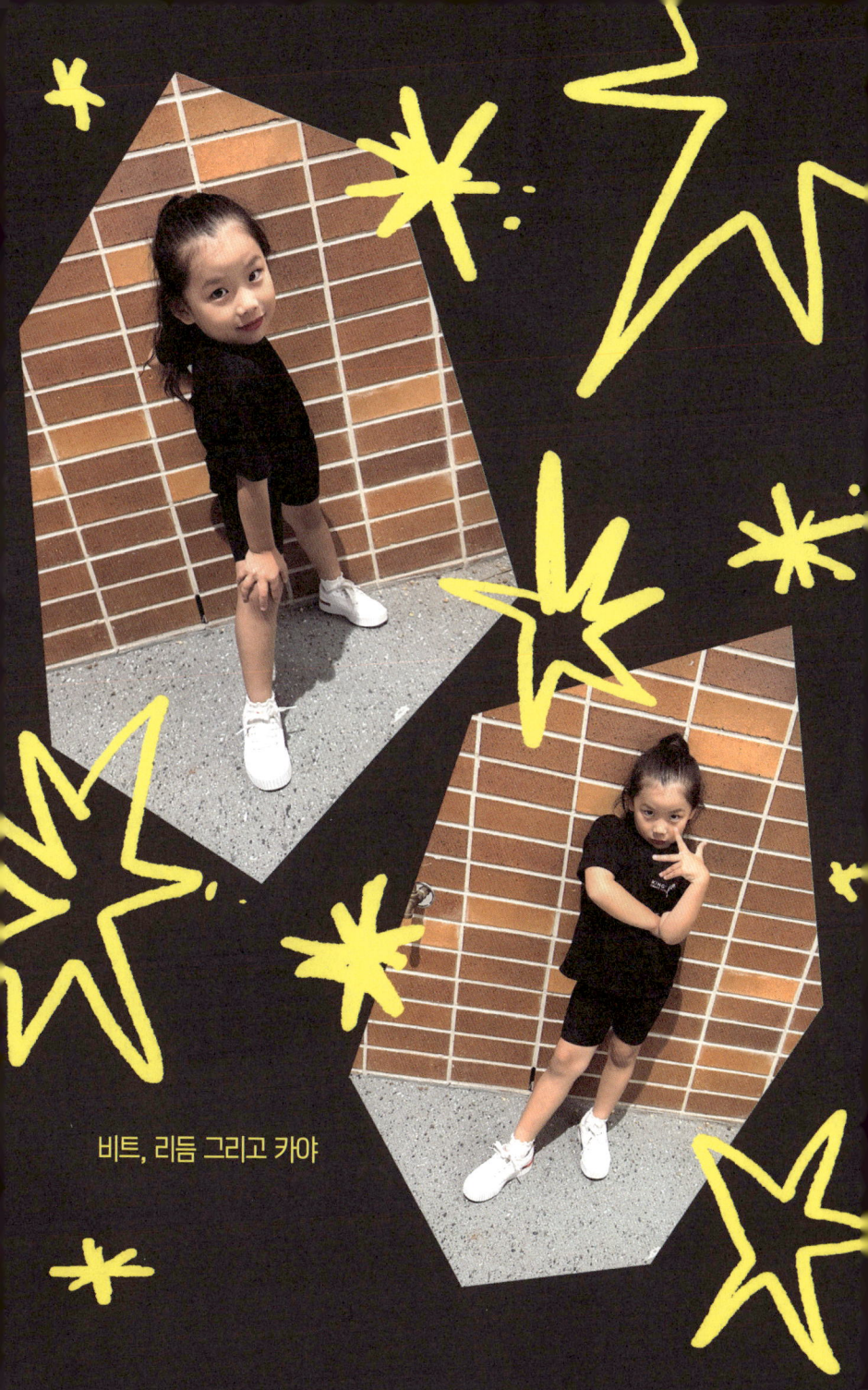

비트, 리듬 그리고 카야

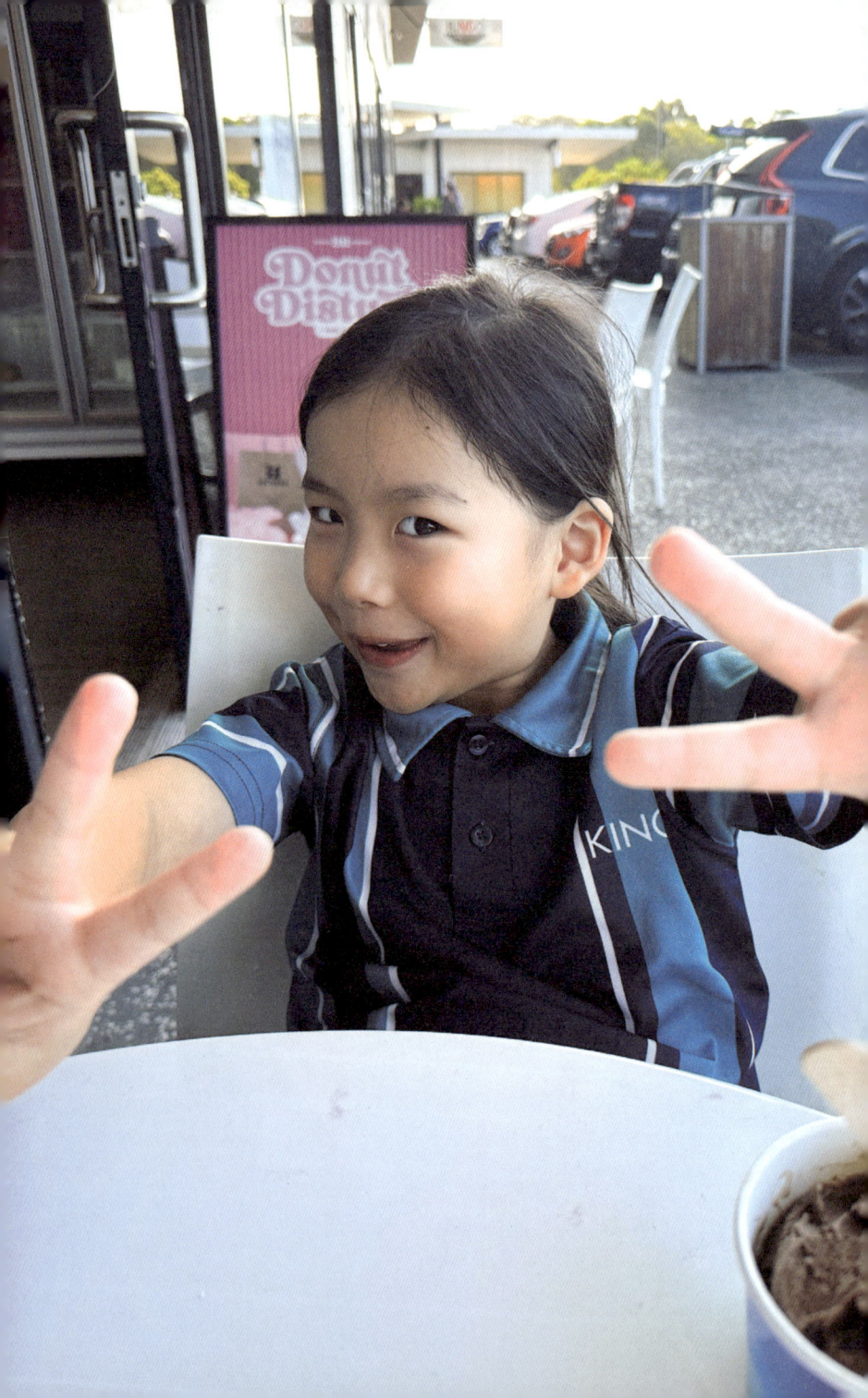

미는 없다는 사실에 마음 한구석으로는 안도했다. 그런데 며칠 뒤, 카야가 나를 또 혼란에 빠트렸다.

"엄마, 나 짐나스틱 하고 싶어."

"너 이미 하고 있잖아?"

"No! When I grow up, I want to be a gymnast(아니! 커서 체조 선수가 되고 싶어)."

갑자기 장래희망이 체조 선수로 바뀐 것이다. 순간 내 입에서 현실적인 말이 튀어나왔다. "그럼 카야가 좋아하는 탕수육, 족발, 주먹밥 전부 못 먹는데 괜찮아?" 그 말을 들은 카야는 잠시 멈칫하더니 "그럼 안 되겠다. 그냥 다른 일 찾아봐야겠다"라며 고개를 끄덕였다. 그 모습이 어찌나 귀엽던지, 누가 보면 아르바이트 자리를 고민하는 대학생인 줄 알았을 거다.

누구나 초등학교 저학년 때는 장래희망이 자주 바뀌듯 카야도 그런 시기를 지나고 있다. 오늘은 체조 선수, 내일은 케이크 만드는 파티셰, 또 다음 날은 아이돌을 꿈꾼다. 그래서 요즘은 너무 현실적인 조언보다는 아이의 눈높이에 맞춰 말해준다. "카야, 하고 싶은 건 커가면서 얼마든지 바뀔 수 있어. 엄마도 어릴 때는 패션디자이너가 되고 싶었다가 춤추는 댄서가 되고 싶기도 했거든. 네가 좋아하는 것과 잘하는 것이 둘 다 충족되는 일을 찾으면 좋겠어." 아이를 키운다는 건 아이 마음속 작은 꿈들이 피고 지는 걸 옆에서 지켜봐주는 일이 아닐까 싶다. 나는 오늘도 그 변화의 중심에서 조용히 웃는 중이다.

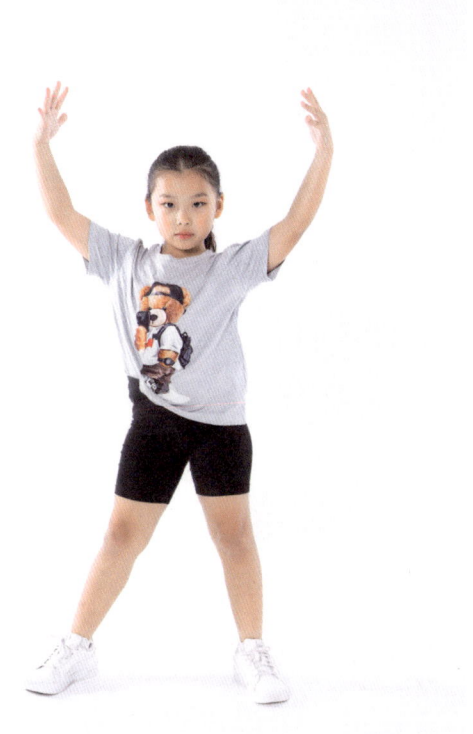

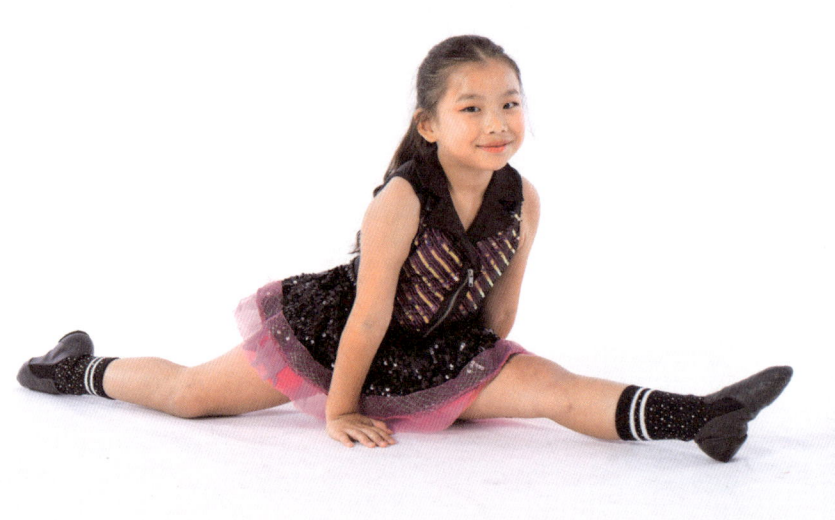

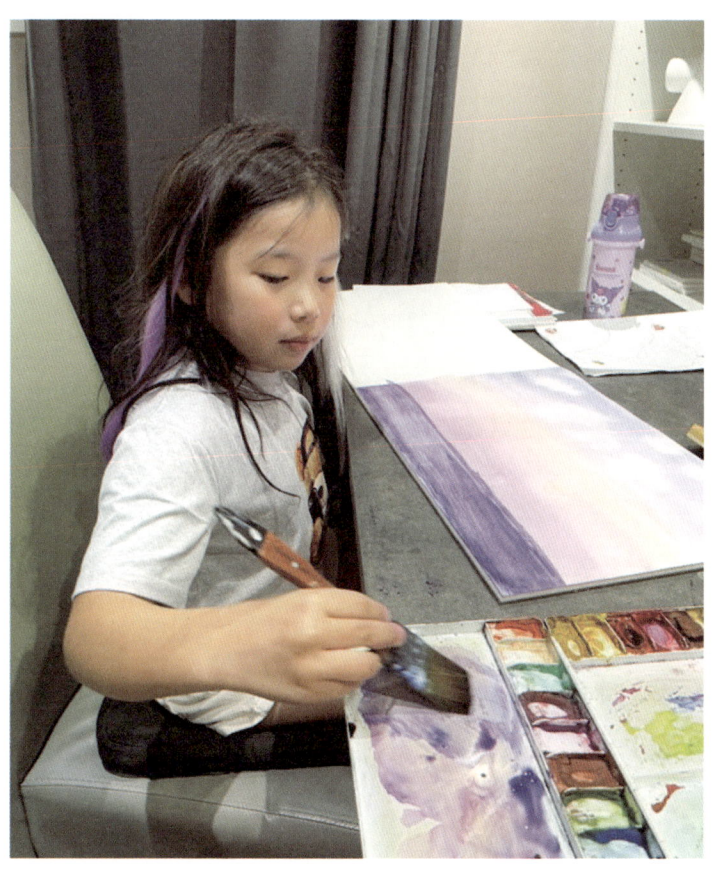

우리 집 모토: 1등은 안 해도 되는데 열심히만 해!

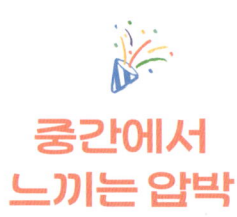

중간에서
느끼는 압박

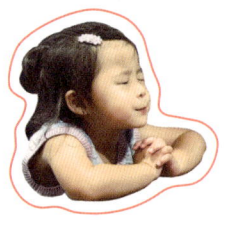

라니는 겉으로 보기엔 장군처럼 강한 이미지이지만 사실 겁 많은 애교쟁이다. 우리 집 영원한 막내일 줄 알았던 라니는 요즘 힘들어하는 듯하다. 곧 태어날 동생에 대한 심리적인 압박을 느끼는 것 같아 괜히 미안한 마음이 자꾸만 든다.

라니는 두 돌이 갓 지난 어느 크리스마스, 스스로 기저귀를 떼겠다고 선언했다. 엄마인 나도 준비가 되지 않은 상태였는데 낮밤을 가리지 않고 빠르게 기저귀를 떼어내 줘서

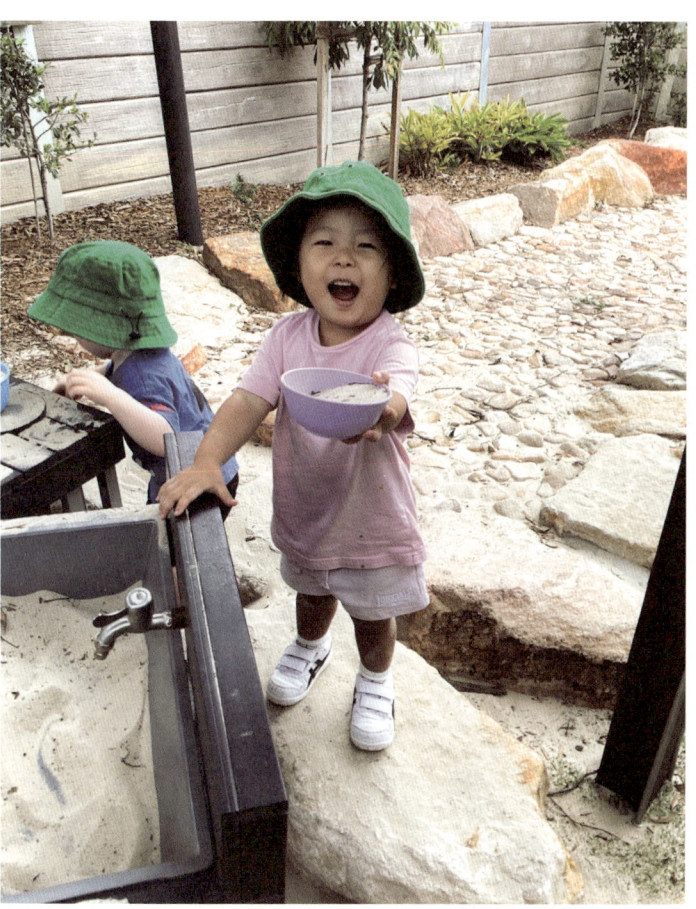

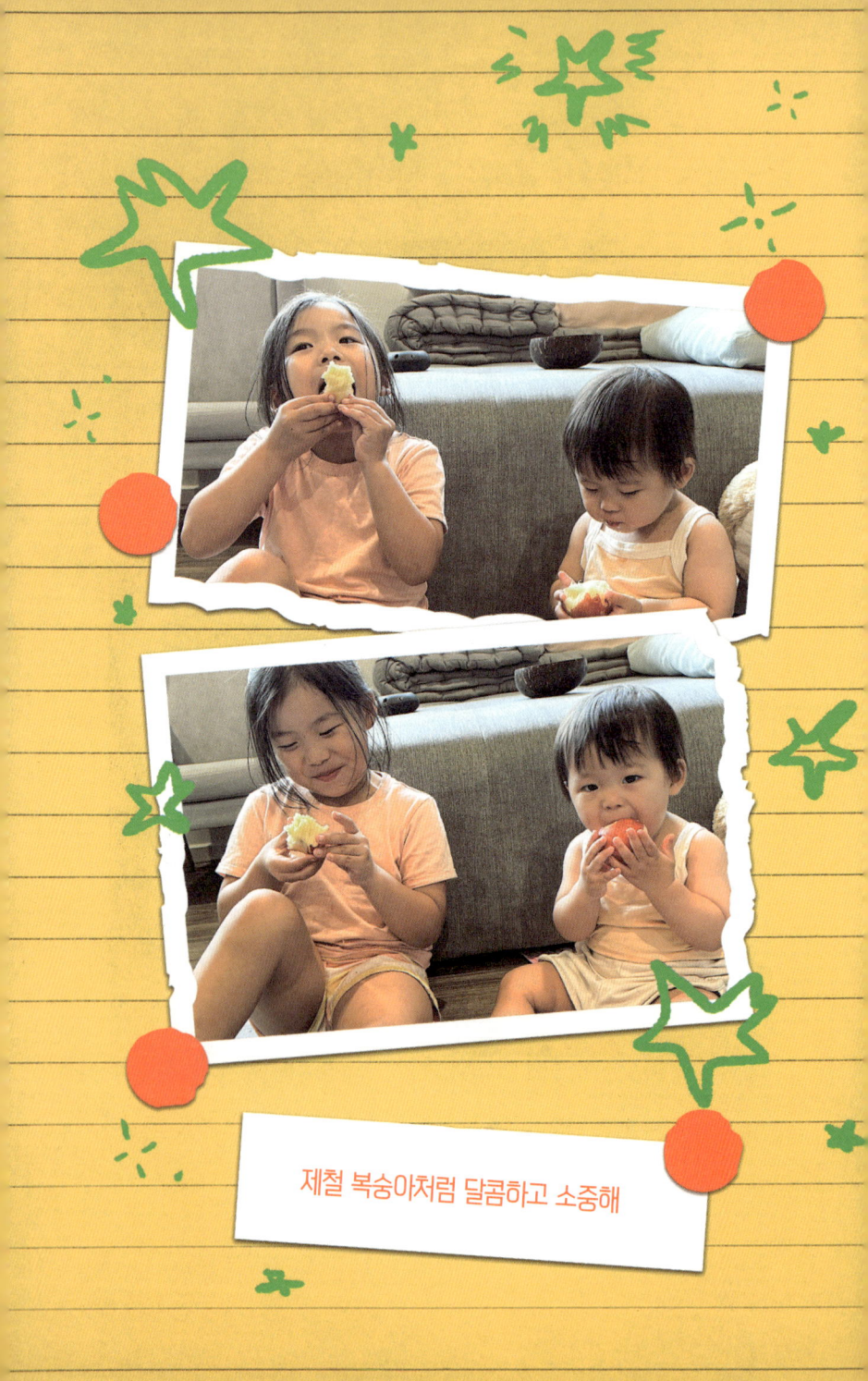

제철 복숭아처럼 달콤하고 소중해

얼마나 대견했는지 모른다. 그런데 기저귀를 뗀 지 거의 1년이 되어가던 때, 라니는 밤에 종종 실수를 했다. 처음에는 유치원에서 너무 많이 놀아서 그런가 싶었고, 피곤해서 깜빡한 거겠지 싶었다. 결국 잦아지는 실수는 8개월 차 임산부에게 매일 이불 빨래를 하게 했다. 그럼에도 라니를 꾸짖은 적은 한 번도 없었다. 아이가 실수하는 이유가 심리적인 변화와 압박이라는 걸 알고 있었기 때문이다.

카야는 라니가 태어날 시기에 이미 말도 잘하고 감정 표현이 능숙했다. 소통을 통해 감정을 나눌 수 있는 나이였지만, 라니는 아직 만 세 살이라 표현이 서툴렀다. 그래서일까, 동생이 생긴다는 불안감을 말로 꺼내진 않지만 몸이 먼저 반응하고 있었던 것 같다. 실수가 반복되면서부터는 아침마다 평소보다 더 꼭 안아주고, 굿모닝 인사도 천천히 눈을 마주 보며 집중해서 건넸다. 작은 변화지만 그 덕분인지 조금씩 좋아지는 모습을 보였다. 물론 어린아이가 이런 변화를 온전히 감당하긴 어렵겠지만, 동생이 생겨도 엄마의 사랑은 줄어들지 않는다는 걸 라니 마음 한켠에라도 남길 수 있기를 바라며 매일매일 정성을 들였다.

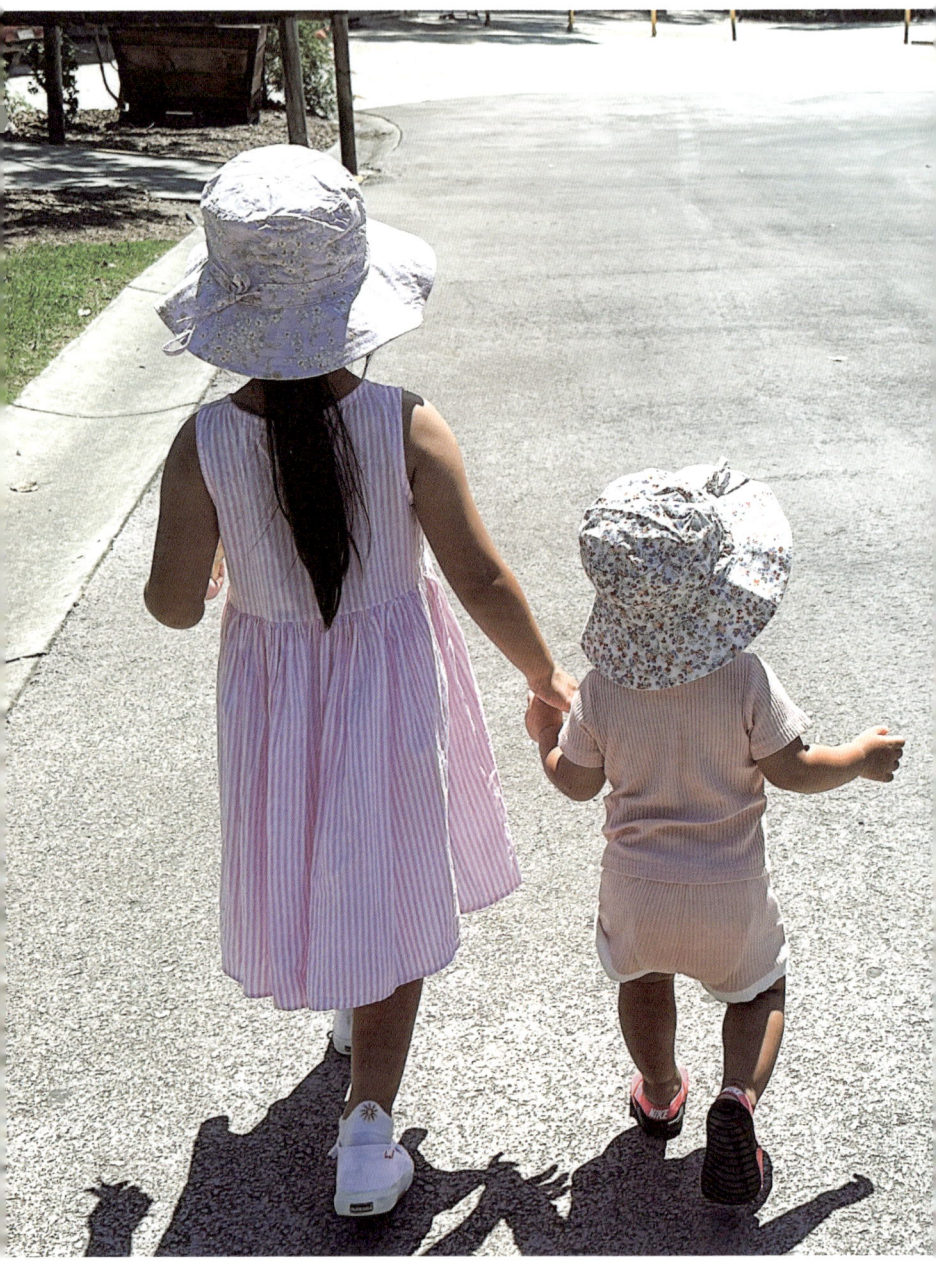

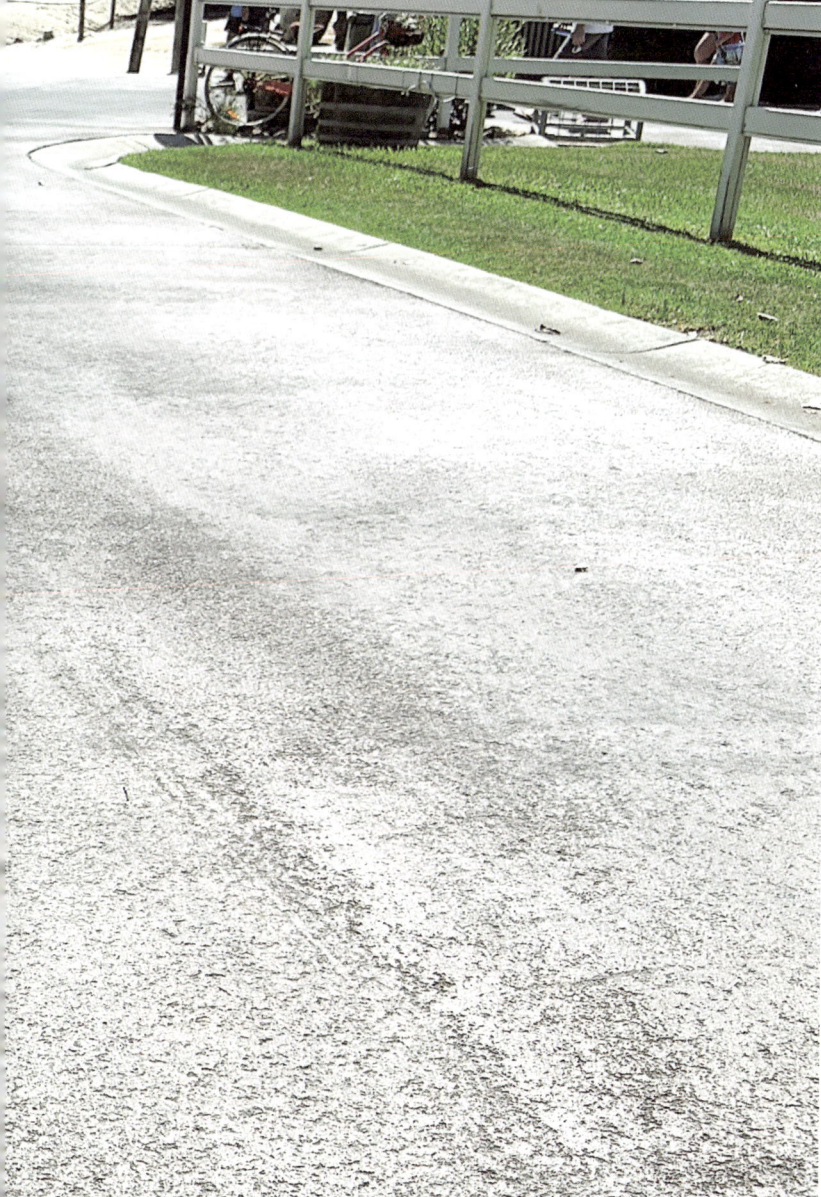

당분간은 라니도, 나도, 그리고 카이도, 또 현규와 카야, 벤지까지 모두가 새로운 가족 구성에 적응하는 시간이 필요할 것이다. 하지만 우리 고팸은 분명 다시 한번 새로운 균형을 찾을 수 있을 거라고 믿는다. 결국엔 모두가 건강하고 서로 웃음을 나누는, 평범하지만 단단한 가족으로 함께할 수 있으리라 믿는다.

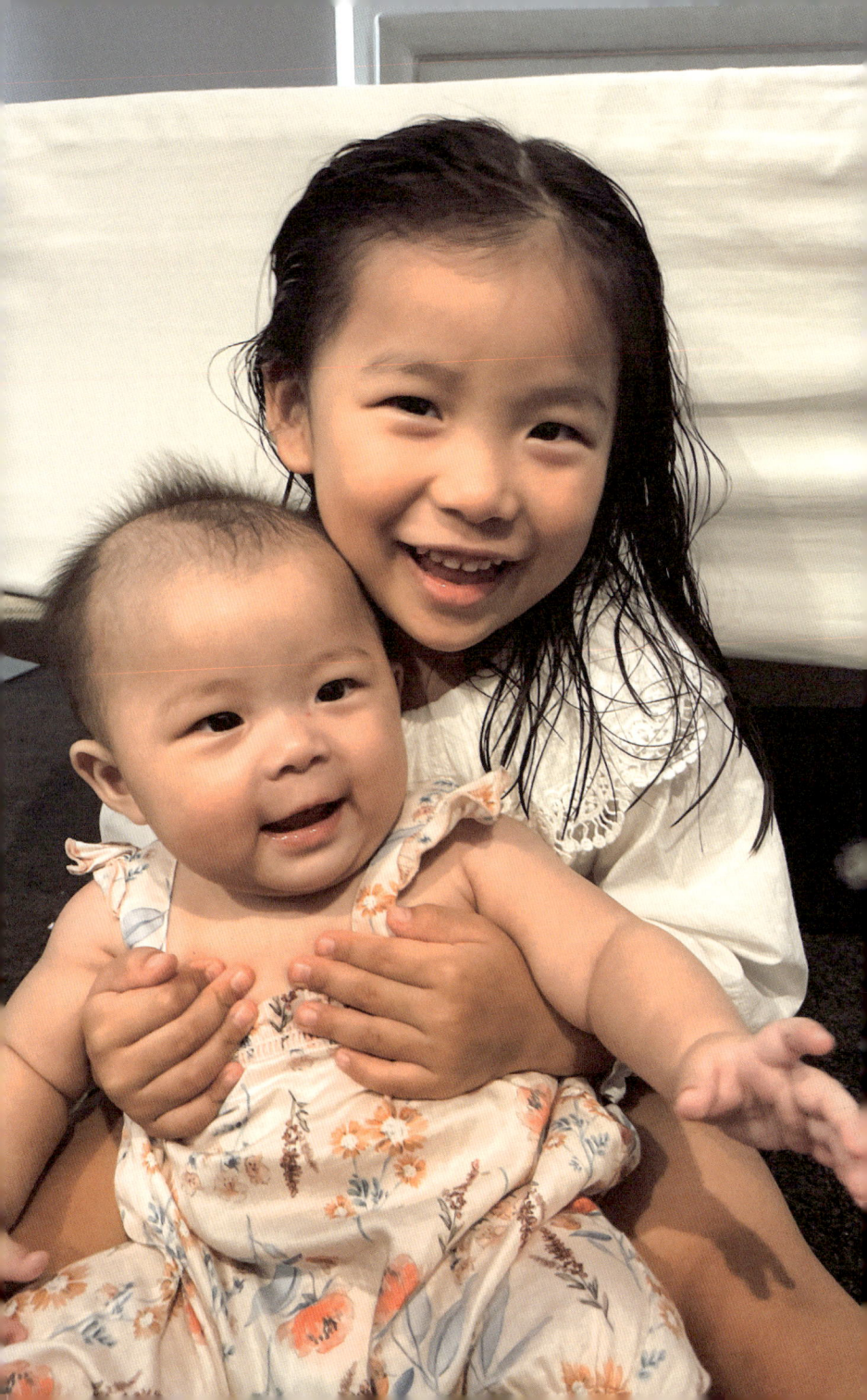

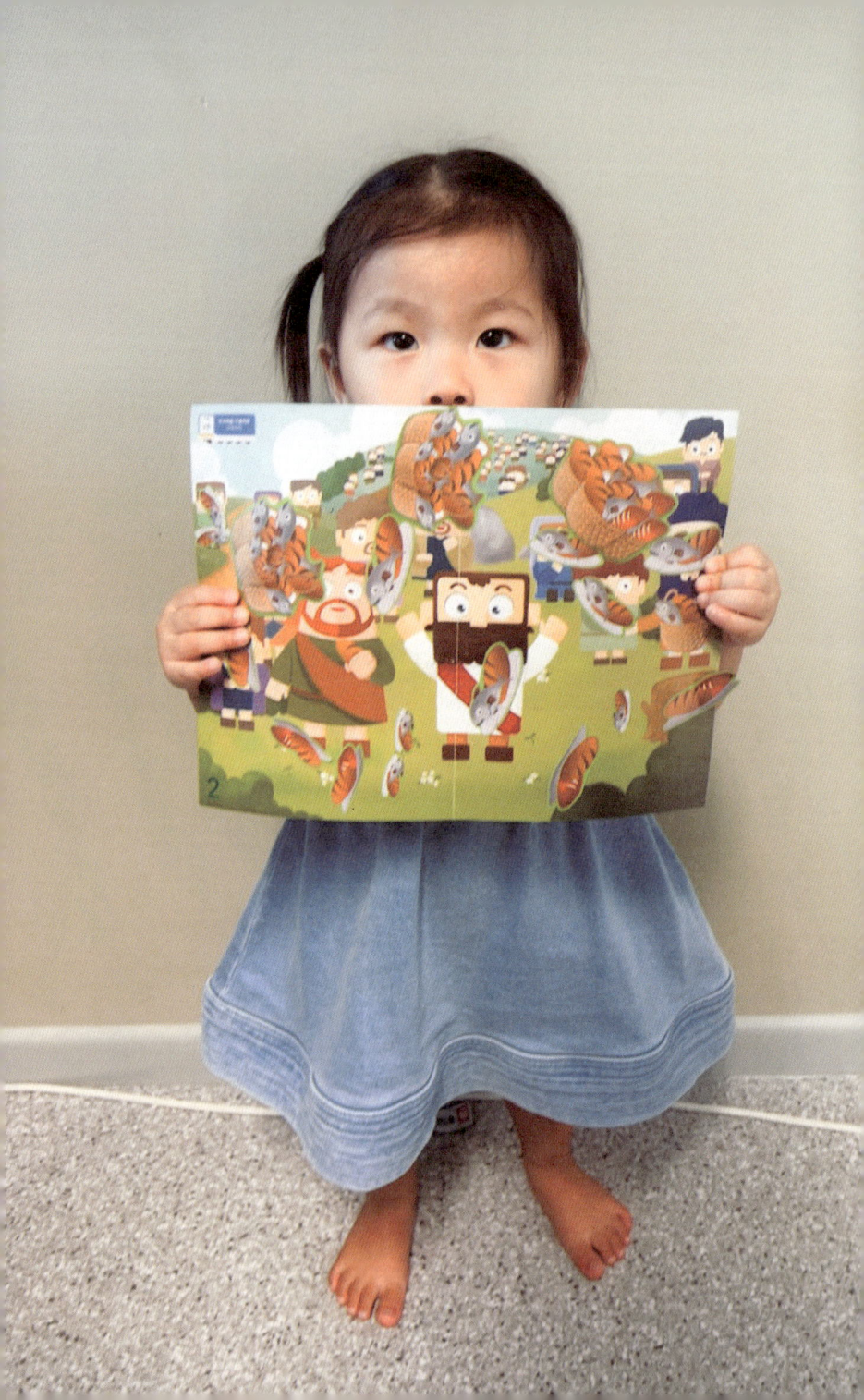

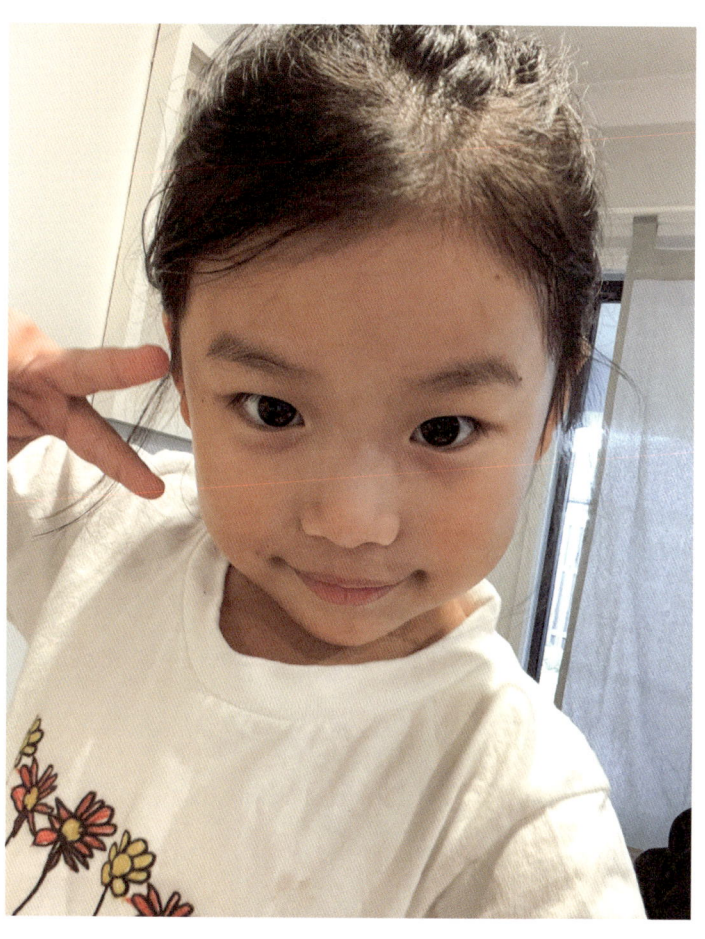

쁘이 카야

마침표
그리고 새로운 시작

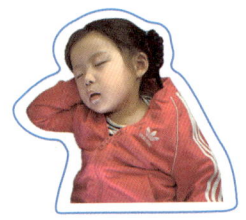

2025년 1월 3일 오후 10시 31분, 고팸의 마지막 퍼즐 조각이 되어줄 셋째가 태어났다. 누군가는 구성원이 꽉 채워져 우리 가족이 마침표를 찍었다고 하지만, 살다 보니 끝은 언제나 새로운 시작의 또 다른 이름일 뿐이다.

셋째의 한글 이름은 고운, 영어 이름은 카이 Kye다. 첫째 카야와 이름이 비슷해 고민했지만 태어나 보니 아이에게 카이라는 이름이 딱 어울렸다. 호주에서 'Kye'라는 스펠링을 가진 남성들을 보면 외형도, 성격도 멋진 사람들이 많다. 우리 막내도 '외면도 내면도 멋진 사람으로 자라라' 하는 마음을 담아 이름을 정했다.

　무엇보다 고마운 건 카야와 라니가 카이를 진심으로 반겨주었다는 점이다. 특히 라니는 오히려 더 적극적으로 사랑을 표현할 정도였다. 카야는 네 살 무렵 라니의 탄생을 이미 경험한 터라 새로운 아기를 자연스럽게 받아들일 수 있을 거라 생각했다. 하지만 그동안 줄곧 막내처럼 지낸 라니의 반응은 걱정 반, 기대 반이었는데, 아직 아기 같은 라니가 언제 이렇게 커서 의젓한 둘째가 되었나 뭉클한 마음이 들 때도 있다.

　라니는 카이가 울면 우선 쪽쪽이를 물려주고 "엄마, 아빠! 카이 울어! 빨리 안아줘!"라며 다급하게 우리를 부른다. 우리가 기저귀를 갈고 있으면 라니는 옆에서 자기 인형을 가져와 기저귀 가는 모습을 따라 한다. 또한 카이 임신 후반기에 라니는 갑작스레 밤 중에 실수를 하곤 했는데, 카이가 태어나자마자 거짓말처럼 증세가 사라졌다. 본인도 모르게 마음이 편안해진 걸까? 그 변화가 더없이 신기하고 소중하다.

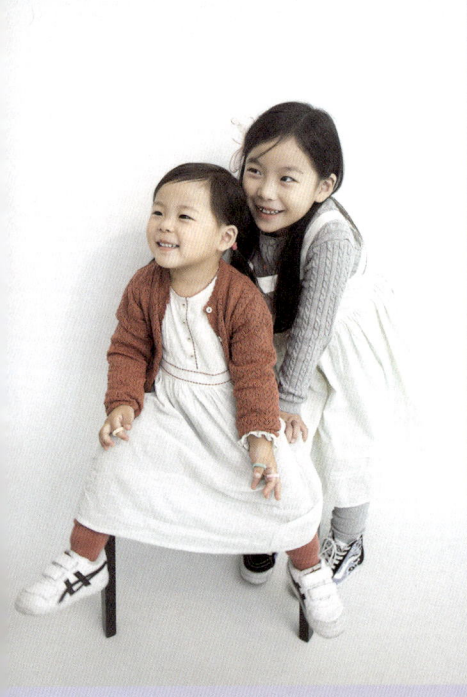
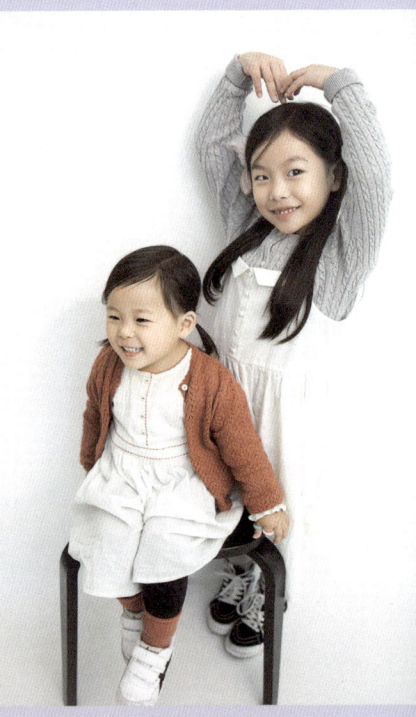

하나의 팔레트 안에 조화롭지만 극과 극인 너희 둘

지금 우리 가족은 모두 새로운 균형을 찾아가는 중이다. 한 사람 한 사람이 이 변화에 어떻게 적응하고 성장해나갈지, 서로를 어떻게 이해하고 하나의 가족으로 융화될지 두근거리고 마음이 들뜬다. 새로운 가족의 시작은 오늘도 조금씩 단단해지고 있다.

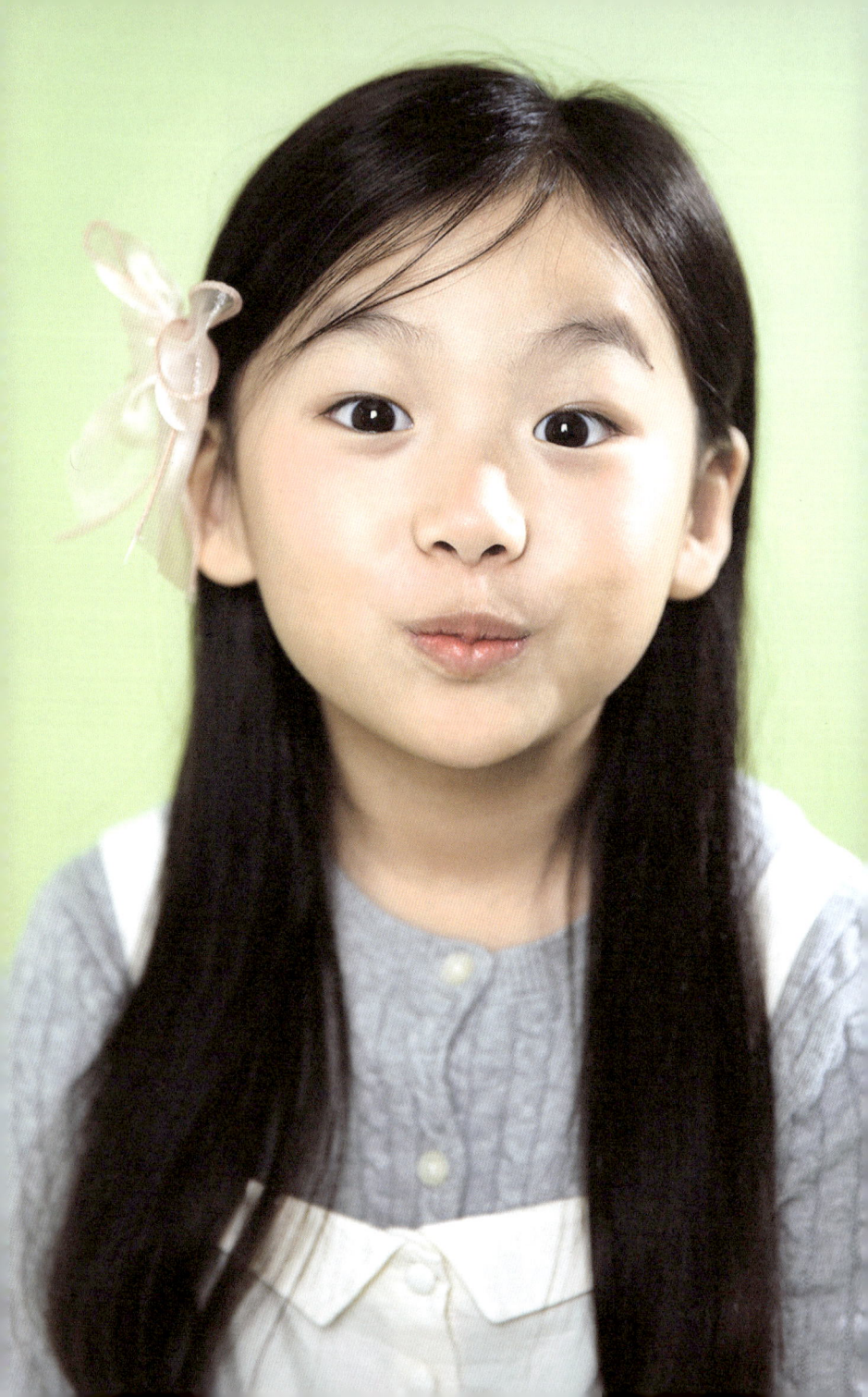

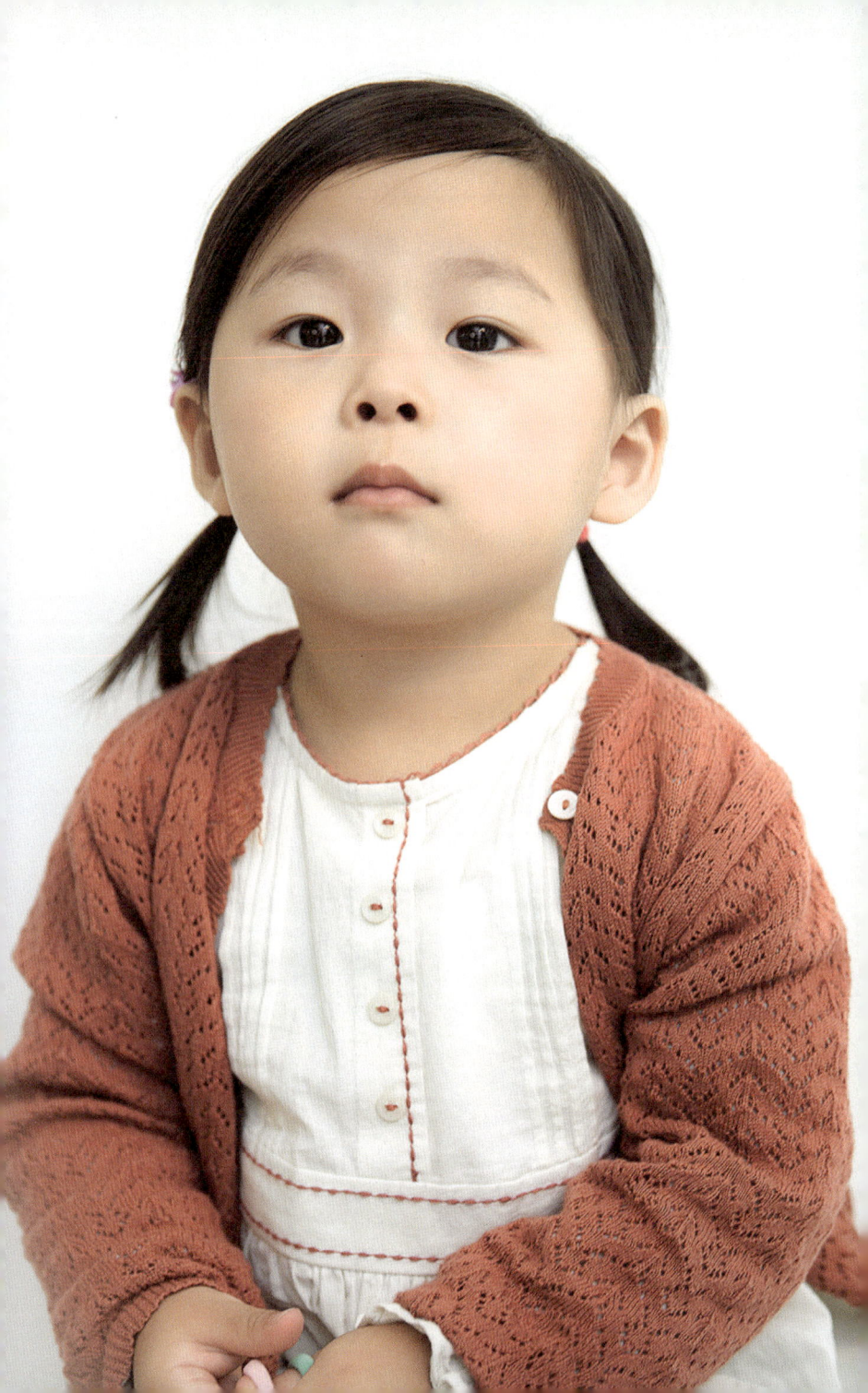

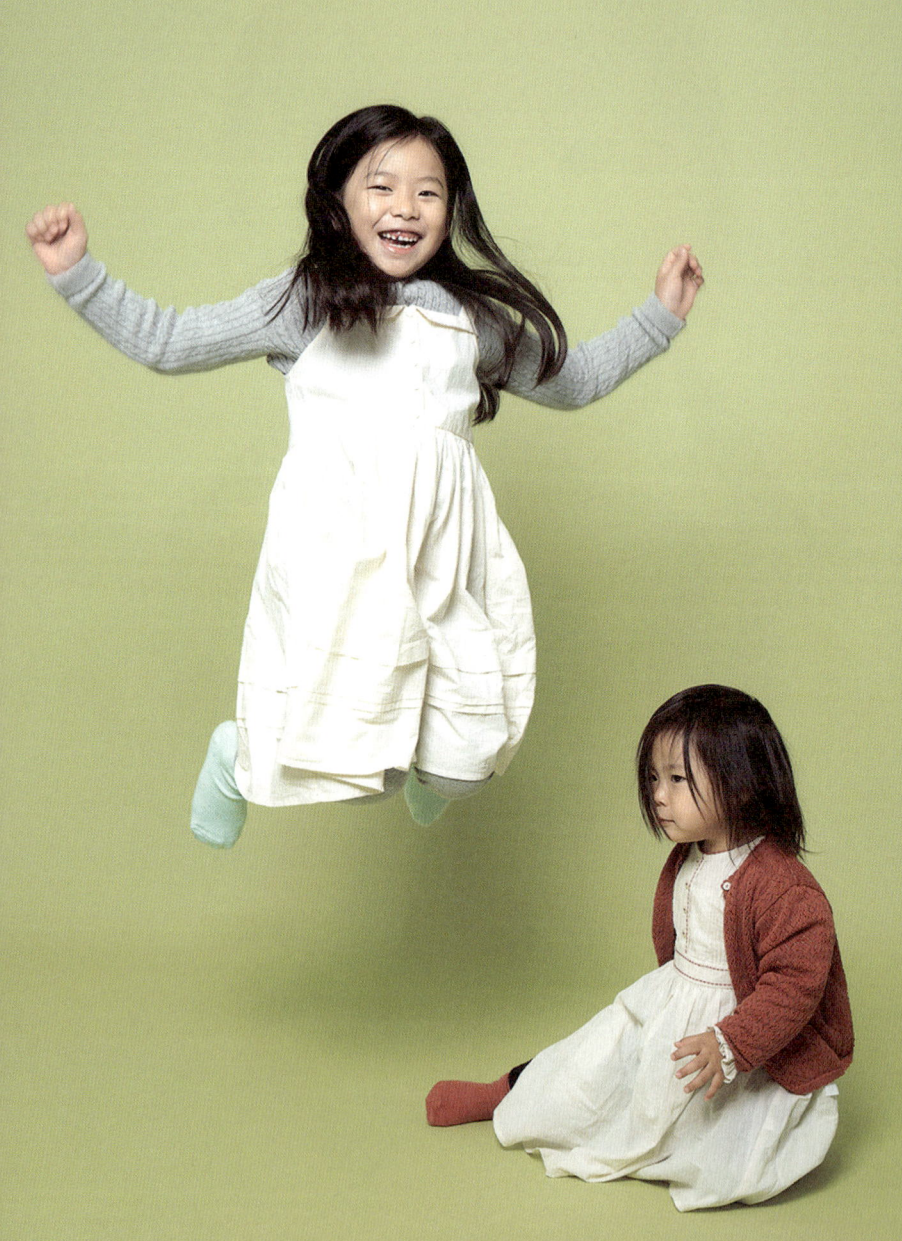

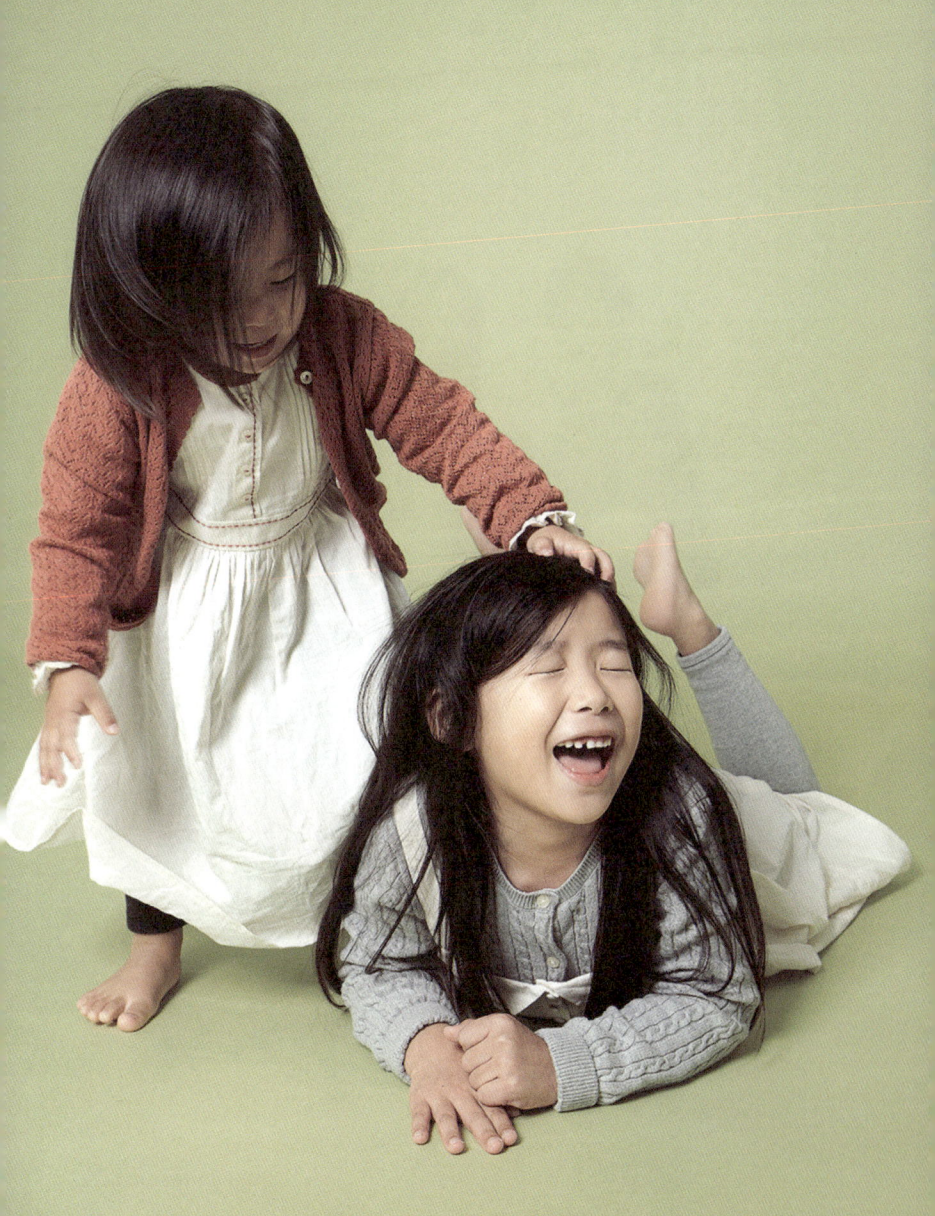

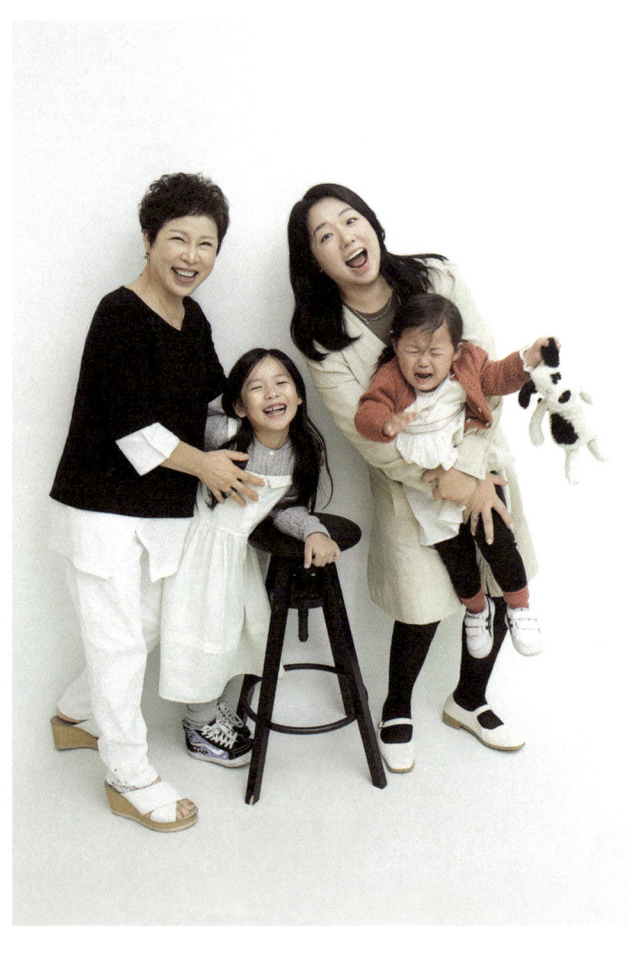

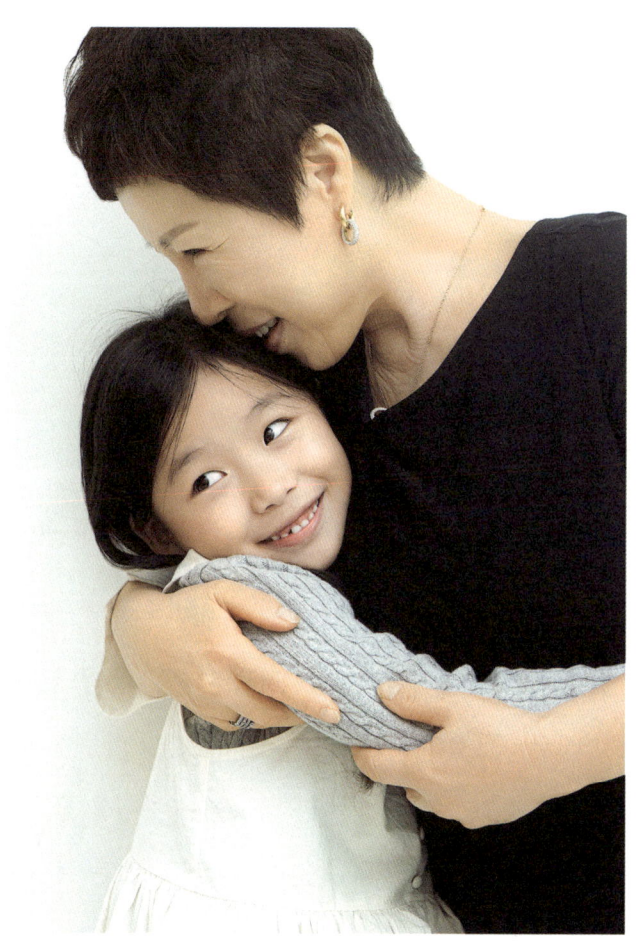

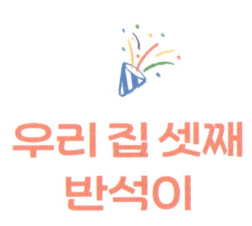

우리 집 셋째
반석이

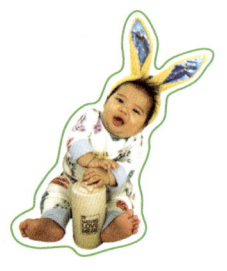

나 개인적으로도 카야와 라니에게도 셋째의 존재는 조금 놀
라운 일이었다. 나와 현규는 연애 시절부터 "결혼하면 아이
셋을 낳고 싶다"는 이야기를 종종 나누곤 했다. 나는 오빠와
둘이서 공통점 없이 조용히 자라 북적이는 가정을 꿈꿨고,
현규는 4남매 중 유일한 남자이자 장남으로 '넷은 너무 많
다'는 생각을 늘 갖고 있었다. 다섯 명이 넘으면 5인승 차량
에 다 탈 수도 없고, 모두가 벅차다는 게 그 이유였다.

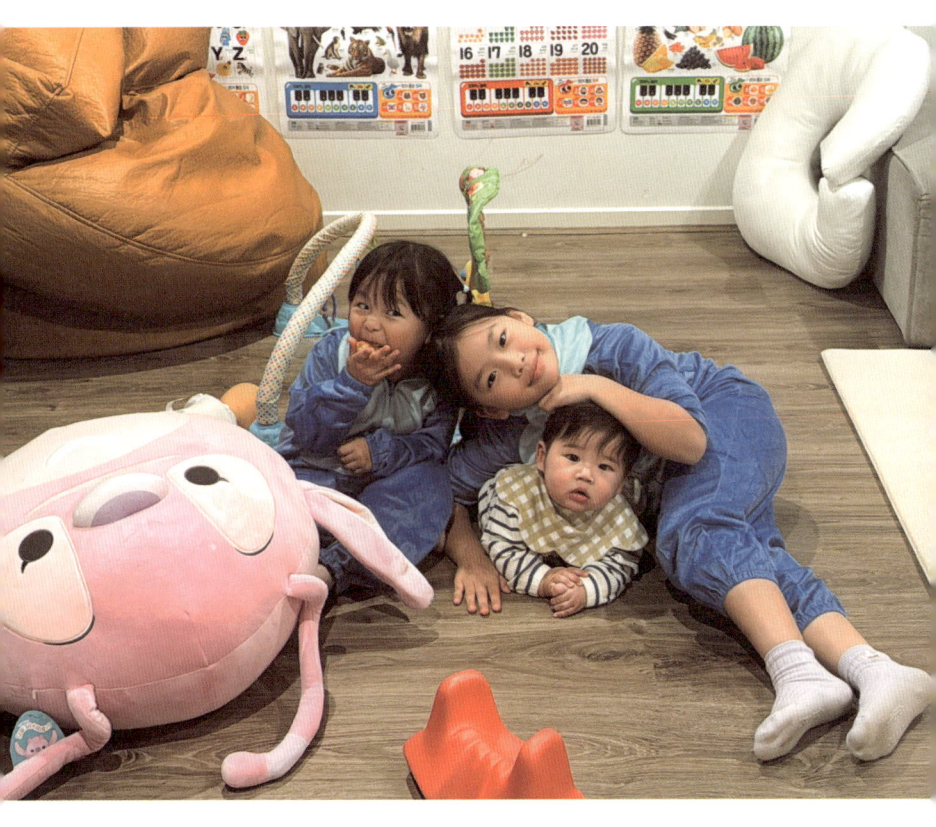

앞으로 삼남매의 좌충우돌이 기대되는걸!

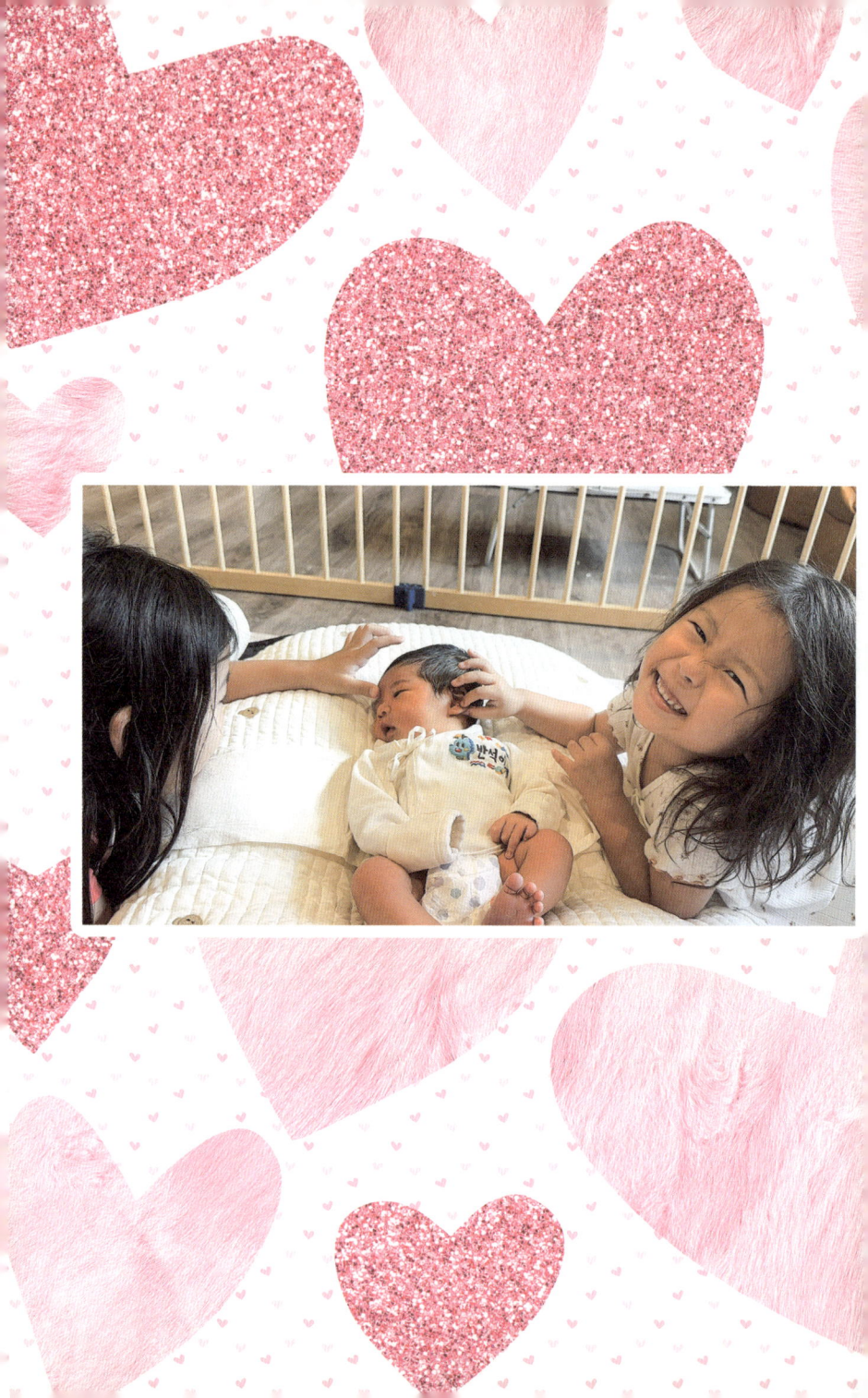

그런데 카야를 낳고 둘째 라니까지 낳는 데 오랜 기간이 걸렸다. 누군가에겐 짧은 시간이겠지만, 매달 기대와 실망을 반복하는 마음은 결코 짧지 않았다. 그렇게 어렵게 둘을 품에 안고 안정된 4인 가족에 익숙해질 즈음, 너무나 조용하고 담담하게 우리 앞에 막내 카이가 등장했다. "우리 집에 셋째는 없다!"라고 외쳤던 나의 모습이 한순간에 부끄러워질 만큼 너무나도 조용히 나타난 우리 집 막내 카이.

현규네 집안은 아들 이름에 '석' 돌림이 있어서, 시아버지께서 반석은 어떻겠느냐고 조심스레 제안하셨다(오랜 시간 고민하셨을 걸 알기에 단번에 싫다고 하기는 곤란했다). 한국 이름을 자주 부를 일이 많지는 않지만, 카야는 '고휘', 라니는 '고결'인데 갑자기 '고반석'이라니 흐름이 너무 다르게 느껴졌다. 그래서 반석은 태명으로 남기고, 영어 이름은 '카이', 한국 이름은 '고운'으로 지었다. 지인들은 태명을 듣고 "맥반석?"이라며 농담을 던지기도 했는데, 종교적인 맥락을 모르면 그 단어가 낯설 수 있다는 걸 그때 알게 됐다.

이제는 세 아이의 엄마가 되었다는 사명감도 있지만 카이를 낳기 직전까지도 마음 한구석에는 솔직한 두려움이 있었다. 신생아 육아를 다시 처음부터 시작해야 한다는 점, 한 번도 경험해보지 못한 아들 육아라는 점 때문이었다. 아들을 키우는 건 딸과는 다르다는 얘기를 자주 들어왔고, 같은 몸무게라도 여자아이보다 묵직하고, 뛰어놀면서 에너지를 발산시켜야 한다는 이야기에 '과연 내가 할 수 있을까?' 싶은 마음이 들기도 했다.

하지만 카이는 정말 조용하고 순하게 우리 곁에 와주었다. 카야와 라니는 영어 이름으로 불릴 일이 많지만, 카이는 자연스레 한국 이름인 '고운'으로 부르는 일이 더 많다. 카이의 이름을 지을 때 분명 의도가 있었다. 그런데도 입에서 "운이야"라는 말이 먼저 나온다. 아직 성향을 단정하긴 이르지만, 카야와 비슷한 면이 느껴진다. 아이 자랑을 많이 하면 징크스가 생긴다는 속설에 말조심을 하게 되지만, 지금까지는 순둥이 쪽에 가깝다. 배가 고프면 세상이 무너진 듯 울긴 해도, 그 외에는 조용하고 온순한 편이라 육아 난이도는 하.

가끔은 문득 이런 생각이 든다. 정말 카이가 순해서 그렇게 느끼는 걸까? 아니면 마지막 육아라서 너그럽게 바라보는 걸까? 어쩌면 둘 다 맞을지도 모르겠다. 요즘은 카야와 라니를 등원시키고 집으로 돌아와서 카이와 뒹굴며 노는 시간이 하루 중 가장 행복한 순간이다. 셋째 육아는 걱정만큼 힘들지 않았고, 오히려 셋이 함께인 이 시절이 언젠가는 내 인생의 가장 따뜻했던 기억으로 남을 것만 같다.

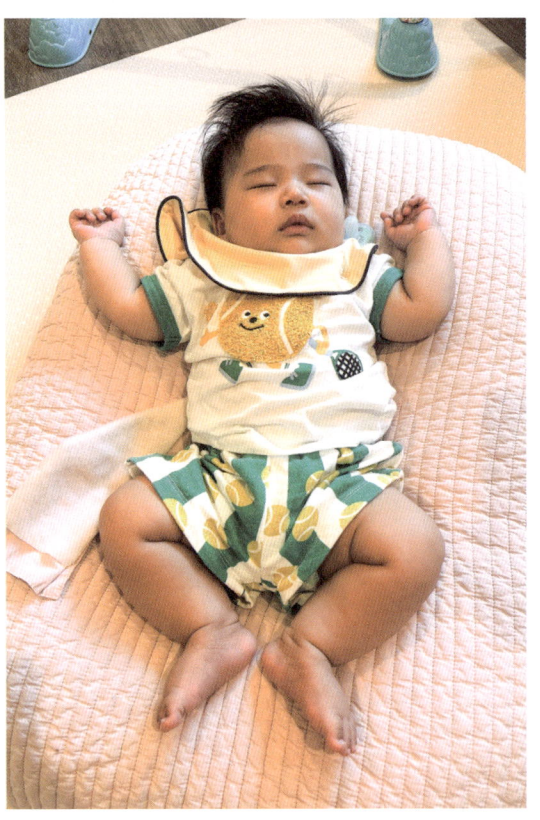

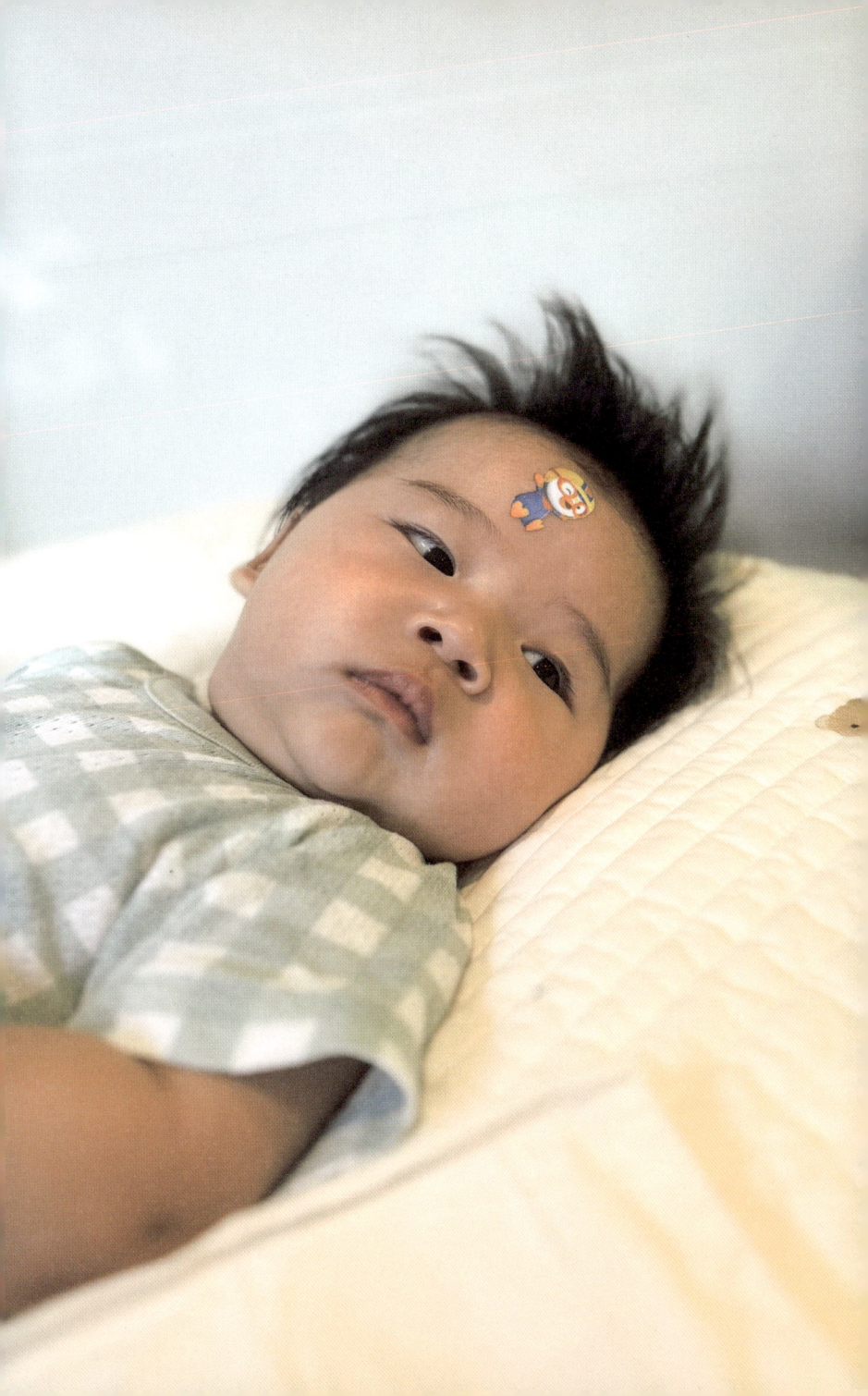

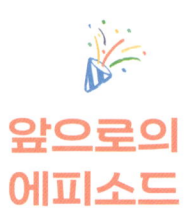

앞으로의
에피소드

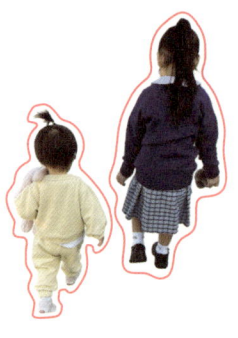

한 집안에 아기가 태어나면 연령대별로 반응이 다르다. 누군가는 새로 온 아기를 이방인이라 느끼고, 또 누군가는 그저 작고 귀여운 존재로 받아들인다. 카이는 우리 가족에게 큰 선물이지만, 세 아이 중 가장 갑작스럽게 찾아왔다. 나조차도 제대로 준비할 틈이 없었을 정도로 말이다. 태교는커녕 마음의 여유도 없이 아이를 낳은 것 같아 카이에게 고맙고 미안한 마음이 늘 공존한다. 동시에 카야와 라니에게도

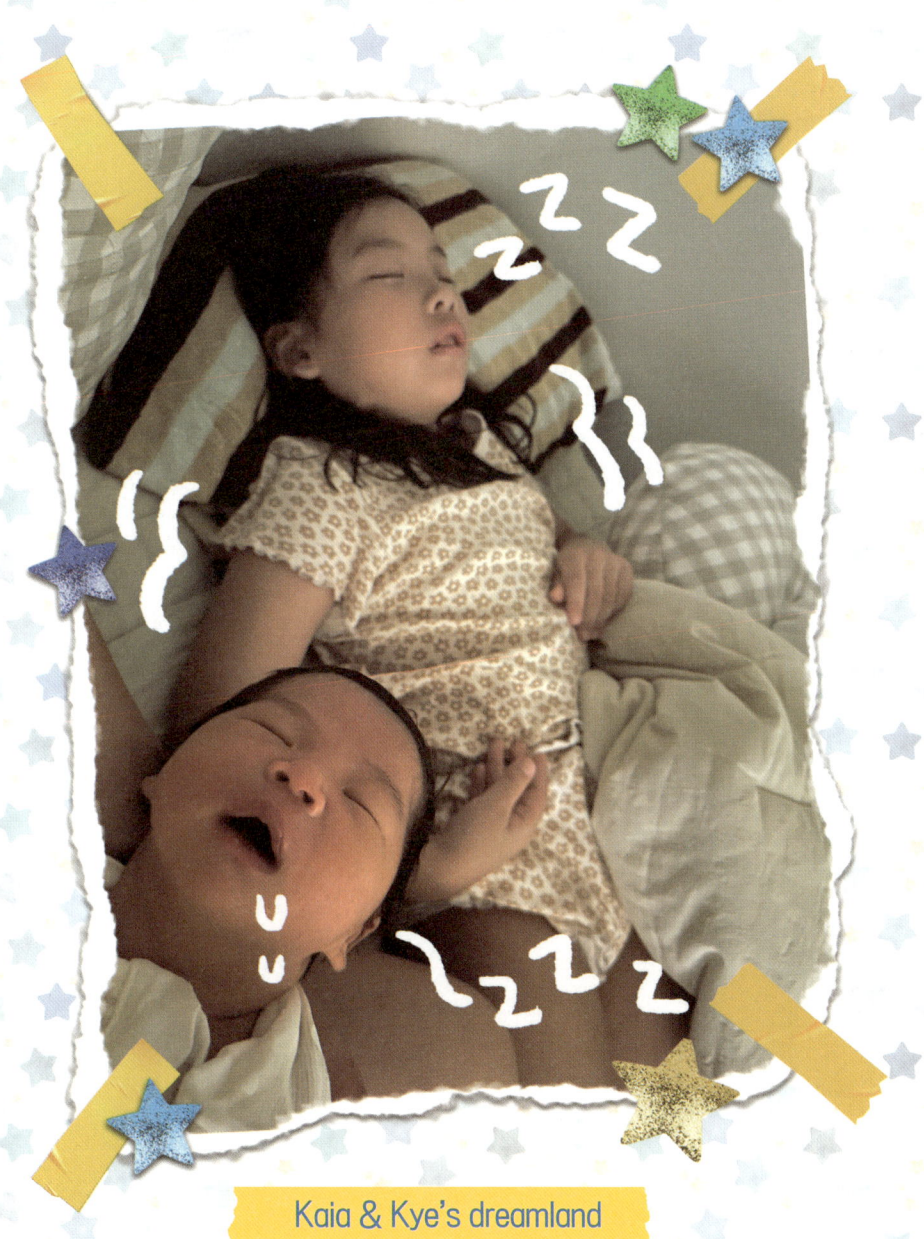

Kaia & Kye's dreamland

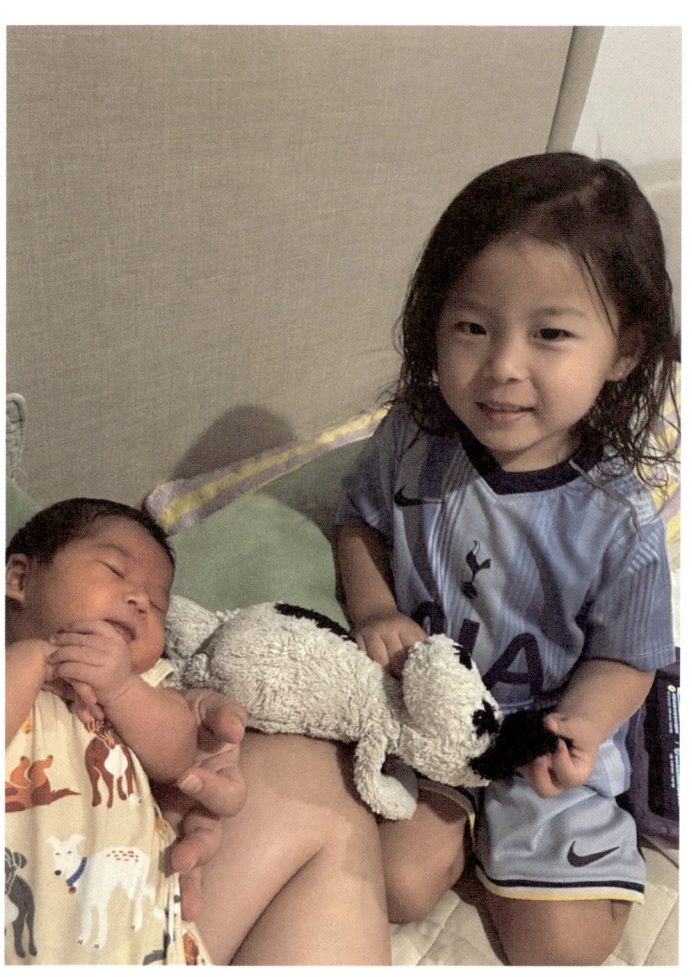

마음의 준비를 할 시간을 줬어야 하는데, 입덧이 심하고 바쁘다는 핑계로 그 시간을 함께하지 못했던 것도 아쉬움으로 남아 있다. 그럼에도 모두가 각자의 자리에서 역할을 다하며 평안하게 흘러가는 요즘이다.

카야에게 "카이 어때?"라고 물으면 카야는 어김없이 "그냥 좋아"라고 말한다. 그런데 어느 날, 불쑥 "가끔은 슬퍼"라는 말을 꺼냈다. 깜짝 놀라 이유를 묻자 "엄마가 카이만 지켜주는 것 같아서"라고 했다. 카이는 아직 아기니까 당연히 더 돌봄이 필요한 존재라는 걸 머리로는 아는데 마음은 또 그렇지가 않다는 거다. 그 말에 나는 순간 뒤통수를 탁 맞은 것처럼 멍해졌다.

카야 말이 맞았다. 셋째를 가졌다고 카야와 라니에게 처음 말한 날, 카야가 서운해하지 않을까 걱정하는 나에게 카야는 "I was your first baby(난 언제나 엄마의 첫 번째 아기야)"라고 말했다. 그 말을 들으며 막내가 태어나도 카야를 세심히 챙기겠다고 스스로 다짐하지 않았던가. 하지만 나도 머리로는 아는데 마음으로는 되지 않을 때가 있다. 세 아이 모두에게 똑같이 사랑을 주고 싶지만, 현실은 늘 내 뜻대로 흘러가지 않는다. 하루 24시간 중 눈에 띄게 시간을 쏟는 쪽은 카이고, 그 다음은 라니, 마지막이 카야인 날이 많다. 그럴수록 더 의식적으로 카야가 하고 싶은 말이나 바람을 흘려듣지 않으려 애쓴다. 그 순간만큼은 "미안해" 대신 "기억할게"로 마음을 표현하고 싶다.

카야는 멋진 언니이자 누나다. 어른들의 노력을 아는지 질투보다는 사랑으로 동생들을 대한다. 요즘은 카이가 빨리 자랐으면 좋겠다고 이야기한다. 함께 먹방을 찍고 싶어서란다. 엄마 눈에는 아직도 아기 같기만 한데, 막내 앞에서는 어쩐지 큰누나 모드가 자동으로 켜진다. 이렇듯 카야는 카이를 진짜 '아기'로 대한다. 사실 나는 라니가 제일 걱정이었다. 카야는 라니를 통해 동생이라는 개념을 익혔지만, 라니에게는 그런 경험이 거의 없다. 사촌 동생인 주하가 있긴 하지만, 함께 사는 동생은 또 다를 수 있다. 막내로서 가족들의 사랑과 관심을 독차지하던 시절이 막을 내렸으니, 카이에게 미묘한 경쟁 구도를 가지지 않을까 싶었다.

그런데 웬걸, 곧장 기강을 잡으려 들 줄 알았는데 막상 뚜껑을 열어보니 라니는 카이를 아주 따스하게 대한다. 카

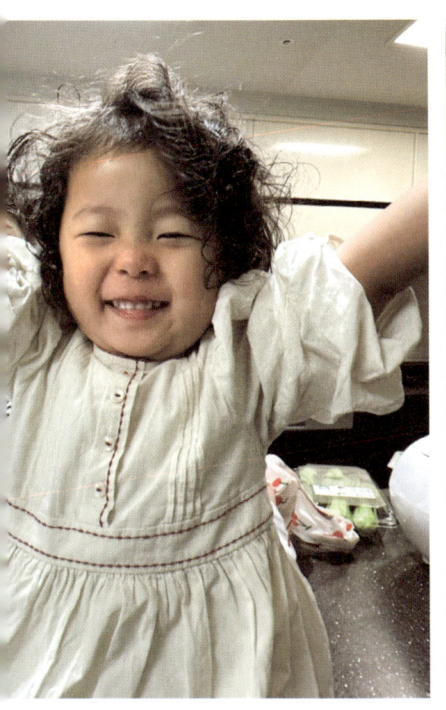
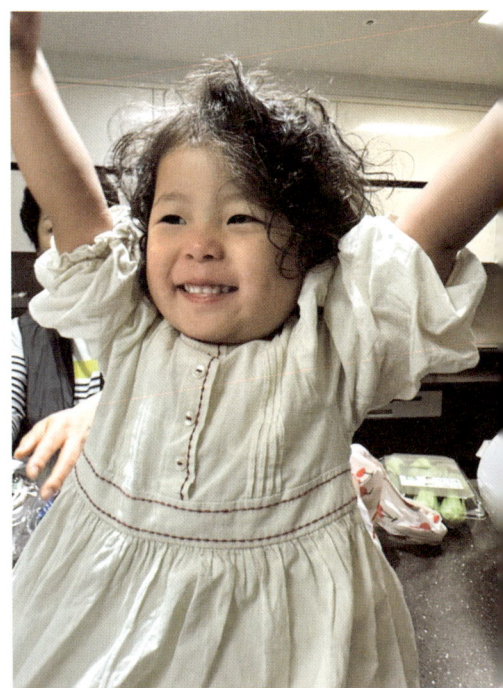

머리도 뽀글 행동도 뽀글

이가 울면 자신의 애착 인형 멍멍이를 안겨주기도 한다. 라니에게 카이가 어떻냐고 물어보니 아주 날것인 만 3세 아이의 발상으로 답변을 해줬다. "좋아! 카이 태어나서 좋아. 그리고 맨날 푸푸 똥 싸고 쭈쭈 먹고 자. 완전 베이비야." 이렇게 말하는 라니도 내 눈에는 여전히 아기 같다.

나는 카야와 라니에게 "동생이 생겼으니 이젠 누나답게 굴어야지" 같은 말을 하지 않으려 노력한다. 아이들은 나이보다 빨리 철이 들지 않아도 된다. 그래서 카야와 카이의 나이 차이가 일곱 살이나 나도 카야에게 돌봄의 책임을 맡기지 않는다. 가끔 내가 화장실에 가야 할 때나 요리를 해야 할 때 부탁하긴 하지만, 돌봄은 언제나 어른의 몫으로 남겨두고 싶다. 아이는 아이다워야 한다. 어차피 모든 아이는 어른이 되기에 그보다 더 빨리 어른스러움을 배울 필요는 없다.

우리 집은 다섯 식구에 반려견 벤지까지 단란한 하루를 보내고 있다. 아직은 실수도 많고, 하루 종일 정신없지만 그 안에서 우리의 리듬을 조금씩 만들어가고 있다. 앞으로 어떤 이야기들이 더 쌓일까? 어떤 순간들이 우리를 울고 웃게 할까? 앞으로의 에피소드를 생각하면 마음에 햇살이 번진다.

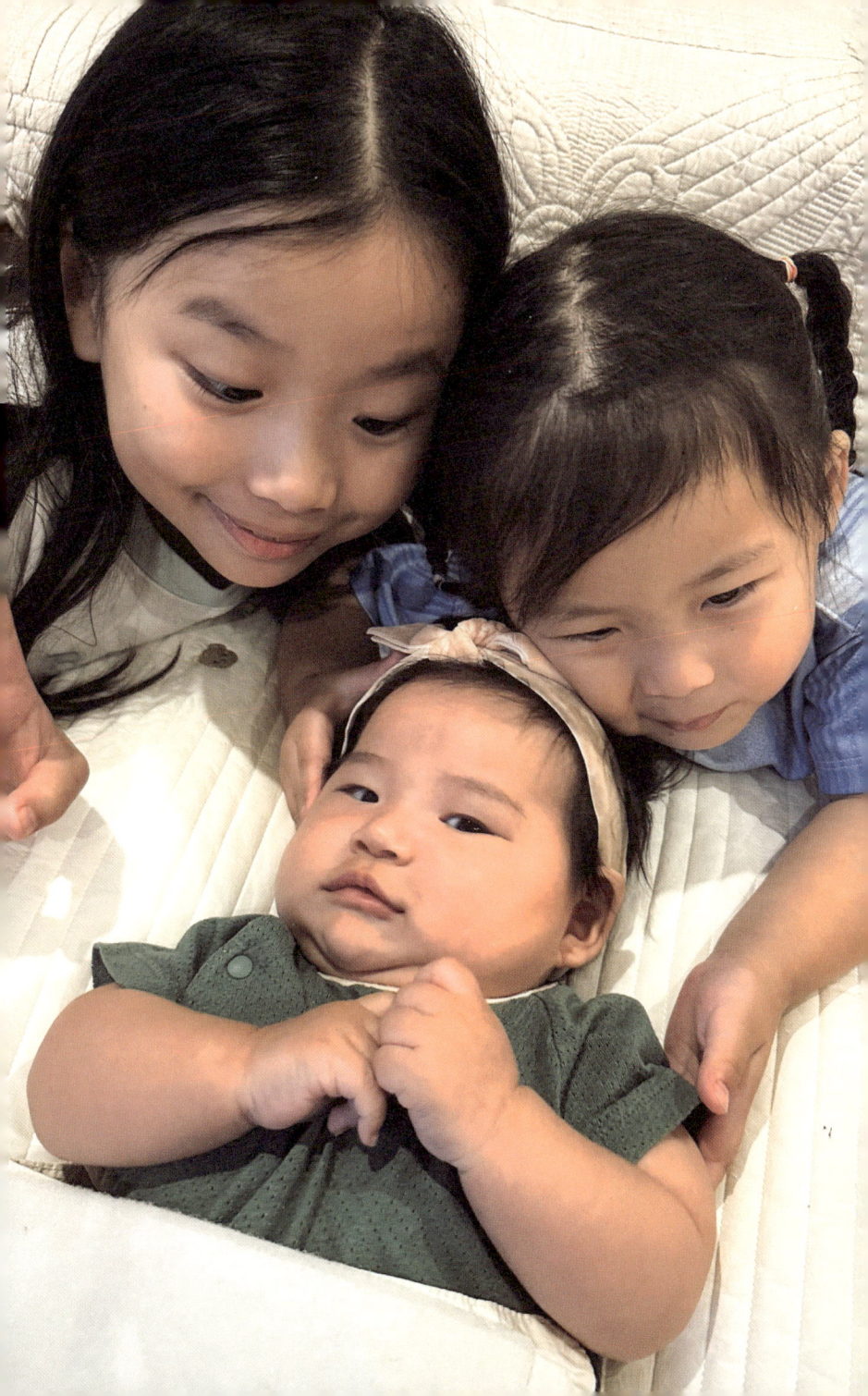

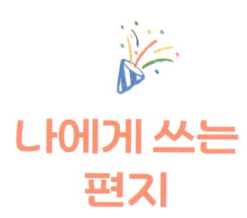

나에게 쓰는
편지

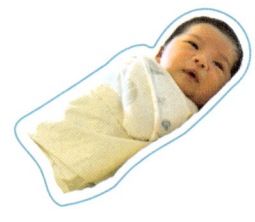

나에게 편지를 쓰는 건 처음이다. 나는 남편 현규와 세 아이 카야, 라니, 카이 그리고 반려견 벤지와 함께 북적북적 살고 있다. 여기까지 오는 길에는 웃음도 많았고, 눈물도 있었고, 정말 말도 안 될 만큼 정신없는 날도 있었다. 매일매일 웃음만 가득할 수는 없지만, 단란한 가족이 얼마나 큰 힘이 되는지 알고 있어 미래가 기대되는 요즘이다.

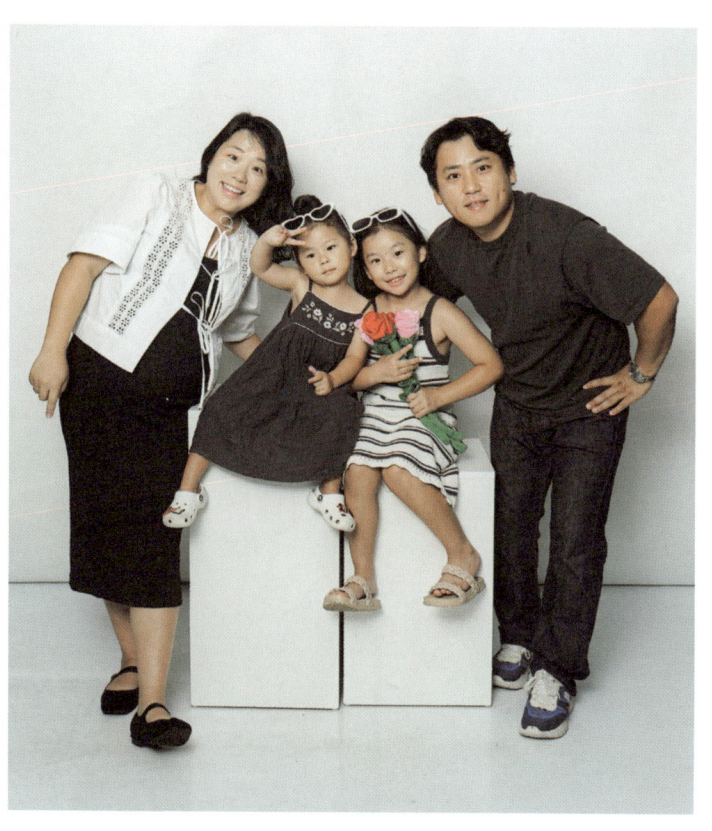

다섯 명의 첫 번째(?) 가족사진

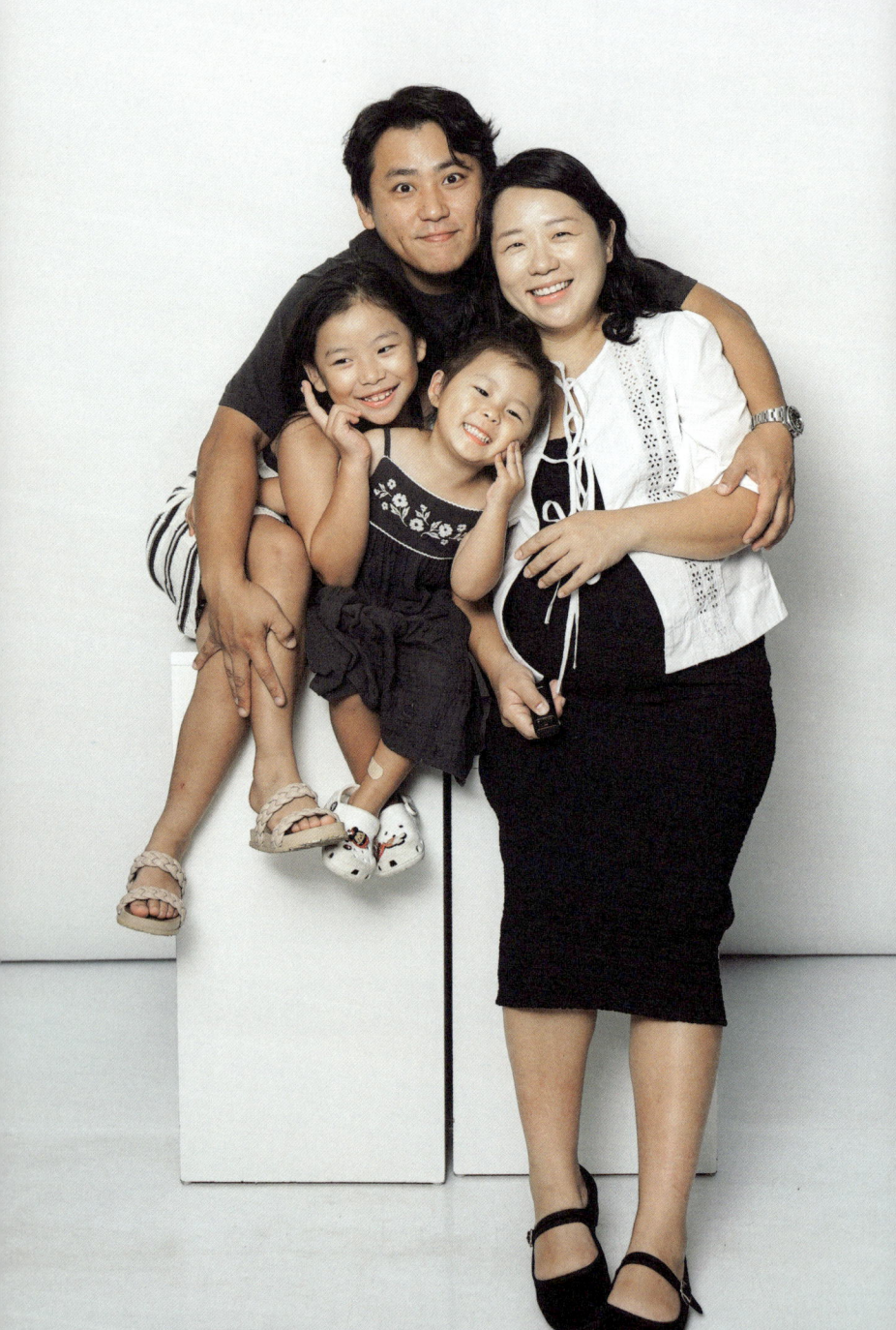

막내가 태어난 지 얼마 되지 않았지만, 벌써부터 현규와 "얘네 크면 얼마나 재밌을까?", "같이 여행 가면 어떨까?" 하는 얘기를 주고받는다. 물론 현실은 하루하루 육아에 치이고 육퇴(육아 퇴근) 후에는 소파에 몸이 붙어 일어날 줄을 모르지만, 이런 상상을 나누며 웃는 시간이 참 좋다. 몸은 힘들어도 마음만큼은 충만한 날들이다.

이 모든 과정을 기록할 수 있다는 것도 감사한 일이다. 유튜브를 시작하게 된 건 카야가 첫째 시누이의 유튜브 채널 〈해쭈〉에 등장했던 게 계기였다. "카야 채널도 만들어주세요!"라는 몇몇 댓글이 마음을 움직였다. 아이들이 자라면서 가족의 사소한 일상부터 여행까지, 사진만으로는 담기 어려운 표정과 목소리, 분위기를 영상으로 남길 수 있다는 게 생각보다 훨씬 더 귀한 일이었다.

물론 가끔은 지칠 때도 있다. 아이 셋을 돌보다 보면 내 일상은 어디 갔나 싶은 날도 있다. 그래도 그런 날에 다시 웃게 해주는 건 결국 가족이다. 아이들의 장난 같은 웃음소리에 다시 기운이 돌아오기도 한다. 헬렌, 여태 잘해왔고 앞으로 더 잘 될 거야!

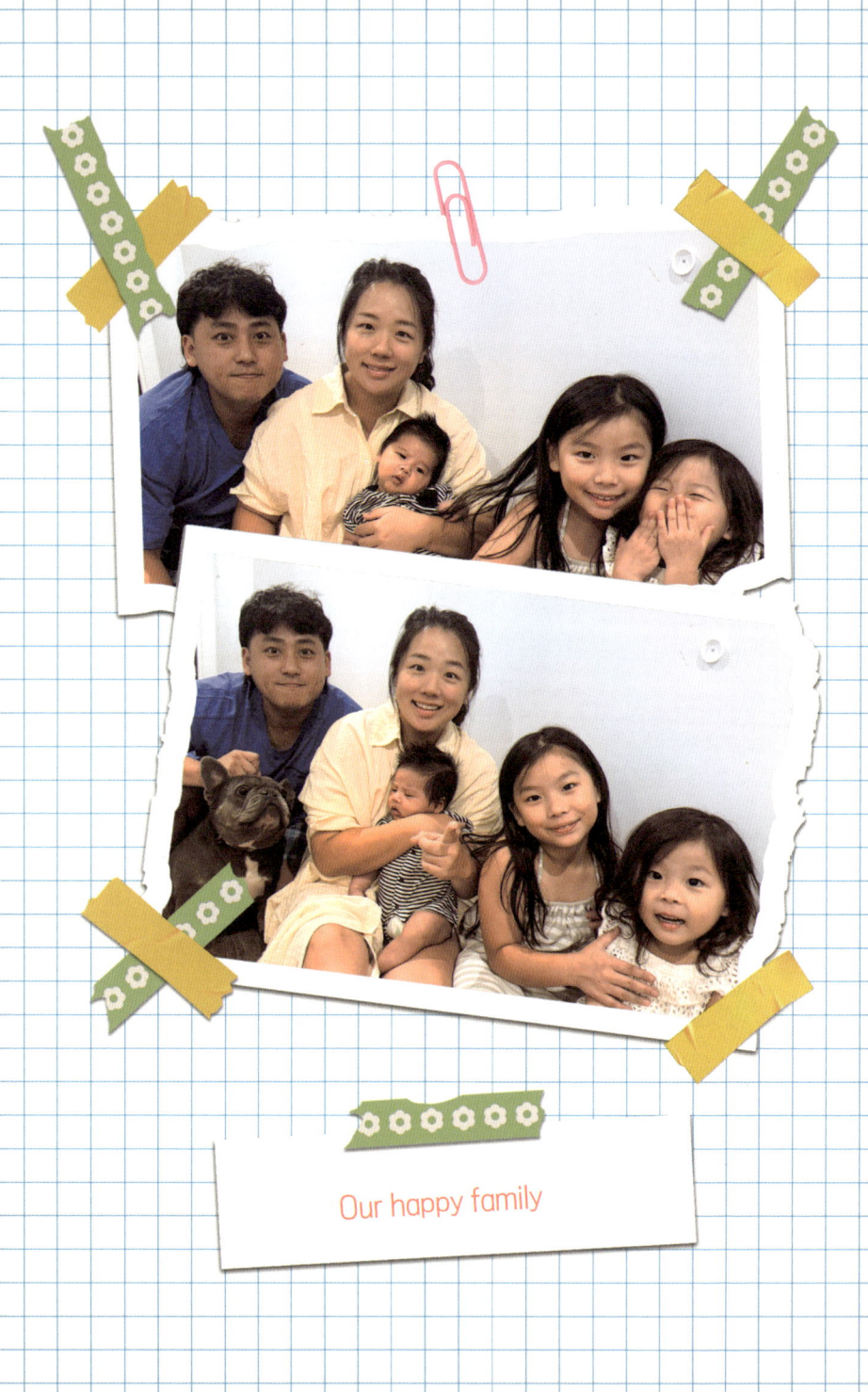

Our happy family

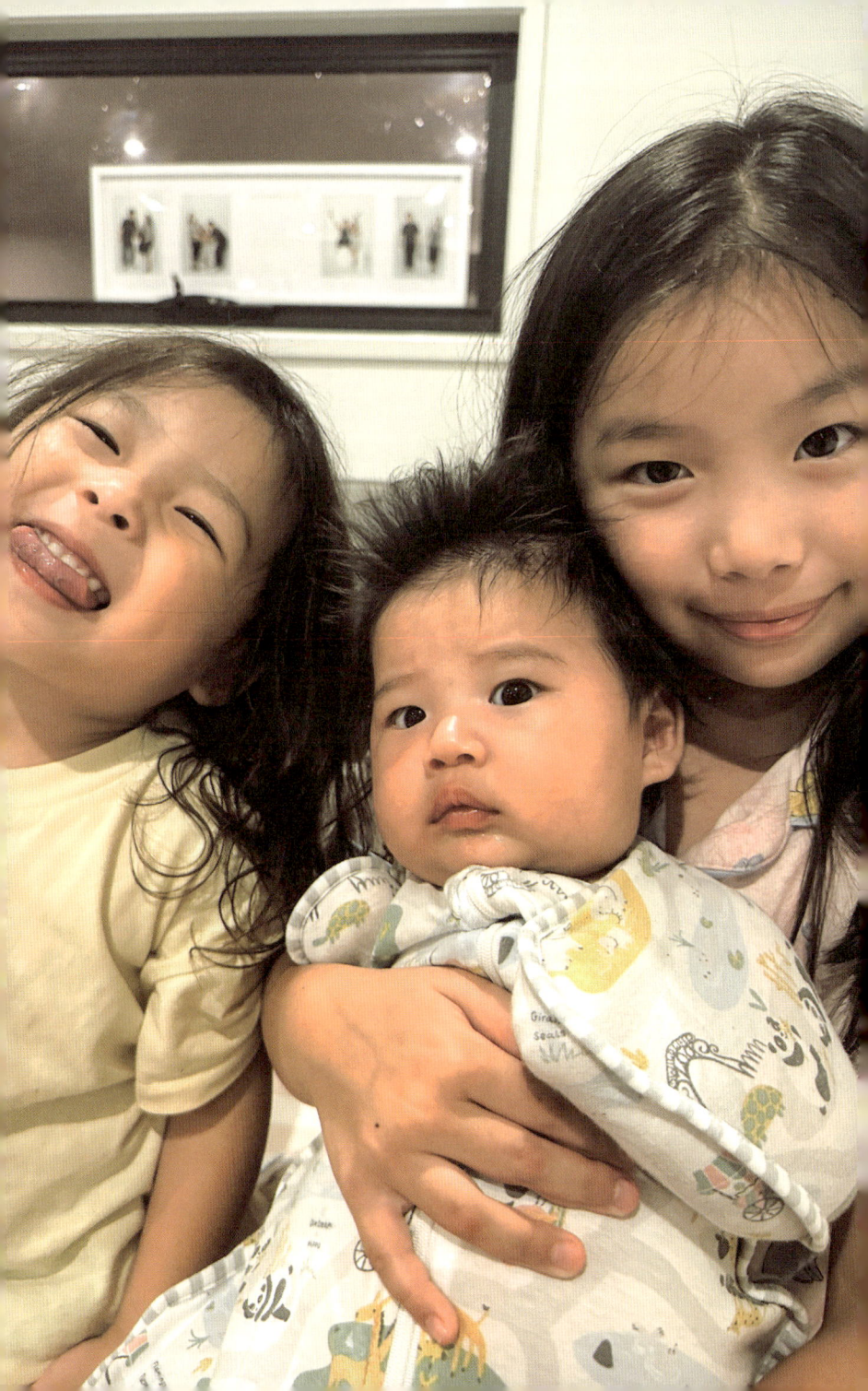

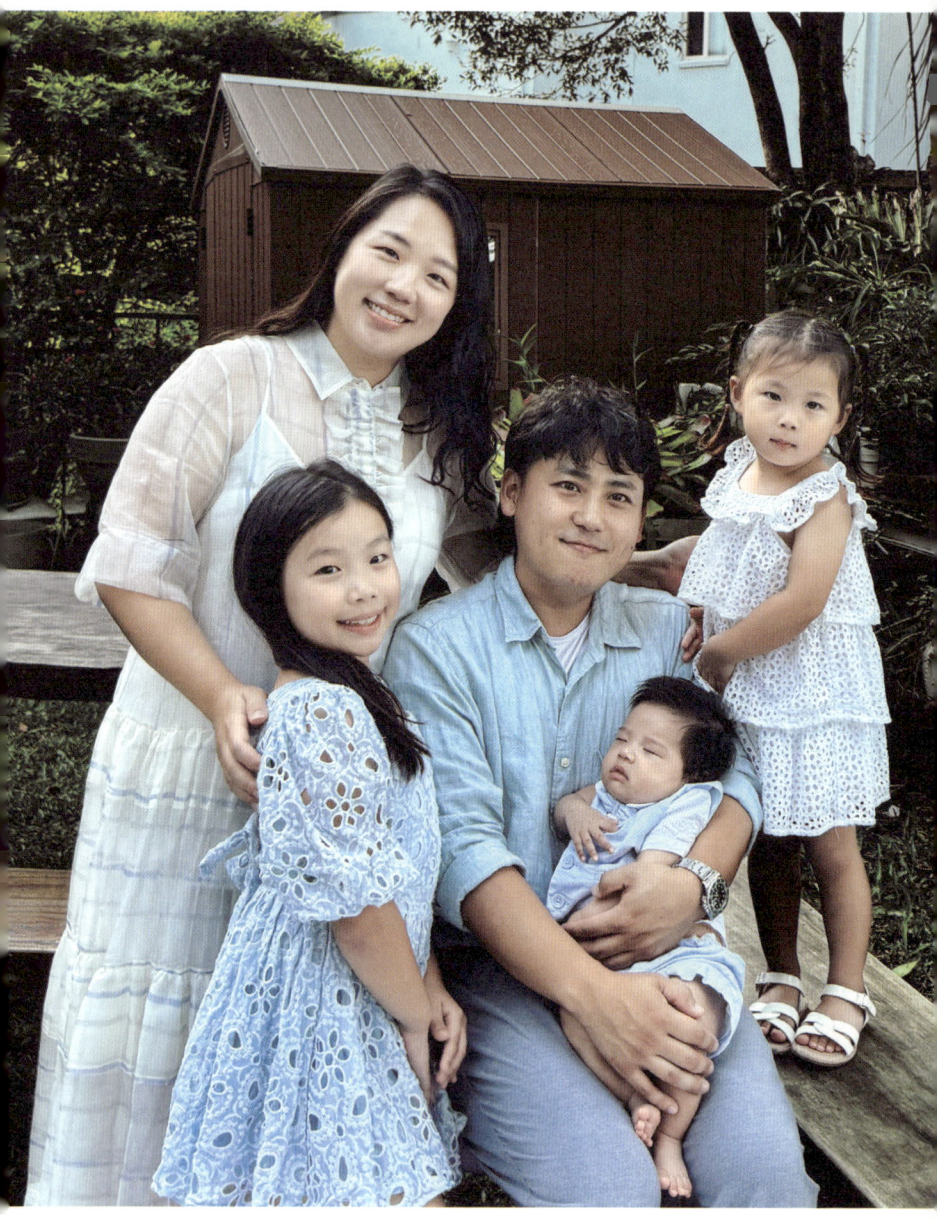

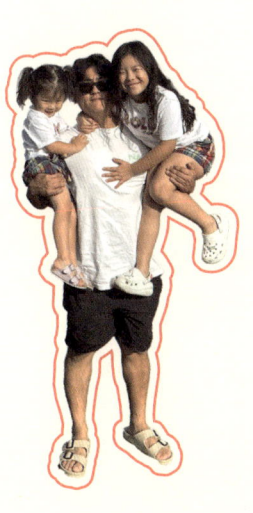

얼마든지 안아줄 수 있지

2025년 9월 24일 초판 1쇄 발행

지은이 헬렌
펴낸이 이원주

책임편집 류지혜 **디자인** 윤민지 **사진** 누아 스튜디오
기획개발실 강소라, 김유경, 강동욱, 박인애, 고정용, 이채은, 최연서
마케팅실 양근모, 권금숙, 양봉호 **온라인홍보팀** 신하은, 현나래, 최혜빈
디자인실 진미나, 정은예 **디지털콘텐츠팀** 최은정 **해외기획팀** 우정민, 배혜림, 정혜인
경영지원실 강신우, 김현우, 이윤재 **제작실** 이진영
펴낸곳 비에이블 **출판신고** 2006년 9월 25일 제406-2006-000210호
주소 서울시 마포구 월드컵북로 396 누리꿈스퀘어 비즈니스타워 18층
전화 02-6712-9800 **팩스** 02-6712-9810 **이메일** info@smpk.kr

쌤앤파커스(Sam&Parkers)는 독자 여러분의 책에 관한 아이디어와 원고 투고를 설레는 마음으로 기다리고
있습니다. 책으로 엮기를 원하는 아이디어가 있으신 분은 이메일 book@smpk.kr로 간단한 개요와 취지, 연
락처 등을 보내주세요. 머뭇거리지 말고 문을 두드리세요. 길이 열립니다.